U0448415

本书承蒙日本国际交流基金会提供翻译和出版资助

民间故事诗学

〔日〕小泽俊夫　著

刘玮莹　侯冬梅　郭崇林　译

商务印书馆
The Commercial Press

小澤俊夫

昔話の語法

福音館書店，2002年

本书根据福音馆书店2002年版译出

中文版序

刘守华*

日本筑波大学教授小泽俊夫所著《民间故事诗学》的中译本将由北京商务印书馆出版，我作为毕生致力于民间故事研究的九旬老人，特以欣喜之情为之写序推荐。

小泽俊夫教授是日本的著名故事学家，曾任筑波大学副校长。我任教于中国华中师范大学文学院，曾任湖北省民间文艺家协会主席。我俩相识于赴奥地利参加国际民间叙事文学研究会（15FNR）举办的一次故事研究会（1992）；2003年，他受日本政府文部省的委托主编《中国·日本·韩国民间故事选集》。邀请我作为中方编委赴日洽商，我也邀请他来武汉华中师范大学访问讲学，由此结下学缘。我十分赞赏他这部《民间故事诗学》，曾向在我门下攻读的几名博士生推荐，并请郭崇林选取其中关于民间故事法则研究的第六章译成中文，刊于《民间文化论坛》，当即深受中国学人的好评。随后几年中，在我的推荐下，不断有通日语的年轻民间文艺学家表达出译介此书的意愿，从而有了当下刘玮莹、侯冬梅、郭崇林来合译此书的学术交流盛举。

由五四新文化运动催生的民间文艺学、民俗学等新兴人文学科，距今已有百年历史。新中国成立70年来获得蓬勃的进展。民间文艺学中的史诗学、神话学、故事学等分支学科的成就均十分引人注目。我在《中

---

* 刘守华，1935年出生，华中师范大学教授，博士生导师，湖北省民间文艺家协会名誉主席、中国文联终身成就民间文艺家荣誉称号获得者。著有《刘守华故事学文集》10卷本，所著五次获教育院校人文社科优秀成果奖。

国民间文艺学百年耕耘录》中曾就"世纪之交的中国民间故事学"写道:

> 经过近百年探索,我们在民间故事的各个层面上都有了相关的论著,既有关于若干故事类型的微观研究,也有关于某些故事群、故事体裁乃至整个中国民间故事的宏观研究;由对故事文本的浮浅评说,迈进到解析故事母题、追索故事生活史及其深层文化意蕴;突破书面写定的文本的局限,进而揭示由故事讲述人和听众的双向交流所构成故事传承过程的奥秘;借鉴国外故事学的研究方法,又立足于中国拥有丰厚古代文献和近世鲜活资料的基点上,大胆进行原则性的理论探索。民间故事的成就不仅有力地肯定了中国各族人民群众在口头文学领域里显露出的丰富艺术智慧,也促使中国民间文艺学走向成熟。[1]

中国的民间故事学研究,早期深受周作人、钟敬文等在日本留学时所吸纳的欧洲民俗学、人类学新成果的影响。新中国成立后则以苏联的口头创作理论成果为规范;20世纪80年代迈入改革开放的历史新时期以来,对日本、欧美的文化学术广泛吸纳,故事学领域也深受其惠。不但相关论著交流十分便利,还可以跨国面晤,相互访问讲学,学术成果的交流互鉴就成为学术群体的乐事了。

我不通日语,对本书的中文译本初读之后,深为小泽俊夫对世界民间故事的精细体察和深邃探求所打动。在开篇中他就写道:

> 根据我过去对民间故事的研究和调查的经验来看,民间故事只有在故事家讲述的时候才真正存在。这是因为故事在讲完之后就消失了。那么,民间故事可以称得上是一种严格的时间艺术。……像

---

[1] 《中国民间文艺学百年耕耘录》,上海文艺出版社2018年版,第14页。(译按:近几年来。刘守华于2022年发表《走向故事诗学》的论文和在学刊上连载《故事诗学解读》,显示出中国故事学研究正开拓一个引人注目的新境界。)

民间故事这样用耳朵听的艺术则是一种更为严格的时间艺术。在这一点上，它与音乐极为相似。

民间故事具有独特的讲述法则。这些法则是民间故事在口口相传的过程中逐步获得的。

民间故事的讲述法则从根本可以说是民间故事的"诗学"。[2]

书中所论的民间故事研究历史，对格林童话和西伯利亚民间故事经典做的评说，关于民间故事样式研究的历史，均以时间艺术为主旨来展开，还专门列了民间故事的音乐性这章做深入探究，另外的两章，从德国的格林兄弟到瑞士的麦克斯·吕蒂，则概述了民间故事研究的历史。而以麦克斯·吕蒂的童话理论作为重点，最后以民间故事的内部研究及未来展望作结。他特别提及吕蒂于1947年发表的《欧洲民间故事：形式与本质》及相关著作，如今已成为欧美国家民俗学专业和民间文学研究的必读书目。小泽俊夫等日本学者均深受其影响。笔者在近几年就中国民间故事试做诗学解读时，也从于1995年在北京面世的吕蒂著作中译本中获得了有益启示。小泽俊夫先生在本书中就这位欧洲著名故事学家的学理价值写道：

> 吕蒂在对民间故事的诗学特征进行深入研究的基础上提出了民间故事样式理论，我认为该理论最为可贵的地方在于，它不是单纯的技术分析，而是试图透过技术分析去洞察民间故事的内涵意义。民间故事不仅言说故事，实际上它还涉及人的生命价值、人的存在意义、人类与历史的关系等很多宏大命题。……就像里尔克那首思考人生与世界的诗句那样。运用样式理论，透过民间故事的诗学特征去理解民间故事的故事内涵，这样的研究路径令人拍案叫绝。[3]

---

[2] 参本书第 1 页。
[3] 参本书第 171 页。

笔者于1956年在华中师范大学中文系读书时，曾试写过一篇《慎重地对待民间故事的整理编写工作》，刊于新创刊的《民间文学》杂志1956年第11期，引发了一场民间故事的热烈讨论。由此也促使我得以留校成为民间文学的专业教师，在这山花烂漫的学苑中70年耕耘不息，以致乐而忘倦。当下有幸推荐这位跨国挚友小泽俊夫教授的代表作在北京商务印书馆翻译成中文出版，实为乐事。小泽俊夫教授曾于20年前邀我参与编写中日韩三国民间故事集，在日本出版并免费广泛发行。一位日本前首相森喜朗在序文中表示，他期望在未来岁月中以具有文化共通性的中日民间故事在青少年心灵上架起世代友好的桥梁。在结束这篇小序之际，我也诚挚表达出对中日民间文化及相关学术合作积极推进的殷切期待。

2024年12月1日
写于华中师范大学桂子山

目　录

序章：民间故事在哪里？..1

第一章　民间故事法则分析（一）：日本民间故事..............12
一、《月亮姐姐星星妹妹》..12
二、《三个死者在地府》..32

第二章　民间故事法则分析（二）：格林童话和西伯利亚民间故事........45
一、《白雪公主》..45
二、《兰帕斯克爷爷的孙子》..68

第三章　民间故事样式研究的历史..................................86
一、格林兄弟与19世纪的民间故事研究..........................86
二、民间故事科学研究的黎明..90
三、沃林格与佩奇的美学及文艺理论..............................113

第四章　麦克斯·吕蒂的样式理论..................................128
一、一维性..129
二、平面性..132
三、抽象样式..138
四、孤立化与普遍联结的可能性....................................152

五、纯化与含世界性 171

第五章　民间故事的音乐性 183

第六章　民间故事法则研究——为了民间故事的未来 219
　　一、民间故事的内部研究 219
　　二、重述民间故事时使用的语言 230

后　　记 240
音频资料 / 铃木佐津的讲述（第二集）..241
日本民间故事索引 244
附录　置身于故事学的国际学术交流中 246
译后记 250

序章：民间故事在哪里？

首先，请允许我问一个问题：

民间故事在哪里？

对于这个问题，各位读者会想到什么？你们可能会想到民间故事写在绘本或改编本里，又或者是以书的形式陈列在各大图书馆里等。但是，根据我过去对民间故事的研究和调查的经验来看，民间故事只有在故事家讲述的时候才真正存在。这是因为故事在讲完之后就消失了。那么，民间故事可以称得上是一种严格的时间艺术。

创作文学中的故事事件是按照时间推进的，阅读文学作品也需要时间。因此，创作文学在一定程度上也称得上是一种时间艺术。不过，像民间故事这样用耳朵听的艺术则是一种更为严格的时间艺术。在这一点上，它与音乐极为相似。

"民间故事是时间的艺术"是理解民间故事的根基。我们在欣赏、研究民间故事的时候，或者在制作民间故事绘本、改编民间故事书的时候，切勿忘记"民间故事是时间的艺术"这一基本特征。

我在研究民间故事的过程中发现，民间故事具有独特的讲述法则。这些法则是民间故事在口口相传的过程中逐步获得的。

民间故事的讲述法则从根本上可以说是民间故事的"诗学"。提到法则，有些读者或许会想到英语或日语的语法。各位可以试想一下，我们说的日语是我们出生以后自然习得的语言，我们说的时候并没有意识到其中的语法。但是，研究者们经过整理、考察语言的共性后发现，我们所说的日语中蕴含着一些基本的法则。于是，就用下一段活用、上一段活用等来标记这些法则。民间故事家们也是如此，他们在讲故事的时候并没有意识到什么叙述的规律，只是讲述自己以前听到过的故事而已。但是，研究者们经过搜集大量资料并进行整理之后发现，讲故事也有共通的法则和规律。所以说，民间故事也是有法则的。

民间故事不仅有法则，还有其独特的语言。我们既可以称它为故事性语言，也可以效仿文学称之为"故事体"。不过，由于民间故事本就不是以文章的形式写出来的，因此"故事体"这个词实际上并不太贴切，用"讲述方式"更好一点，但还是稍显暧昧。我认为用"讲述体"一词最为合适。总而言之，民间故事有其独特的讲述体。人们常说"民间故事特别凝练""民间故事具有独特的韵味"，这些都与民间故事独特的"讲述体"密切相关。

民间故事的法则、民间故事独特的讲述方式以及民间故事的整体结构，构成了民间故事的独特"诗学"。接下来，我将在第一章中结合日本的民间故事、在第二章中结合德国和西伯利亚的民间故事，通过实例向读者们展示民间故事诗学究竟是什么。

我曾在过去的三次研究经历中深刻意识到民间故事的诗学特征，并认为它们可以形成一个理论体系。

我自大学时代开始研究格林童话，硕士论文的研究课题是格林童话发展史。在撰写硕士论文期间，我阅读了麦克斯·吕蒂（Max Lüthi）于1947年发表的《欧洲民间故事：形式与本质》[1]（『ヨーロッパの昔話　その形式と本質』），并把它翻译成日语介绍到了日本。此后，我得到了麦克斯·吕蒂本人的亲切指导，还翻译了他的最后一部著作《民间故事：美学与人物形象》[2]（『昔話　その美学と人間像』，1975年）。经过翻译吕蒂的两部著作以及接受吕蒂的亲身指导，我系统掌握了吕蒂的童话

---

[1] 《欧洲民间故事：形式与本质》：麦克斯·吕蒂著，小泽俊夫译（岩崎美术社1969年出版）。本书在后章中有时会将这本书简称为《欧洲民间故事》。
[2] 《民间故事：美学与人物形象》：麦克斯·吕蒂著，小泽俊夫译（岩波书店1985年出版）。

（Märchen）样式理论。它成为我对童话以及民间故事[3]进行样式研究的理论基础。在第三章、第四章中，我将对民间故事样式理论的先行成果以及麦克斯·吕蒂的样式理论进行详细介绍。

我在学习吕蒂理论的同时还调查了日本民间故事，遇到了许多当今优秀的故事家。然后，在听了很多讲述之后，我感受到了从书本上感受不到的、只有从现场的故事讲述中才能获得的东西，例如讲故事的节奏、气息以及讲述的结构等。我发现它们基本上和我从麦克斯·吕蒂那里学到的童话样式理论是一致的。这令我大为震惊。因为吕蒂提出的是关于欧洲民间故事的样式理论，他在《欧洲民间故事：形式与本质》序言中写道："我对其他大陆的事情一无所知。"相对于欧洲而言，日本位于地球的另一面。尽管如此，现代日本民间故事传承者们的讲述竟然与吕蒂分析欧洲童话之后总结出来的样式理论在本质上是一致的，这实在太令人震惊了。

幸运的是我还有另一次重要体验。那就是曾经和稻田浩二氏（1925—2008）一起共同参与了《日本民间故事通观》[4]（『日本昔话通

---

[3] 童话以及民间故事：正如本书的书名（《民间故事诗学》）所示，在本书中，"民间故事"一词概指英语中的 Fairy Tale 和 Folktale、德语中的童话（Marchen）、法语中的 Conde Populaire，以及日语中的民间故事。此外，有时还会将日本的民间故事和德国的童话区别开来。这是因为，日本学者柳田国男自昭和初期以来收集和考察了日本本土的民间故事，他指出日本的民间故事讲述作为神之子出生的英雄的特殊成长经历及其伟大功绩。此后，民间故事在日本一直被理解为以人生为核心主题的口口相传的故事。从这个意义上说，民间故事的所指往往相当有限。因此，本书在需要特别强调日本民间故事的时候，使用了民间故事或日本民间故事作为称谓。同样的情况也适用于童话（Marchen）。在需要特别强调德国民间故事的时候，例如，在分析《魔鬼的三根金发》这一童话故事的时候，使用了童话（Marchen）这一称谓。

另外，本书在第三章中使用了"印第安民话"，在第六章中使用了"北美印第安民话"的表述，这是因为情况较为特殊。北美印第安人、南美印第安人和澳大利亚原住民阿波吉尼人、新西兰原住民毛利人以及非洲大陆诸民族的传承故事，即使从广义上看，也很难将其包含在民间故事这一范畴之中。针对此种情况，我认为用民话这一所指更为广泛的概念较为合适。因为这些故事大多是短篇故事，只有类似神话片段般的主题，没有起承转合。

[4] 《日本民间故事通观》：资料篇共29卷，研究篇1卷（同朋舍出版，1977—1993年）。其中，第1卷至第26卷由稻田浩二、小泽俊夫编著，第27卷至第29卷包括综合索引等，以及研究篇第1卷由稻田浩二编著。

观』）二十六卷本的责任编辑工作。我在编辑时采用了主题分析法[5]，即对记录下来的经典故事进行主题分析，并把它们归纳成各种"主题结构"。为此，我精密研读了很多民间故事，分析了它们的结构，然后花了十多年时间将它们按主题归纳分类。随着我分析过的民间故事的数量累积，我逐步发现，那些用方言讲述的民间故事家们在讲述时表现出了各自不同的讲述癖好或特点，也就是说他们的讲述风格存在着差异。有些故事家的讲述简洁短促，有些却滔滔不绝，喜欢使用修饰语。相比于冗长的、带有很多赘述的讲述，那些简洁、不拖泥带水的讲述显然更易于理解。从这次主题分析的体验中，我确信吕蒂理论所说的基本部分在日本民间故事家身上也得到了体现。

从日本民间故事故事家那里直接听故事的体验以及担任《日本民间故事通观》责任编辑的经历，促使我发现了日本民间故事在语体上的特征。从日本曲艺、日本戏剧中的语言表达来看，不同类型的艺术有不同的语体。同样是曲艺，单口相声与评书在语体上相差甚远。每一种曲艺都有自己独特的语体，并由此建构起了各自独特的艺术世界。民间故事也在长年累月的传承过程中形成了自己独特的语体。

在后文中，我将基于上述三次经历以及不同艺术类型在语体上的差异，来展开对民间故事诗学的探讨。

但是，如果用"民间故事有独特的法则"的眼光来看的话，在现在的日本，民间故事的编撰还存在着各种各样的问题。随着民间故事的绘本和改编本的大量出版，日本很多幼儿园、保育园还有小学常常把这些读本作为教材使用。但是，从刚才提到的"民间故事有独特的法则"的角度来看，它们在法则上与流传下来的民间故事有很多不同。大部分绘本和改编本都依据改编者的文艺喜好加入了一些艺术修辞成分，或者依据改编者的道德观、教育观等加入了一些旨在对儿童进行道德教育的内容。另外，在语调方面，一些改编者还会背离民间故事原有的语调，转

---

[5] 主题分析法：参照本书第六章"母题论"的第 225 页。

而采用创作文学的语调。

在我看来，现今被世人所广泛接受的民间故事绘本和改编本并不是民间故事的本来面目。大多数人似乎都没有注意到，它们与流传下来的民间故事严重背离。我对此感到遗憾。这是因为，民间故事的独特法则是古代日本人数百年来在日本各地讲述民间故事的过程中所自然凝聚而成的瑰宝。我认为现代人有责任以尽可能不破坏的方式将其传递给下一代。

我之所以感到遗憾，不仅是因为责任论，还因为民间故事作为一种口口相传的文学艺术，其独特的法则所具有的美学价值只存在于民间故事的世界里。民间故事不同于创作文学，它是整个日本民族集体创造的独特而美丽的世界，其本身就是宝贵的民族文化遗产。

因此，作为一名多年从事民间故事样式研究的研究者，我希望大家了解民间故事的本来面目是什么。

仔细想来，传统民间故事的独特性，也就是它有独特的法则这一点很多人完全不知道。正因为如此，一般情况下大家都把民间故事的绘本和改编本视同传统民间故事一样使用，从未意识到两者之间其实相差甚远。

所以，我才希望编辑们在制作民间故事绘本和改编本的时候能够保留传统民间故事的本来面目。以前的孩子们可都是听着爷爷奶奶讲的故事度过一个个夜晚，现如今的日本，几乎已经找不到听爷爷奶奶讲故事的孩子了。阅读民间故事绘本和改编本成了孩子们接触民间故事的唯一方式。因此，民间故事的绘本和改编本一旦失去了传统民间故事的本来面目，那么对于孩子们而言实际上意味着传统民间故事已经消失了。这就未免太遗憾了。

也许有人会认为改编的民间故事也不错。例如，民间故事被改编成了《桃太郎》的故事、《花开爷爷》的故事，这不也挺好的吗？但我不这么认为。口口相传的民间故事非常悦耳，可一旦形式遭到破坏，就变得不动听了。孩子们若是听到这样的故事，只会觉得云里雾里，进而失去兴趣，逐渐远离民间故事。

接下来，或许又有人会提出，听故事真有那么重要吗？我认为，用耳朵听故事非常重要。今天我们的文学、小说和故事等都是用各式各样的语言记录的，不过，大部分情况下，用语言记录的故事都是以印刷文字的形式出现在我们面前。也就是说，在一般人看来，故事是用眼睛阅读的。可是，仔细想来，对于人类来说，语言早在文字发明以前就存在了。从整个人类文明史来看，用文字记录故事是距离现在很近的事情。而将故事印刷出来则是距离我们现在更近的事情了。只是因为现代社会里故事都是以文字形式出现的，所以人们很容易误以为故事是用眼睛来阅读的。

那么，让我们再次回到开篇所提出的"民间故事在哪里？"这个问题。从整个人类历史来看，语言首先是以声音的形式出现的，在此之后才有文字和印刷术，并最终形成了今天的样态。

从单个个体的人生来看亦是如此。人类在刚出生的时候，只能发出啼哭声。接着，通过用耳朵听周围人说话来学说话。两三岁的时候就已经会说很多话，并能够和父母还有兄弟姐妹交流了。但是，他们还不识字。学认字是两三年以后的事情。也就是说，对于人类个体来说，语言学习首先是靠耳朵来听声音，然后才是读书认字。因此，用耳朵听故事、欣赏故事对于人类而言是至关重要的，跳过这一阶段，直接用文字来欣赏故事是不可能的。

如果从这个角度来审视当下的日本，就会发现日本人用耳朵听故事的场合太少了。人们甚至普遍认为识字越早越好。但是，在学习文字和用文字欣赏故事之前，用耳朵听故事、欣赏故事的阶段也是十分必要的。整个人类就是这样发展到现在，我们每一个个体的人也是这么成长起来的。这个顺序非常重要，不可被破坏。

因此，我认为，将那些以口口相传的形式传承下来的文学艺术通过声音传递给现在的孩子们真的太重要了。那么，探究那些口口相传的文学艺术的真实面貌。具体而言就是探究民间故事遵循怎样的讲述法则，采用怎样的语调等，就变得十分重要了。正是为了明确这些问题，我决定写下这本书。

另外，我在前文中提到，用耳朵听的民间故事是时间的艺术。民间故事作为时间的产物，在这一点上与音乐有极为相似之处。在音乐方面，关于音乐表现方法的研究非常之多，特别是西洋音乐，人们很早就开始研究西洋音乐的作曲方法或者说作曲技巧。并且目前关于这个方向的研究可谓是相当成熟了。莫扎特的作曲方法如何，浪漫派的作曲方法如何，与莫扎特有何不同之处等，诸如此类的理论研究在西洋音乐领域可谓是汗牛充栋了。

民间故事实际上也是如此，只不过民间故事中没有像莫扎特、贝多芬这样特定的作曲家罢了。因此，人们普遍认为民间故事的讲述规则、叙事技巧等研究起来较为困难。但是，如果将众多民间故事讲述者们视为一个整体，并对他们讲述出来的所有民间故事进行整体分析之后就会发现，其中蕴含着一些共通的规则，有些规则呈现出和音乐极为相似的特征。我将在第五章具体讨论民间故事的音乐性。

民间故事是用语言讲述的。讲述的语言带着某种节奏感。因而可以说，民间故事里蕴含着音乐性。各个地方的方言中，民间故事优美的音乐性体现在方言的子音和母音之间微妙的差异以及发音的长短强弱上。这一点可以从本书附带的音频资料CD"铃木佐津[6]讲故事"中充分感受

---

[6] 铃木佐津：1911年（明治四十四年）出生于岩手县上关伊郡绫织村（现远野市绫织町）。1996年（平成八年）10月，因年老在远野市去世。佐津是菊池劲松的两个儿子和五个女儿中的长女，从小听着父亲的民间故事长大。父亲劲松是一个非常有讲故事天赋的人。佐津在31岁的时候取得了理发师执照，开始了理发店的工作。佐津说，拿着剪刀的时候，由于孩子们动头很危险，于是为了让孩子们安静下来，便把自己知道的故事讲给他们听。60岁的时候，佐津代替生病的父亲在NHK广播中讲述民间故事，借此作为讲述者获得了很高的评价。从那以后，佐津作为代表远野的讲述者，不仅在广播中，还在全国各地进行了演讲。其剧目之广、叙事格调之高、叙事节奏之妙，再加上淳朴善良的人品，吸引了来自日本全国各地的粉丝。1996年8月，在指挥家小泽担任总导演的"斋藤·纪念·松本音乐节"的"故事与音乐"企划中，佐津与妹妹正部家宫一起讲述，给听众留下了深刻的印象，这是佐津最后的舞台（当时的录像记录，目前正在发行准备中）。佐津的讲述被保存在《铃木佐津民间故事全集》（转写）以及《CD资料·铃木佐津民间故事集》（共11张）、《铃木佐津的讲述3CDs》（3张均为音声版）中。

到。(译按：音频资料因涉及版权问题，译本中没有附带。)另外，日语标准语虽然不同于方言，但同样存在子音与母音之间的细微差异、音声的长短强弱，因而同样能带来节奏感，并把民间故事的故事性表达出来，给我们带来聆听的喜悦。只要是用语言讲述的故事，就一定能传递出宛如音乐一般的聆听的喜悦。

另一方面，由于民间故事是用语言讲述的，因此在改编故事的时候，使用什么样的语言进行改编是经常需要思考的问题。民间故事是用各地的方言讲述的，其中蕴含着当地方言特有的美感和亲切感。但是，在现代以及未来的日本，无论是多么优美的民间故事，仅仅采用方言讲述的话，是不可能走进孩子们内心的。于是，我们需要用标准日语改编民间故事。

有些人觉得标准日语淡然寡味，不够带劲，而采用类似于某个地方的方言改编民间故事，事实上改编时所使用的语言并不是具体哪个地方的方言，只不过是"类似于方言的语言"。日本各个地区的方言都很美。但是，我认为用"类似于方言的语言"改编民间故事，既没有珍视日语也没有保护民间故事。我将在第六章的后半部分讨论改编民间故事时的语言问题。

另外，人们普遍认为民间故事是劝善惩恶的故事。的确，在《花开爷爷》《摘瘤爷爷》等故事中，第一个爷爷勤劳、正直，获得了善报，第二个爷爷懒惰、贪婪，喜欢模仿别人，遭到了恶报。由于这些故事太出名了，容易让人们误认为民间故事是劝善惩恶的。实际上，很多民间故事讲述着更为丰富多样的人生。特别是当主人公是儿童的时候，民间故事喜欢讲述主人公的成长，尤其喜欢展现主人公成长变化的模样。

还有人认为，民间故事里有许多残暴的情节和场面，会对孩子造成不好的影响。的确，有些民间故事里含有动物之间相互蚕食或者人类杀害动物的情节。这是因为动物的生命存续一定是建立在牺牲其他动物生命的基础之上的，乍一看是很残酷，但我认为，民间故事在以一种虚构的形式向孩子们传达着对生命本质意义的思考。无论是成长主题还是生命主题，民间故事围绕着有关人类生存的根本性问题发出了一些声音。这些声音实际上与前文提到的民间故事的法则、语调、结构等是表里一体的。民间故事的独特法则以及蕴含于其中的思考，就像纸的正反两面一样无法分离。这就是我们必须要重视民间故事诗学的缘故。

有的读者并不认为民间故事里有非常清晰的法则、语调和结构。甚至还有人认为，以前讲故事的人中有些甚至连字都不识，他们怎么可能会用统一的形式去讲故事呢？这又该如何解释呢？老爷爷、老奶奶围着地炉给孙儿们或附近的孩子们讲故事的时候，一定会努力讲得让他们听懂。老爷爷、老奶奶们会尽力把故事讲得通俗易懂且引人入胜，这一点是毋庸置疑的。每位老人都会在意自己心爱的孙儿或孩子们是否能听懂自己讲的故事。因为所有的老爷爷、老奶奶们都一定希望自己心爱的孩子们能轻松听懂故事，并且从故事中有所感悟。那么，怎么讲容易理解，怎么讲才能引人入胜，就需要老人们在讲述时下功夫了。民间故事诗学就是在这些日积月累的工夫中逐渐形成的。

或许还会出现这样的反对意见：民间故事是讲故事的人依据个人喜好来讲述的，应该没有什么共通的讲述法则吧？更不必说，日本民间故事和遥远的欧洲童话在法则上能有什么共通性了。但是，我们仔细想一下，人类想要讲述什么的时候，一定要用嘴巴讲述。想要听故事的时候，一定要用耳朵听。用嘴巴说，用耳朵听，在这一点上，人类的行为无论在哪个民族、也无论在哪个时代都没有变化。既然是用耳朵听，那么如何讲故事才能悦耳动听一定是具有共通性的。因此，根据我所获得的经验来看，传统民间故事的基本法则，不仅欧洲和日本之间有共通性，西伯利亚、非洲和澳洲的原住民之间同样具有共通性。如果你掌握了我接下来在本书中介绍的各种讲述法则之后，再去读非洲、澳洲的原住民以及西伯利亚原住民的民间故事，就会明白这一点了。

如此看来，民间故事可谓是伟大的民族文化遗产。而且，它不是属于某个单一民族的，而是地球上所有人类共同创造的文化遗产。只不过它是被讲述出来的故事，而不是那种可以触摸、可以看见的实物。因此，我们无从判断它是否受到了破坏或者它的形式是否正确。如果民间故事是像佛像之类的建筑物的话，那么佛像的手脱落后立刻就会被发现，屋檐倾斜了也能够一眼看出房屋破损了。但是，民间故事依靠的是口头传诵，没有具体的形态。所以人们不太能轻易认识到它们有特定的形态和独立的法则。本书试图结合具体实例分析民间故事的讲述法则、语调、结构等诗学特征。

民间故事有很多研究方向。民俗学方向主要研究的是民间故事中的民俗现象如何反映了人类现实生活；人类现实生活是如何通过民间故事传播的；以及是在什么地方传播的。日本国文学方向主要研究的是，民间故事在某一特定时代从口头文学向书面文学或从书面文学向口头文学的转变，例如民间故事在中世时期以文字形式被刊印成纸质的御伽草子，后来御伽草子中的故事又再次以口头形式被讲述出来，在这些相互演变的过程中民间故事发生的变化；又或者是研究各地说话文学取材于民间故事的实际情况。文化人类学方向主要研究的是，口口相传的故事如何在发展中国家的各民族间传播的；以及原始故事与其他各民族故事之间的共通性。心理学方向主要研究的是民间故事中的亲子关系对现实社会心理的反映。

不过，上述提到的各种研究方向都是关于民间故事的外部研究。民间故事是如何传播的，它与文学之间的关系，这些研究都是关于民间故事所依存的外部环境，即生态学方面的研究。而我在本书中试图探讨的是民间故事的法则、语调以及结构等，也就是隐藏于民间故事内部的诗学问题。

现在，民间故事被广泛收录于儿童读物和绘本，有些读物和绘本甚至成为十分重要的儿童教材。因此，认识和掌握民间故事的诗学特征就变得尤为重要。希望这本书能为民间故事的编撰者，给孩子们挑选民间故事绘本的父母，幼儿园、保育园、小学的老师，以及图书管理员提供一些参考。

不仅如此，那些经久不衰、被广泛传诵的民间故事是属于各个民族的文化遗产。并且，从已有的研究成果来看，很多民间故事并不仅属于某个单一民族，而是全体人类共有的。我们可以说，民间故事是属于全人类的宝贵文化遗产。因此，将它完完整整地传递给下一代，是现代人应当肩负的责任，希望本书能够为此贡献绵薄之力。

（刘玮莹译，侯冬梅审校）

第一章 民间故事法则分析（一）：日本民间故事

一、《月亮姐姐星星妹妹》

故事和作家写出来的东西就是不一样，当我们听故事读故事的时候马上就能意识到：呀！这才是故事的感觉呀。这让我们不得不先思考这样的差别究竟源自哪里，故事的特殊味道在哪里、是什么模样、又来自何方？首先，以岩手县远野的铃木佐津（鈴木サツ）讲的故事《月亮姐姐星星妹妹》(「お月お星」)来说明这个问题。本书的音像资料CD的第一个故事就是它。

一个完整的民间故事可以说一般具有某种样式。所以，刚才所讲的内容换个简单说法就是民间故事的形式是什么。

形式是构成民间故事诗学的最重要的一个要素。欧洲的形式研究始于20世纪初期。并且，在第二次世界大战后的1947年，瑞士的民间文学研究学者麦克斯·吕蒂（Max Lüthi, 1909—1991）出版了《欧洲民间故事：形式与本质》(『ヨーロッパの昔話　その形式と本質』)一书，至此，故事的形式研究达到高潮。本书的第三章、第四章将详细论述这些内容。虽然我在这里想以日本民间故事为例研究清楚民间故事诗学，但是麦克斯·吕蒂的理论是我的故事形式论的基础理论。麦克斯·吕蒂在他的重要著作《欧洲民间故事：形式与本质》的"序"中对自己的理论明确限定了范围：

形成此项研究基础的是德国、法国、意大利、瑞托罗马、爱尔兰、斯堪的纳维亚、芬兰、俄罗斯、拉脱维亚、爱沙尼亚、匈牙利、保加利亚、阿尔巴尼亚、南斯拉夫以及近代希腊的民间故事。欧洲以外的各种故事形式全然超出了本书的考察范围。东洋的民间故事以及那些原始民族的故事是极为特殊的故事种类，需要分别加以研究。

此处可以看出，麦克斯·吕蒂的研究资料全部来自欧洲的民间故事。当年的麦克斯·吕蒂好像几乎没有考虑过将"东洋的民间故事以及原始民族的故事"纳入自己的研究范围。我在翻译《欧洲民间故事：形式与本质》日语版的时候深刻意识到日本的民间故事和欧洲童话具有共通的样式。并且在和麦克斯·吕蒂的对话时，我不止一次谈起此事。结果，在1969年写给《欧洲民间故事：形式与本质》"日语版的序"中，麦克斯·吕蒂阐述了和第一个版本序言不一样的观点：

> 这是一部研究欧洲童话形式的著作，通过这些故事以期窥见呈现出清晰轮廓的世界和人类。（中略）日本的友人小泽俊夫氏告诉我，说日本民间故事和欧洲童话非常具有共通的性质。小泽俊夫将这部书翻译成日语，为此我非常高兴。接下来就该日本的读者朋友们开展日本民间故事和欧洲童话比较研究了。

当时的我受到麦克斯·吕蒂上述这番话的启发，心想无论如何也要探明日本民间故事的文艺性特征。这就是大约三十年后我写了《日本民间故事》(『日本の昔話』)五卷本[7]、现如今《民间故事诗学》也即将问

---

[7]《日本民间故事》五卷本：小泽俊夫重编，赤羽末吉画（福音馆书店1995年出版）。它由五本书组成：①《花开爷爷》，②《割舌雀》，③《桃太郎》，④《猿蟹合战》，⑤《老鼠的年糕》。该全集用普通话复述了包括阿伊努在内的来自日本各地的301个民间故事，在复述风格上保留了传统的叙述形式，对于小孩子们来说通俗易懂。除非另有说明，本书所例举的日本民间故事均出自该五卷本（参见本书末尾"日本民间故事索引"）。

世的因缘。

　　民间故事和各个民族的历史与生活紧密相连，活灵活现地反映着各个民族的生活习惯、饮食习惯以及他们的信仰和风土人情。下文中所列举的日本的《月亮姐姐星星妹妹》[8]中出现的地炉、毒包子、竹枪、睡铺、饼子、饭团子、罂粟花、草帽、钟表等，这些无不反映着日本尤其是日本东北地区的风俗习惯。所以，这个故事从整体上来看带有日本东北地区故事的味道，那味道也是对故事的一种润色。然而，从故事的讲述方式、故事中的法则以及结构来看，这篇岩手县的《月亮姐姐星星妹妹》和欧洲的童话具有共通性，与地球上很多民族口口相传的民间故事也具有共通性。接下来，我将从故事的法则、讲故事的语调以及故事的构成，也就是从故事诗学的角度分析《月亮姐姐星星妹妹》。

　　铃木佐津特别擅长讲《月亮姐姐星星妹妹》，这也是佐津故事篓子里最优美的一则故事。我多次听佐津讲述这个故事，恐怕读者当中也有不少人亲耳听到佐津讲这个故事。听故事的人无论是谁都应该能感受到佐津讲故事的高明，也能感受到这则民间故事的美妙。在本章中我将在分析民间故事法则的同时探明佐津讲的《月亮姐姐星星妹妹》究竟哪里动听以及感人至深的原因。

《月亮姐姐星星妹妹》（铃木佐津讲述）

（第一段）

　　　　古时候呀，有个地方，那里呀有一对好姐妹，月亮姐姐和星星妹妹。月亮姐姐呀是父亲已故前妻的孩子，而星星妹妹呀则是后娘生的孩子，姐妹二人都长得非常美丽。

　　　　后娘总是很早起床，点燃地炉里的火，等屋里暖和了才叫姐妹

---

[8]《月亮姐姐星星妹妹》：这个故事的转写摘自《铃木佐津民间故事全集》(小泽俊夫、荒木田隆子、远藤笃编，铃木佐津民间故事全集出版会 1993 年出版)。该书收录了佐津的全部剧目共 188 集和佐津讲述自己人生经历的"铃木佐津的听写记录·民间故事和我"。另外，该书的新版还与有声资料《佐津的讲述 3CDs》一同发行（福音馆书店 1999 年出版）。

二人起床："月亮呀、星星呀，起床啦。""起来啦——"姐妹两人便一骨碌爬了起来。见到此景的后娘心想："月亮生得美丽，星星长得俊俏，若没有了月亮，我家星星便是最招人疼爱的了。"

从《月亮姐姐星星妹妹》的开篇可知，故事中的时代、场所、人物都不是特定的，明显体现着民间故事的基本特征。从"古时候呀"这句我们只能确定故事发生在过去，并不能确定是哪个时代。从"有个地方"可知，场所也不确定。

"月亮姐姐""星星妹妹"乍一看像是固有名词，其实不然，和"银银和小银"等一样，"月亮姐姐""星星妹妹"都只是继母故事类型中出场人物的名字。传说是某个村庄或当地发生的真实事件或者不可思议的事情，而人物名称则是实际存在过（或被认为存在过）的名字。相比之下，"月亮姐姐""星星妹妹"和"桃太郎"一样，都只是故事中的人物名字。而继母却没有确定的名字，故事中这一点也表现得非常明确。

这位继母和月亮姐姐星星妹妹一家住在什么样的村子里，邻居是什么样的人，故事中都未提及。也就是说，从平面意义上看有很明显的孤立性。另外，故事也没有说明他们的祖先是什么样的人。在这一点上，时间序列中的孤立性也很明显。"姐妹二人都长得非常美丽。"第一段结尾便说明了这两个女孩的美貌。然而，姐妹二人究竟有多美，故事中却一次也未提及。这也是民间故事典型的讲述方式。美被描绘成极度的美，但究竟是怎样的美，美在哪里，故事中则只字未提。显然，这是一种无实体叙述或无内容叙述的讲述方式。这一点在格林童话《白雪公主》[9]（「白雪姫」）中也有所体现。

《白雪公主》中，女王询问魔镜："谁是这个国家最美丽的人？"魔镜是这样回答的："女王陛下，您是这里最美丽的人，但白雪公主要比您

---

[9]《白雪公主》："谁是这个国家最美丽的人？"以下译文引自格林童话第二版日文译本《格林童话全译本》（小泽俊夫译，1985年出版）。另外，后文出现的格林童话（《灰姑娘》《青蛙王子》《牧鹅姑娘》《忠实的约翰尼斯》《霍勒大妈》等）的译文也全部引用自该书。

美一千倍。"

虽说是"美一千倍"这种极端的美，但却没有说白雪公主是怎样的美，又美在哪里。这和佐津在《月亮姐姐星星妹妹》中美的讲述方式完全一样。

接下来的几行内容描写了继母一大早起床，在地炉里生好火，招呼女儿们"起床啦"。于是，姐妹二人起了床咯噔咯噔地跑下楼。无论是耳闻还是目读，这个场景仿佛浮现在读者的眼前。民间故事的叙事，因为只是叙述像这样的重要事情，故事场景反而会清晰地浮现在脑海里。如果在这里说明地炉是什么样子的，以及继母如何生火，抑或用语言说明继母的声音是什么样的声音，姐妹二人又是如何起床的。那么解释说明越多，浮现在眼前的故事场景便越不清晰。也就是说，因为只使用了对事件而言重要的也最根本的动词，所以才会浮现出这样明晰的场景。这就是麦克斯·吕蒂所说的"民间故事只记述而不描写"。

（第二段）

有一天，后娘突然打算做毒包子让月亮姐姐吃。她便对星星说："星星呀，星星呀，今天晚上我要做毒包子让你姐姐吃，你可不能吃你姐的包子呀。"一转眼，星星就对月亮说啦："姐姐呀姐姐，今天晚上别吃妈妈给的包子哦"，"我呀，已经吃饱啦，你吃我的吧。"就这样，后娘做的毒包子没有人吃，都剩下啦。

继母决定给月亮姐姐吃毒包子，这是一个非常重大的决议，可是故事中却没有深入讲述继母的内心活动。继母只是告诉了星星自己的想法。文中只是说，"打算做毒包子让月亮姐姐吃"，"让……吃"是最根本的动词。下一句便对星星妹妹说了"我要做毒包子让你姐姐吃"，这里也用了"让……吃"这个最根本的动词，接着又说，"你可不能吃"使用了"不能吃"这一基本动词。就像这样，仅用最重要、最根本性的动词来讲述，这便是讲故事的方式。正因为如此，才会成就如此粗犷的、充满力量的文章。话虽如此，民间故事本来就不是用文章写出来的，说故事的文章、故事的文体，这种说法本身就和民间故事不相称。但除此之外实在没有更好的方法来表达，这里只好就暂用文章、文体来说明了。

星星听了母亲简洁的意思传达之后，接着就把事情简洁地传达给了姐姐。只说了"别吃妈妈给的包子""吃我的吧"，故事中只用了"别吃"和"吃"这两个最基本的动词。接下来是故事的基础内容了，讲故事的人仅仅讲了星星没有让姐姐吃母亲做的毒包子。故事家铃木佐津已经完全掌握了故事的讲述方式，那就是只使用最重要、最基本的动词来讲述。

"后娘做的毒包子没有人吃，都剩下啦"，说得更细致一些，假若是写实文学的话，想必需要说明继母是如何做出毒包子的、星星妹妹是如何不让月亮姐姐吃毒包子。然而，讲故事的话，这些就都不需要了。只有不去讲上述那些话，故事的场景方才浮现在听众的脑海中。

（第三段）

就这样，到了第二天早上，后娘便以为月亮姐姐已经死了，但却还像往常一样给地炉生好火，装作不知道的样子喊："月亮呀、星星呀，起床啦。""起来啦——"姐妹二人一边答应着一边迅速地起了床。后娘想："哎呀，这个丫头没死呀，给她吃毒包子都不管用啊。"

第二天早上，继母以为月亮姐姐已经死了。她在地炉里生了火，叫醒了姐妹二人，结果姐妹两个人又呼哧呼哧地起床了。

这个场景的讲述几乎全部使用了第一段中讲述时所用语言。这里表现出了民间故事讲述的一大特点，即民间故事使用同样的语言讲述同样的场景，这是讲故事的大原则。

这样的例子可以列举很多。例如，宫城县登米郡的《赶马人和山妖》[10]

---

[10] 宫城县登米郡的《赶马人和山妖》："等等，……"后述方言故事引自《日本民间故事通观》第4卷《宫城篇》。

(「馬方山姥」)中，山妖对着赶马人喊道："等等，留下一条马腿。不然就把你吃掉。"这句话在故事中重复了五遍，每次都用了几乎相同的语言。

在格林童话《白雪公主》中，女王知道白雪公主还活着以后，就假扮成商人或农家女的模样，做了丝带、毒梳子、毒苹果去兜售的场面，杀死了白雪公主回到王宫里的场面，还有小矮人们每次救活白雪公主的场面，这些都几乎使用同样的语言。格林兄弟似乎在二百年前就知道民间故事的大原则。在当时，关于民间故事讲述的学术研究尚未出现，而格林兄弟却知道这一点，我想这说明了格林兄弟非常深入地考察了民间故事。

相同的场景使用相同的语言来讲述，这样的讲述方式有什么效果呢？我认为，相同的场景使用相同的语言来讲述会给予听众很大的安心感。也就是说，当用同样的语言描述这个相同的场景时，听众会觉得和之前刚听到的场景是一样的。这能让听众对这个故事产生安心感，或者似曾相识的亲切感。

另一方面，对于讲述者而言，相同的场景使用相同的语言讲述，也有助于记忆，这也能成为讲故事的一个支撑。相同的场景用相同的语言讲述，就能创造出原来的场景，这种安心感，对讲述者来说也是很大的支撑。而且，相同的场景使用相同的语言讲述，这种讲述方式具有音乐性。这点在本书的第五章"民间故事的音乐性"中有详细论述。

（第四段）

所以，这次呀，后娘呀不再给月亮姐姐吃毒包子了，她想从房梁上用竹枪来刺杀。便又对星星说啦："星星呀星星，今天晚上，我要用竹枪从房梁上刺插你姐姐的睡铺，你可不要睡在她旁边啊。"于是星星就给月亮姐姐说啦："姐姐呀姐姐，天黑后不要睡在姐姐自己的睡铺上了。来我这儿睡吧，快过来。"接着星星妹妹又说道："让红豆结草捆子睡在姐姐的床铺上吧。"就这样，月亮姐姐的睡铺上睡着的就是红豆结草捆子了，月亮姐姐呀去星星妹妹的铺上睡觉了。

继母竟然打算用竹枪刺杀月亮了。然而，继母把自己的想法告诉了星星。如果用常规思维来思考这个场景，便会觉得非常奇怪。也就是说，继母之前想用毒包子杀死月亮姐姐，但是失败了。正常来说，继母应该考虑为什么会失败了。按理应该怀疑可能是星星妹妹告诉了月亮姐姐。以常规思维来说，本应该如此。一旦继母起了疑心，这次想用竹枪刺杀月亮姐姐的时候，就不可能像故事中那样告诉星星妹妹自己的想法。讲故事的人也不说明为什么继母会在这里毫不怀疑地把自己的想法讲给星星妹妹。

这样的讲述方式，从常规思维或者写实小说的做法来看，简直无法理解。然而，这在民间故事的讲述方式中却是最典型的故事式讲法。这部分，可以说是继母没有吸取上次失败的教训。继母从经验中没有学习到任何东西，经验智慧皆无。从常规思维来看，没有经验智慧其实就是愚蠢。在民间故事中，每件事（民间故事的插曲、母题）都是孤立的，它们被封闭进像胶囊一般的容器里。因此，民间故事中的人物不会从之前发生的事情中学到智慧。《白雪公主》就是典型的例子。

格林童话《白雪公主》中，白雪公主第一次被一个走街串巷的女人用绳子绑住胸部勒死。然而，第二次又被年纪相仿的女人用毒梳子杀死。不仅如此，第三次也吃了毒苹果而死。白雪公主没有从经验中得到任何智慧。在这个故事里，格林将第一个事件、第二个事件和第三个事件分别放进容器中。因此，白雪公主无法增长智慧。这就是吕蒂所说的"事件各个独立"。也就是每个事件都被关在容器中，互无关联。

各个事件都孤立存在，故事是不是就一盘散沙，变得支离破碎呢？不，绝没有那样的事。以《白雪公主》为例，正是因为白雪公主不具备经验智慧，才发生第三次事件，吃了老妇人卖的苹果而被毒死，最终成就了她与王子的婚姻。也就是说，虽然故事中的事件各自是孤立的，但有一个强大的意志始终贯穿整个故事，那就是故事最后要让主人公得到幸福的意志。《月亮姐姐星星妹妹》亦是如此。继母第一次试图用毒包子杀死月亮姐姐，但失败了。第二次想用竹枪刺杀，还是失败了。第三次，继母把月亮姐姐装进箱子，扔到了深山里。在每个事件中继母都孤立存在，没有任何的经验智慧。对整个故事而言，这些与月亮姐姐和星星妹妹的幸福息息相关。

像这样，写实文学绝不会使用的叙述方式在民间故事中却随处可见。如果不理解写实文学和口口相传的民间故事的根本区别，就不能正确理解民间故事，在改编民间故事时可能出现错误。

第四段的后半部分也是如此。在后半部分，星星妹妹对月亮姐姐说："天黑后不要睡在姐姐自己的睡铺上了。来我这儿睡吧，快过来。"如果是写实文学，月亮姐姐必然会问星星妹妹："为什么呢？为什么一定要这么做呢？"或者说出害怕继母的话来。然而，民间故事并不关心这种状况描写和内心活动。民间故事就像叙事诗一样，一个接一个地往下讲事件。而且，事件中登场人物的心情，完全交给了听众和读者的想象。因此，故事中星星妹妹告诉月亮姐姐三回了，而月亮姐姐的回应却一次也没有提到。

（第五段）

半夜，后娘爬上房梁，对准后用竹枪朝着月亮姐姐的睡铺便噗呲噗呲刺去。后娘想，今晚可把月亮姐姐杀死了。于是到了第二天早上，又装作不知道的样子点燃地炉里的火，喊起床了："月亮呀、星星呀，起床啦。""起来啦——"姐妹两人又是一边应着一边呼哧呼哧地起了床。后娘便想："这孩子啊，用毒包子不管用，从房梁上用竹枪刺也不管用。"这个孩子真是太难对付了，后娘决定下次把月亮姐姐扔到远山里去。于是便请木匠做了个箱子。

在这一段的开头，继母"对准后用竹枪朝着月亮姐姐的睡铺便噗呲噗呲刺去"，这里讲到"用竹枪刺"已经足够了，佐津又用了"噗呲噗呲"两个拟声词。我认为讲故事这已经到了极限。若再多讲一点，民间故事的情况描写就过头了。例如故事中加入了下面的语句，"虽然刺进去了，但因为是红豆结草捆子，刺下去后感觉不对劲"，"虽然刺进去了，却没有听到月亮姐姐的惨叫声，后娘觉得不可思议"，那么，这对于民间故事来说就讲太多了。民间故事没有情况描写。讲故事的铃木佐津只讲到"噗呲噗呲刺去"的场面，便马上转了话头："今晚可把月亮姐姐杀死了。于是到了第二天早上，又装作不知道的样子点燃地炉里的火。"

从时间上看，场景一下子就转换到了第二天早上。继母叫女儿们起床，姐妹二人便"呼哧呼哧"地起床，故事中两次使用了同样的语言描述起床。这里也体现了相同的场景用相同的语言来讲述民间故事的这一重大原则。然而，也可以反过来说，正因为使用相同的语言，听众才会感到身处相同的场景。对于听众而言，听到同样的场景和听到陌生的场景一样重要。

人们都期待着与熟知的事物再次相遇。特别是孩子，想必大家都经历过强烈地渴望与已知事物重逢的喜悦吧。例如，孩子如果有自己喜欢的绘本，便会请求大人给他多读几遍。如果有喜欢的故事，也想多听几遍。对孩子的成长来说，这样的心情极其重要。长年累月地讲民间故事给孩子们听，所以他们知道对孩子们来说什么是重要的，并且去实现它。正因为如此，保护民间故事所蕴含的可讲述性就显得格外重要。

这个故事中提到使用的是竹枪。民间故事中出现的小道具，人们倾向于喜欢线条形的、细长的东西。这是麦克斯·吕蒂在《欧洲民间故事：形式与本质》中谈到的问题，在日本的民间故事中同样适用。故事中常常出现枪、针、刀、稻草等小道具。只要想象一下各种日本的民间故事，便能发现这一点。

然而，在日本的民间故事中，除了又细又长的东西，也经常出现圆滚滚的东西。在《月亮姐姐星星妹妹》中就出现了毒包子。在《地藏菩萨》(「地藏净土」)中出现了圆圆的团子，在《饭团咕噜咕噜》(「にぎりめしころころ」)中则是饭团。故事中出现的小道具也浓墨重彩地反映着各个民族的风俗习惯。

不过，在《饭团咕噜咕噜》中，饭团虽然是圆圆的小东西，但在材质上，却不是那种大米做成的米饭团的样子，感觉材质比较硬。从饭团即使滚来滚去但绝对不会散开上可以看出这一点。故事中甚至还有踢饭团、把饭团硬塞进洞里的叙述。踢也踢不坏的饭团，也就是说，这里的饭团给人以紧实、硬质的印象。民间故事中喜欢坚固的东西，这也是故事的一个性质。

（第六段）

  星星妹妹说的话后娘都会听，星星妹妹说："想吃饼了，做饼吧。还想吃饭团子，做些饭团子吧。还有炒豆和炒米。"后娘拼命做了很多好吃的。星星妹妹把这些好吃的都塞到装月亮姐姐的箱子里了。星星妹妹还拜托木匠说："麻烦给箱子开一个洞。"木匠便在箱子角落里凿开了一个小洞。

从这段文字中能够领略到铃木佐津讲故事时的形态，真是非常精彩。请看星星妹妹请求继母做食物时说的话。按顺序依次出现了饼、饭团子、豆子和大米。在第七段，星星妹妹带来了罂粟花的种子，让月亮姐姐从箱子的小洞一个一个撒出去。这些东西从大到小依次出现，最后是罂粟花种子，这是非常精妙的排列方式。就像是音乐中的渐弱音一般。在后文中会具体论述民间故事的讲述中所带有的音乐性，这点被表现得淋漓尽致。民间故事喜欢这样整饬有序的形式，几乎像几何学一样整齐。

这一段讲述了星星妹妹给月亮姐姐储存食物。然而，从常规思维来看，星星妹妹突然间请求继母一会儿做饼子、一会儿做饭团子、一会儿做炒豆子等，继母应该会怀疑为什么星星妹妹会突然间想要这些东西，并询问星星妹妹。然而，民间故事全然不关注继母内心的疑团。因此就不讲述继母的疑问。对于木匠同样如此。当请求木匠在箱子上开一个小洞的时候，木匠可能会问为什么要开一个小洞。而星星妹妹可能会说一些让木匠保守秘密的话。民间故事对这些情况全然不做任何说明。星星妹妹几乎是单方面让木匠凿洞、让姐姐带好罂粟花种子。因此，第六段中只有星星妹妹一个人在说话。继母与星星妹妹之间、月亮姐姐与星星妹妹之间、木匠与星星妹妹之间，全然没有任何具体的对话交流。故事就像这样根据星星妹妹的行动快节奏地向前发展。

　　继母想把装有月亮姐姐的箱子扔到山里去。月亮姐姐便被放进箱子里并埋在山里。民间故事非常喜欢用这种封闭的且比较狭小的空间。例如在《桃太郎》(「桃太郎」) 中，河流上游漂来了桃子，当时在日本各地都可听到装在盒子里的桃子漂过来的讲述方式。在岩手县，故事是这样讲的：有一个饭盒漂流而来，打开一看，里面有一个桃子；在秋田县，故事则变成了：漂来了一个白色的盒子和一个红色的盒子；在福岛县，则讲述为漂来了一个匣子。也有人这样讲，说是有一个老婆婆把在河里捡到的桃子带回家后放在了橱柜里。除岩手外，很多地方都这样讲。

　　《瓜子姬》(「瓜子姬」) 也是如此。有人讲：瓜从河流上游漂来，而在青森县、秋田县、山形县等地，都讲成了漂来了一个盒子，打开一看里面装着瓜。而在新潟县漂来的却是香盒。在岩手县、山形县、群马县、长野县、冈山县、广岛县等地则流传着老婆婆在河里捡到一个瓜带回家后放在橱柜里。在鸟取县，瓜是放在盒子里的，而在岛根县和广岛县，故事则讲成了老婆婆把桃子放在柜子或米柜里后等着老爷爷回家。

　　我们再看看欧洲的情况，格林童话中的玫瑰公主在城堡塔楼楼顶的小房间里遇到了老婆婆，玫瑰公主的手被纺锤扎了一下后睡着了。玫瑰公主就在塔楼的小房间里沉睡过去。同样是格林童话，莴苣姑娘也被关在塔楼里。像这样，民间故事对小而封闭的空间有着特别的嗜好。

　　（第七段）

　　终于，月亮姐姐进了箱子正要离开的时候，星星妹妹拿着装有种子的袋子走了过来，对月亮姐姐说："姐姐呀姐姐，这是罂粟花的种子，明年罂粟花开的时候，我便去找姐姐，在这之前，姐姐可一定要好好的呀。"说完便把装种子的袋子给了月亮姐姐,然后又说道:"要把种子从这个小洞一个一个地撒哦。"

月亮姐姐被放进了箱子里,因为星星妹妹告诉她要从箱子的小洞往外撒种子,所以月亮姐姐从被扛着的箱子的小洞一个、一个、一个接一个地撒种子了。月亮姐姐被扛着去了山上,去了很远很远的深山里。

在第七段中,月亮姐姐被放进箱子里,然后被扛到山上去了。月亮姐姐被关在箱子里、扔到山里去,如果从常规思维来看,月亮姐姐应该会大哭一场,或者拼命反抗。然而,故事并没有提到这一点。"月亮姐姐被放进了箱子里,因为星星妹妹告诉她要从箱子的小洞往外撒种子,所以月亮姐姐从被扛着的箱子的小洞一个、一个、一个接一个地撒种子了。"故事全然不提月亮姐姐内心的剧烈波动。民间故事不讲人物的内心世界。换个说法或许更好,那就是讲故事应该是不添加思想感情地把发生的事情娓娓道来。正因为如此,民间故事才会产生史诗般的震撼力。

扛箱子的大概是男人吧,他们的内心恐怕也无法平静。虽说是主人的吩咐,但毕竟是要把装女孩的箱子扔到深山里埋了。他们的内心或许会动摇,也会觉得女孩可怜吧。又或者,对女主人产生愤怒之情。但是,民间故事并不讲人物的内心世界。

(第八段)

于是,到了第二年春天罂粟花开的时候,星星妹妹便去山里寻月亮姐姐去了。一路上,罂粟花一朵、一朵、一朵接一朵地开着。星星妹妹沿着花簇走啊走、走啊走,一直走到深山里,走到一个到处都是罂粟花开的地方,再往前罂粟花便没有了。"应该就是这儿了吧,姐姐应该就在这里吧",星星妹妹这么想着,便站在原地喊了起来:"姐姐!姐姐!"星星妹妹听到远方传来了"喂"的声音,心想"是姐姐、就是这里"。星星妹妹挖开泥土,泥土底下有一个箱子。

拿下箱子的盖子一看，箱子里只剩下一丝呼吸、瘦得只剩皮包骨头的月亮姐姐。星星妹妹抱出月亮姐姐，边哭边喊："姐姐呀——醒醒、醒醒呀！"星星妹妹背起只剩皮包骨头的月亮姐姐，回到了山里的村子。

在第八段中，时间已经到了第二年春天，罂粟花开始盛开了。时间过得很快，转瞬即逝。

这里有句"罂粟花开的时候"。在民间故事中，讲到鲜花盛开的场面，绝对不是因为喜爱这花才讲，而是为了让它发挥某种功能。在这里，它准确地照应了星星妹妹的约定："明年罂粟花开的时候，我便去找姐姐"，所以才会有花儿开了的场面。然后，星星妹妹按照约定去找姐姐了。只有当花儿在故事中发挥某种功能时，才会被提及。

《猴女婿》（「猿婿」）同样如此。猴子和姑娘来到河边时，河堤上盛开着樱花，柳树抽出了美丽的嫩芽，这样的讲述绝不是出于喜爱樱花或柳树的缘故。只因姑娘说如果把樱花带回家，父母会很高兴，而猴子就因此掉进河里。这就是樱花在故事中的功能。

在民间故事中的音乐也是如此。笛子等乐器出现在民间故事中的时候，笛子演奏的音乐在故事中具有一定的功能，而其所演奏的音乐本身并不会受到欣赏。这一点在德国童话故事《魔鬼的三根金发》（「三本の金髪のある王女」）中得到了充分的体现。

故事家铃木佐津在这里用了四个拟态词描述了罂粟花盛开的样子，"一朵、一朵、一朵接一朵"。这样讲是为了与第七段中月亮姐姐从箱子的洞往外扔罂粟花种子时的"一个、一个、一个接一个"相对应。民间故事是通过语言向前推进的，所以像这样通过使用同样的词汇和语言，来告诉大家之前所提到的罂粟花种子在这里开花了。除了罂粟花，山里或许还有其他的花。但是，"一朵、一朵、一朵接一朵"，像这样用几乎相同的语言连着讲四次，这样听众便能清楚地知道，月亮姐姐撒下的罂粟花种子开花了。

铃木佐津在这里也使用了"走啊走、走啊走"的节奏。这样一来,听众便可以清楚地知道星星妹妹正不断往深山里走去。

罂粟花消失的时候,星星妹妹喊着"姐姐!姐姐!"。然后,就听到从远处传来了"喂"的一声。星星妹妹一下子就发现了姐姐被埋的地方。精准到几乎一下命中。可以说这便是故事场所的匹配性。

"是姐姐。"星星妹妹到了声音传来的地方,挖开泥土,泥土底下有一个箱子。在这里,铃木佐津也完全没有提及星星妹妹是如何挖土的。星星妹妹一下子就挖开了泥土并发现了箱子,可以说星星妹妹一下命中了箱子所在地。从现实的角度考虑,即使知道箱子大致所在地,想要找到也要颇费一番工夫。但是,在民间故事中却非常简单,把土挖开发现箱子就足够了。这也是故事中场所的匹配性。

打开箱子的盖子,看到"瘦得只剩皮包骨头的月亮姐姐"。故事中出现了"只剩皮包骨头"这样的形容。作为民间故事的形容,我认为这是用词的极限。如果再进一步描写姐姐的样子,就打破了民间故事的形式。埋在土里已经过了好几个月,说月亮姐姐瘦得只剩皮包骨头了,这完全是可以的。月亮姐姐衰弱成什么样了,表情又是如何痛苦,民间故事对这些却都不交代。

姐妹二人再次相见,"'姐姐呀——醒醒、醒醒呀!'星星妹妹背起只剩皮包骨头的月亮姐姐,回到了山里的村子"。重逢后,星星妹妹背着姐姐到村子里,这段内容用时非常短。如果把这个场面投入感情并详细讲述的话,必定需要非常长的描述,姐妹二人一定会说很多的话吧。能活着再次重逢,两人会开心到流泪吧。而且,关于星星妹妹背着姐姐,也会有很多话要说的吧。故事家铃木佐津全然不陷入那样的人情描写,而是简洁地讲述了这一悲壮的场面,推动故事情节不断向前发展。

(第九段)

村子里有一个门户很大的房子,星星妹妹走到那家门前:"请您帮帮我们吧。"房子的女主人看到月亮姐姐，说道："这是怎么了？太可怜了。这么下去肯定撑不住的，快，快进来！"姐妹两人就进了门。女主人为月亮姐姐煮了粥并让她吃下，这个那个的吃了一碗又一碗，日子一天天过去，姐妹二人便一直住在这女主人家中。

姐妹二人回到村子里，村子里有一所大房子，房子里有一位女主人。这个大房子似乎独门独院。大房子周围是否有其他人家，民间故事对此完全不感兴趣。民间故事喜欢孤立地讲述，哪怕是房子这样的大道具。

这样的例子随处可见。就日本的民间故事来说，《赶马人和山妖》中出现的山妖的屋子也是独门独户，是孤立的。格林童话中汉塞尔与格蕾特迷路后在森林里遇到的糖果屋也是独门独户，还有白雪公主藏身的七个小矮人的家也是独一户。

就这个故事来说，住在独门独户里的女主人像是孤身一人。虽然是大房子，让人觉得应该有其他的家人，但是在民间故事中，如果没有必要就不会讲那些家人的事情。民间故事并不关心这个家里有几口人，家庭结构又是如何。民间故事所关心的，只是与主人公相关的人物。而且，在这种孤立的家中，与主人公有关的，一般只有一个人。可以说这具有很强的孤立性。

这种例子在很多民间故事中都可找到。例如，在日本的民间故事《黄莺的家》(「みるなのくら」) 中，男子被黄莺的叫声所吸引，误入树林，并在树林里发现了一栋独户房屋。男子喊了声"喂"，从房子里便走出了一个姑娘。在这种情况下，因为房子很大，姑娘应该有家人，但是民间故事并没有提及。于是就变成了只有姑娘一个人住在这个家里。

《汉塞尔与格蕾特》(「ヘンゼルとグレーテル」) 中糖果屋里住着的是一个魔女。白雪公主藏身的小矮人家里有七个小矮人，也许有人会认为他们不是一个人。但是，这七个小矮人总是一起行动。七个小矮人绝不会各自地特立独行。他们同时回家，同时吃饭，第二天又同一时间一起出门。在这个意义上，七个小矮人是一个整体。

女主人一看到月亮姐姐就说："这是怎么了？太可怜了。这么下去肯定撑不住的，快，快进来！""这是怎么了？太可怜了。"这是女主人对月亮姐姐使用的唯一的形容。从常规思维来看，"女主人"应该更吃惊，或者询问各种各样的事情。月亮姐姐和星星妹妹要想得到帮助，就应该把事情的原委讲给女主人听。但是，民间故事并不这么做。故事中只说了一句"这是怎么了？太可怜了"。故事家铃木佐津在这里也没有过多投入感情地进行仔细说明。

（第十段）

月亮姐姐和星星妹妹的父亲呀，外出回到家一看，姐妹二人都不在。父亲这次变成云游僧人，外出寻找月亮姐姐和星星妹妹了。父亲从西边找到东边，从山上找到山下，每天一边找一边哭。"月亮和星星要是在的话，肯定会敲这个钟吧。"想到这里，父亲边走边把钟敲得铛——铛——地响。父亲一边哭一边走，直到两只眼睛都哭瞎了。有一天，父亲走到了一直照顾两姐妹的那户人家门口，站在那里敲响了钟，说道："月亮和星星要是在的话，肯定会敲这个钟吧。"说完又铛——铛——地敲了两下。房子的女主人听到了："哎呀，虽然家中无佛经，但我们还是出去瞧瞧吧。"月亮姐姐和星星妹妹出门一看，竟是自己的父亲。两人吃了一惊，叫道："父亲！"跑到父亲身边，两人便哭了起来。月亮姐姐的眼泪飘进了父亲右眼里，星星妹妹的眼泪飘进了父亲左眼里，父亲的眼睛突然就变明亮了。姐妹二人在此处受到了很多照料，父亲说："你们不能一直住在此处，我们回家吧。"说完，三人便一起回家了。

从第十段开始，姐妹二人的父亲登场了。

父亲"外出回到家一看，姐妹二人都不在"。也就是说，这件事发生时，父亲外出旅行并不在家。在民间故事中，发生重要事件时，与之相关的亲人、敌人或对方经常会不在场。在《不能看的房间》(「みるなのくら」）中，允许男子留宿的姑娘说有事要到村子里去。男子在好奇心的驱使下，把不能看的仓库打开了。同样在日本的民间故事《偷灯油的妖怪》(「あぶら取り」)中，听说主人允许自己吃丰盛的食物而留宿的男子，趁主人不在家时，偷看了不能看的房间。我认为"不在场"这个母题，在民间故事中具有极其重要的功能。

在格林童话《白雪公主》中，小矮人外出去山里干活时，假扮成商妇或农妇的王后，拿着毒梳子等来杀白雪公主。在英国的民间故事《聪明的莫莉》(「かしこいモリー」)中，莫莉听从国王的命令，第一次去取高大男人枕边的刀，第二次去取枕头下的钱袋，第三次去取戒指。这三次高大男人都不在场。因此，莫莉才得以钻到床底下。像这样，在民间故事中，作为引发事件的契机，即作为推动情节发展的契机，不在场的母题发挥着极其重要的作用。

外出旅行回来的父亲，发现两个女儿都不在家，自然会询问妻子两个女儿的下落。然而，这位父亲并没有这样做。铃木佐津并不讲述登场人物内心的不安，以及从常规思维来看理所当然会采取的行动，因为这些是与推动民间故事发展无关的事情。从中可以感受到铃木佐津讲故事所具有的极其敏锐的形式感。

父亲一边说"月亮和星星要是在的话，肯定会敲这个钟吧"，一边铛——铛——地敲钟，云游四方。就这样从西到东，又从山上到山下走了一圈之后，父亲来到了姐妹二人住的那户人家的门口。这里明确地看到场所的匹配性。民间故事在场所、时间、条件、状况等匹配的情况下，快速地向结局推进。

在《汉塞尔与格蕾特》中，两人在森林里走了三天三夜，最后遇到了糖果屋，也可以说是场所匹配。从可能性上来说，碰不到糖果屋的可能性应该更多。尽管如此，汉塞尔与格蕾特却正好碰上了糖果屋。简直是百分百的命中率。

父亲"一边哭一边走，直到两只眼睛都哭瞎了"。读者能够想象到父亲一边行走一边四处打听孩子下落的凄惨模样。但是，铃木佐津讲到此处的时候没有被情绪所左右，而是只用了最基本的动词也是关键性动词来讲述，即"一边哭""眼睛都哭瞎了"这两个动词。想要描绘这位父亲的凄惨状况，除此之外还有很多词语可以使用。但铃木佐津却只用了这两个词。这样讲故事，哪怕是感情再丰富也不会沉溺于感情，可以快节奏地推进情节的发展。

　　铃木佐津把"月亮和星星要是在的话，肯定会敲这个钟吧"这句话讲了两遍。从《月亮姐姐星星妹妹》中我们可以发现，铃木佐津讲故事习惯将相同的词语以成对的方式出现。这句"月亮和星星要是在的话"也是成对，第八段的"一朵、一朵、一朵接一朵"也是成对。不仅如此，我们回顾一下第一段中"'月亮呀、星星呀，起床啦'。'起来啦——'姐妹两人便一骨碌爬了起来"，这段话在第三段和第五段中都再次出现。《月亮姐姐星星妹妹》在日本民间故事中算是比较长的故事，但通过反复使用同样的语言，铃木佐津清晰地展示了整个故事的面貌。

　　月亮姐姐和星星妹妹听到"肯定会敲这个钟吧"，飞奔出门。而后，看到父亲后叫了声"父亲！"，便抱着父亲哭了起来。这里也完美地体现出场所匹配性。"月亮姐姐的眼泪飘进了父亲右眼里，星星妹妹的眼泪飘进了父亲左眼里，父亲的眼睛突然就变明亮了。"可以说，这故事讲得精准到几何学的方式。月亮姐姐的眼泪飘进了父亲的右眼，星星妹妹的眼泪飘进了左眼。至于是不是从眼睛里溢出来了，民间故事并不关心。让人觉得有种恰好飘进父亲眼睛里且不多不少的样子。

　　格林童话《灰姑娘》(「灰かぶり」)的最后一幕也出现了同样的情况。故事是这样的：

　　　　灰姑娘去教会的时候，大姐跟在她的右边，二姐则跟在她的左边。结果，那些鸽子就分别啄瞎了姐姐们每人一只眼睛。之后，当大家从教会出来的时候，大姐在左边走，而二姐在右边走。于是鸽子又啄瞎了两人各自剩下的另一只眼睛。

这一部分同样可以说是几何学式的讲述方式，也就是吕蒂所说的图形式的讲述。因此，《月亮姐姐星星妹妹》也可以说是图形式的。月亮姐姐和父亲两人眼睛的高度并不相同，眼泪可能会溢出来，但民间故事对此毫不关心，只是讲述了月亮姐姐的眼泪飘进了右眼，星星妹妹的眼泪则飘进了左眼。

"父亲的眼睛突然就变明亮了。"在民间故事中，生病、伤口等肉体的损伤，只要消除了原因，就能马上痊愈。这里也是如此。

（第十一段）

　　回到家后，父亲非常疼爱月亮姐姐。本以为已经杀死了月亮姐姐的后娘，在看到月亮姐姐后，哭着向月亮姐姐道歉："小月，原谅我吧，原谅我吧。"后娘哭着哭着完全变成了瞎子，一日三餐也食不下咽，她来到父女三人面前，月亮姐姐看到后娘的样子，走上前去哭着叫了一声"母亲！"月亮姐姐的泪水飘进后娘眼中，后娘便睁大了眼睛重见光明。姐妹二人非常孝顺，一家人幸福地生活了下去。

至于想要杀死月亮姐姐的继母，"一日三餐也食不下咽，她来到父女三人面前"。可以看出，此处使用"三"这个数字非常精妙。

继母的眼睛被治好的部分，用了"月亮姐姐的泪水飘进后娘眼中，后娘便睁大了眼睛重见光明"这样正确的讲述方式。虽然不像父亲睁开眼睛时写得那么镇定，但还是能清楚地知道月亮姐姐的泪水精准地飘进了继母的眼睛。

这样一来，就能很好地理解铃木佐津的《月亮姐姐星星妹妹》的精彩之处了。我在这里指出了《月亮姐姐星星妹妹》这一民间故事中隐含的形式特征，同时，也解开了《月亮姐姐星星妹妹》这一民间故事之所以精彩的秘密所在。

二、《三个死者在地府》

接下来我以新潟县长冈市的笠原政雄[11]所讲述的《三个死者在地府》[12]（「三者の死出のたび」）为例，对日本民间故事的法则进行具体阐释。

因为我希望各位读者能了解到，除了铃木佐津之外，日本各地的民间故事家都遵循着民间故事的法则。并且，从故事内容上看，不仅像《月亮姐姐星星妹妹》这样的严肃故事中存在着故事法则，滑稽诙谐故事中也同样存在法则。

《三个死者在地府》（笠原政雄讲故事）

（第一段）

从前，有这样三个人。一个杂耍师，一个医生，还有一个和尚，他们三个人好得呀能穿一条裤子。

那个医生呀，总是鼓捣一些没什么用的草根，说什么"对身体好"，让病人喝下去，以此来赚钱。

那个杂耍师呀，总是做些虚假的小把戏，蒙蔽他人的眼睛，以此来赚钱。

那个和尚呀，总是念叨着一些不怎么灵的祈祷，以此来赚钱。

---

[11] 笠原政雄：1918年出生于新潟县柏崎市北条，1994年逝世于长冈市。长期任职于国铁。从小听着母亲讲的民间故事长大。40岁的时候认识了新潟的民间故事调查员水泽谦一，并开始讲述民间故事。他朴素的讲述方式打动了很多人，被邀请到全国各地讲演。他的讲述内容被收录在《雪夜讲述》等作品中。另外，他的讲述语音内容被整理成《CD资料·笠原政雄民间故事集》共13张。

[12] 《三个死者在地府》：这个故事的转写文本收录于《雪夜讲述的故事——一个故事讲述人的故事和人生》（笠原政雄讲述，中村智子编，福音馆星期天文库，福音馆书店1986年出版）该书由笠原政雄讲述自己人生的"堂兄煮和豆沙——笠原政雄的回忆故事"、66集的"民间故事"以及"一百个故事"和6集的"关于人和地方的故事"组成。

故事的开篇具有民间故事的典型特征，即时间、地点和人物的不确定性。故事中的杂耍师、医生还有和尚住在哪个村？邻居都是些什么人？这些事情一概没有交代。这些都鲜明体现出了孤立性这一民间故事的基本特征。

三个人物的职业身份分别是杂耍师、医生和和尚，但故事家全然不在乎他们的日常如何过活，只是说医生"总是鼓捣一些没什么用的草根，说什么'对身体好'，让病人喝下去，以此来赚钱"。杂耍师"总是做些虚假的小把戏，蒙蔽他人的眼睛，以此来赚钱"。和尚"总是念叨着一些不怎么灵的祈祷，以此来赚钱"。总而言之，故事家不讲他们日常如何过活，只讲他们后面将会被阎魔王盘问的事情。

民间故事中的人物各式各样，有时会交代清楚人物的职业身份，但绝不会在故事中谈论工作实质。例如在《烧炭翁》这则民间故事中，故事家虽然明确说明了人物的职业是烧炭的，但几乎不讲人物怎么干活，只是说烧炭翁烧好炭之后再拿到集市上卖以维持生计。至于烧炭翁一天烧多少炭、能卖多少钱等实质性的内容，故事家全然不提及。

欧洲民间故事也是如此。格林童话《天国里的裁缝》(「天国の仕立屋」)虽然涉及裁缝这一职业，但从不谈论裁缝工作时的样子。民间故事一般都是如此，它会交代人物的职业身份，但不提及工作实质。此处鲜明体现出了民间故事的一大特征，即省略具体内容，仅用概念加以描述。

（第二段）

有一次，一人提议：

"这次大赚了一笔，去吃河豚火锅吧。"

于是，三人聚在一起，一边吃河豚一边喝酒，不料河豚有毒，三人都中毒死掉了。

三人死后一起走在去地府的路上。一路寒风呼呼地吹，白色的雾气笼罩，蓝色的鬼火粼粼，令人毛骨悚然。三人走了很长一段时间后，来到了一片河滩。

那里有一个可怕的老婆婆。她是夺衣婆,会把死人身上穿的衣服全部夺走。

"你们,都给我把衣服脱下吧!"夺衣婆说道。

脱衣服太冷了,怎么办呢?三人正为此犯愁,这时,杂耍师说:"交给我吧。"

"婆婆,婆婆,比起我这身脏衣服,钱不是更好吗?"

"啊哈,对啊,钱更好!"

"那我给你钱吧。"

于是,杂耍师揉搓叶子使之变成钱,夺衣婆拿到了巨额钱财。接着,三人趁着夺衣婆心情大好的时机,通过了老婆婆的关卡。

而后,夺衣婆仔细一看,那些钱全部变成了树叶。

"这些混蛋!"夺衣婆试图追赶三人,但他们已经穿过了阎魔王的重重大门。

故事的开端是一人提议"这次大赚了一笔,去吃河豚火锅吧",结果他们吃了河豚之后中毒死了。也就是说,三人擅长骗人所以都发了财,又因为发了财所以一起去吃河豚,最后一起中毒死了。故事的逻辑线非常清晰。作为民间故事来说它在情节上是非常简洁明了的。民间故事喜欢简单的胜于复杂的故事情节。事件逐步发展,向着终局演进。在民间故事里,如果人物要死的话就会立刻死去。相反,如果要复活的话,一旦引发疾病或伤害的原因消除,人物就会瞬间复活或者立即康复。

故事家用了九十八个日语字来描述三人去地府路上的景象。一般来讲,民间故事不会对路途中的景象这样的情节进行详细描述,但是笠原政雄详细讲述了去地府一路上的阴森可怖。不过,仔细读来,笠原政雄的讲述与其说是具体的细节描述,不如说是像"白色的雾气笼罩,蓝色的鬼火粼粼"这样使用原色的描绘。民间故事在色彩方面倾向于使用原色。格林童话《白雪公主》中,形容白雪公主的皮肤像雪一样白,嘴唇像血一样红,头发像黑檀窗棂一样黑,使用的正是这样一种色彩描绘方式。换句话说，它是一种与所谓的写实描写相异的原色描述方式。我们可以发现，这样的描述方式和对去地府路途上的景象进行具体说明是不同的。

不过，话说回来，对描述去地府的路途所用的九十八个日语字，虽然简短，却给人一种距离三途川河源很远的感觉。去地府的时候需要历经很长很长的路途，但回来的时候一瞬间就回了，这便是民间故事的讲述特征，关于这一点后面我们会详细提到。

到达三途川河源之后，那里"有一个可怕的老婆婆"，叫作"夺衣婆"。根据故事的注解，这个老婆婆是专门抢夺去地府人衣服的，看上去很可怕。接着，夺衣婆对三人说："都给我把衣服脱下吧！""脱衣服太冷了，怎么办呢？三个人正为此犯愁，这时，杂耍师说：'交给我吧。'"

三人经过阴森的路途跋涉终于到达三途川河源之后，那里有一个看上去很可怕的老婆婆。按理说三人应该会对老婆婆这个人物的存在感到惊讶。就一般情况来说，他们首先会感到惊讶，继而会感到害怕。因为，三途川河源的老婆婆不是生活在人间的普通人，她是另一个世界的，也就是超越了此世的存在。一般来说，三位男士首先会对来自另一个世界的老婆婆感到惊讶。然而，笠原政雄却只讲了一句"太冷了，怎么办呢？"也就是说，三人被要求脱下衣服之后因太冷而犯愁，他们的惊讶不是源自超常性事物，而是源自非常日常性的事情。这正是民间故事的特征所在。

格林童话《青蛙王子》(「蛙の王さま」)中也有相似的情节。在水池边，一位公主因为金球掉进池子里而哭泣。这时，一只青蛙出现了，青蛙问道："公主殿下，你为什么哭得这么伤心？"这时，公主并没有为青蛙能说话而感到惊讶，而是说："唉，丑陋的青蛙，你怎么能帮得了我呢？"接着告诉青蛙："我的金球掉进池子里了。"换言之，公主只是从日常意义上嫌弃青蛙太脏，对于青蛙作为能够说话、通人性的超常性存在这一点并不感到惊讶。

杂耍师用他的惯用伎俩欺骗了夺衣婆。"杂耍师揉搓叶子使之变成钱，夺衣婆拿到了巨额钱财。"回顾到目前为止的情节发展，在通往三途川河源的路上，寒风凛冽，白雾笼罩，蓝色的鬼火粼粼，令人感到阴森可怖。可是，这里却突然出现了树叶。在民间故事里，需要的物品会立即出现。故事家一方面会尊重故事情节的自然规律，另一方面，凡是故事情节发展所需的东西，就让之出现。这是民间故事为了创造御伽的世界[13]所运用的手法，这样的讲述也算一种。

夺衣婆发现自己被骗了之后，"试图追赶三人，但他们已经穿过了阎魔王的重重大门"。此处情节也可以说体现出了时间的匹配性。具体而言，没有赶上从某种意义上来说是刚刚好。站在主人公的立场来看，没有被夺衣婆抓到而穿过了门，是正好赶上了。

这一点与民间故事《三张护身符》(「三枚のお札」)中被鬼婆婆追赶的小和尚纵身一跃钻进寺庙门的情节有异曲同工之妙。从主人公的角度来看，他非常及时地跨进了寺门之内。

（第三段）

三人看到阎魔王威风堂堂地就坐在正对面，赤鬼、青鬼和黑鬼

---

[13] 御伽的世界："御伽"一词的词源虽不十分明确，但文学史上曾使用过御伽草子、御伽众等词。从广义上讲，御伽草子是指室町时代创作、抄写的故事以及所有草子。从狭义上讲，是指江户时代作为"御伽文库"出版的23本图画书，其中包括《钵月》《物草太郎》《浦岛太郎》等。岩谷小波以《日本民间故事》(1894—1896)和《日本御伽故事》(1897—1898)之名重新讲述了《桃太郎》和《花开爷爷》等民间故事，是日本民间故事重述的集大成之作。另外，在《世界御伽》(1899—1907)中，他重新讲述并出版了欧洲的童话故事等。通过这些词语的使用方式，可以看出"御伽"是由巫术或魔法引发了奇迹般事件，日常世界和超日常世界交织在一起的不可思议的、虚构的故事。"御伽"一词有时用于特指小波的"御伽故事"，但在本书中出现的"御伽的世界"或"御伽故事"泛指一般意义上的虚构故事。关于"魔幻"一词，也有类似的情况。"魔幻"一词源自希腊语 fantasia（图像、想象），通常意指幻想，但在文学中它指的是所有魔幻故事。在近现代文学中，"魔幻"尤其指那些给传统童话或精灵故事赋予深层意识或象征意味等现代意义，描写由魔法等超自然元素支配的世界的故事。这类故事在英国衍生了很多作品。其中，以完全虚构的神话世界为背景，讲述中世纪或传统英雄冒险故事的作品（如托尔金的《指环王》等）被称为"高级魔幻故事"。由于文学史的这种情况，"魔幻"有时被用来指特定的创造性文学体裁，但在本书中，它回归了这个词的本义，用于指魔幻本身或所有的幻想故事。

侍立两旁。

据说在人间所撒的谎、干的坏事，都会在这里遭到一一盘问。

"你们这些家伙以前干尽了坏事。杂耍师做假把戏骗人钱财。医生把树根和草叶当作药使。让头疼的人喝下治肚子的药，让肚子疼的人喝下刨伤药，害人无数。和尚也有和尚的罪过，尽说些莫名其妙的话，从病人那里骗取钱财。你们三个都撒谎骗人犯下了欺诈罪，简直是罪大恶极！"

听了阎魔王的话，三个人齐声喊道：

"冤枉呀，我们可没做过那样的事情。我们帮倒是帮过人，可从没有骗人，更别说杀人了。"

阎魔王说："那你们自己看！"

他们三人看了一眼面前的镜子，镜子里映出了三人以前所有干过的事情。

这一节阎魔王出现了。故事家就说一句"威风堂堂地就坐在正对面"，此外再无其他任何描述。阎魔王所住的宫殿究竟是什么样子呢？这些都不得而知。"赤鬼、青鬼和黑鬼侍立两旁"，这里使用的也是原色。民间故事不喜欢使用中间色。而且，和第二段对照来看，第二段出现了"白色的雾气""蓝色的鬼火"。此处用的是赤、青、黑这样的原色。《三个死者在地府》这则民间故事篇幅相当长，但是从整体上看结构紧凑、通俗易懂。故事统一使用原色来描述是实现这一效果的助力之一。

还有一点，阎魔王的旁边只有三只鬼。阎魔王的手下，应该有更多。然而，对于民间故事来说三只鬼就够了。从出场人物来看，医生、杂耍师、和尚死后来到阎魔王这里，招待他们的小鬼也是三只。民间故事偏好这种整齐划一的形式，可以称之为故事情景的匹配。

在英国民间故事《聪明的莫莉》(「かしこいモリー」)中也可以看到相似的情节。莫莉和两个姐姐一起被遗弃在森林里，也就是说她们一共三个人。然后，她们借住在一个大汉所住的独栋房子里，结果这个大汉也有三个女儿。随后莫莉姐妹解决了国王的难题，并和王子们结婚了，王子也恰好是三人。民间故事偏好这样整齐划一的形式和具有匹配性的情节。

阎魔王要裁决三个人。此时阎魔王所列举的三个人的罪状与第一段所讲述的基本相同。民间故事喜欢把前面发生的事情在后文中再重复一遍，且情节性质基本相近。不过，笠原政雄的讲述中，杂耍师"骗人钱财"、医生"让肚子疼的人喝下创伤药，害人无数"、和尚"从病人那里骗取钱财"，因而"你们三个都撒谎骗人犯下了欺诈罪，简直是罪大恶极！"但是，阎魔王指责医生杀人的部分与第一段中骗取病人钱财的部分有出入。我感觉笠原政雄在讲述这一段时稍稍打破了讲述的形式。

从阎魔王指责"你们三个都撒谎骗人犯下了欺诈罪，简直是罪大恶极！"可以看出，在阎魔王看来，罪大恶极的不是杀人罪，而是撒谎骗人的欺诈罪。因此，此处情节不是意在指责医生杀人的罪状，而是让人喝下创伤药骗取钱财的罪状。

能对此进行佐证的另一个依据是第四段中的判决："你们三人全都下地狱，割去舌头。"判决割舌即割掉撒过谎的舌头，很明显这是针对三人撒谎骗人钱财的行为而做出的判决。

有的故事家可能会像这样改变讲述的形式。因此，若是有故事家要对这个故事进行改编的话，最好是修正一下这个地方。这是基于民间故事的形态理论研究之后得出的结论。

当然，在该种类型的故事中，并不是所有场合都要用"骗取钱财"来统一。不同的讲述者只要把握故事整体的连贯性和一致性就可以了。一个人被指责骗取了钱财，另一个人被指责杀了人，这样的情况也是完全可以的。只不过，在笠原政雄的讲述中，无论是从判决结果还是第一段中的事件陈述来看，医生所受责罚之处都应该是骗人钱财这一点。

另外，在这一场景中，可能有读者会认为阎魔王一个人对峙杂耍师、医生、和尚三人的情境，并不是一对一的形式。但是，仔细阅读文本之后就会发现，对于阎魔王的问话，每次回答的都是三人中的其中一人。

虽然在表述上是:"三人说道",但是并不是三个人分别发言。因此,从这个意义上说,它实际上与一对一的对话模式相差无几。正是归功于这种一对一的讲述方式,整个故事的场面才得以统一,故事才能有序推进。

(第四段)

阎魔王下了判决:"你们三人全都下地狱,割去舌头。把舌头系在樒树上,用起子把舌头给我拔出来!"

于是,青鬼拖走了三人,把他们绑在樒树上,正想用起子把他们的舌头拔出来。

就在这时,医生盯着青鬼的脸说道:

"我看你的脸色发青,肯定有虫牙。我可以帮你治好。"

青鬼正牙疼着呢,便说:

"你给我看看?"

医生说:

"把起子给我",接着医生便用起子,把青鬼的牙齿全都拔掉了。

青鬼哭着跑到阎魔王那里诉说了事情的经过。

从这一段开始,接连分别出现了三次三人反抗阎魔王处刑的场景,呈现出三叠式结构。三叠式的第一回合从"你们三人全都下地狱,割去舌头"的判决开始,直至"把青鬼的牙齿全都拔掉了"结束。第二回合出现在第五段,第三回合出现在第六段。经过整理发现,第二回合中杂耍师的内容是最少的,而第三回合中的较量内容是最多的。

并且,仔细读来,第三回合可以分为前半和后半两个部分。前半部分是和尚因把热水弄得像温泉一样,导致"阎魔王勃然大怒"。后半部分是阎魔王说"我要把你们都吃掉",于是把三人吞进肚子里了,却因为医生在肚子里捣乱而不得不把三人都吐出来。总之,在民间故事的三叠式结构中,第三回合往往总是内容最长也是最为关键的部分。本故事中的第三回合也是如此,它可细分为前半部分和后半部分,并且也是内容最长、最重要的部分。

在《白雪公主》的故事中，第三回合的毒苹果这一节，同样也可分为前半部分和后半部分。前半部分是"白雪公主吃了毒苹果之后死了"，后半部分是"不过白雪公主死后的容颜依旧很美，她被放在水晶棺材里安置在山上"。因此，第三回合的篇幅也最长。此处所用的讲述方式与阎魔王故事中第三回合的讲述方式非常相近。关于这一点我将在第五章"民间故事的音乐性"中详细阐述。

另外，正如前文所言，阎魔王做出的判决是"割去舌头"，从第三段的内容可以看出，这一判决是对欺骗行为的惩罚。

"青鬼拖走了三人，把他们绑在樱树上，正想用起子把他们的舌头拔出来。"如果是写实文学，肯定会描写三人拼命抵抗判决、哭天喊地的场景。但是民间故事却只是点到为止，没有进行具体的细节描写。《月亮姐姐星星妹妹》也是如此，故事中月亮姐姐被装进箱子扔到山里去时，没有任何抵抗。

医生快要被拔掉舌头的时候，盯着青鬼的脸说："我看你的脸色发青，肯定有虫牙。"笠原政雄接着讲道："青鬼正牙疼着呢，便说：'你给我看看？'"医生说青鬼长了虫牙的时候，青鬼正好感到牙疼。此处出现的是情境匹配，也可以称之为时间匹配。即感到牙疼的时间与被医生说中的时间匹配。

民间故事会像这样让时间、场所、条件以及状况等保持匹配，以很快的节奏推进故事朝着终局发展。作为用耳朵听的艺术，民间故事通常会快速推进故事以使其更加易于理解与欣赏。就《三个死者在地府》而言，如果讲述者在此对牙疼的症状等进行详细描述的话，只会使得讲述变得冗长烦琐。从这个角度来看，可以说笠原政雄是一位深谙民间故事简洁性特征的优秀故事家。

"把青鬼的牙齿全都拔掉了。"医生说给青鬼拔牙，不是只拔一两颗，而是把他的牙齿全都拔掉了。这体现了民间故事的极端性。作为阎魔王的手下，青鬼一般给人一种很凌厉的印象，但是在本故事的讲述中，我们一点也不觉得青鬼凌厉。相反，他很轻易地就被医生骗着拔光了牙齿，接着哭哭啼啼地去阎魔王那里告状。也就是说，故事所展现的并不是鬼的实际面貌。鬼从名字上给人一种很凌厉的印象，但是在民间故事中却并非如此。民间故事中的鬼是像《三个死者在地府》中那样很轻易就上当受骗、接着因为牙齿被拔光而哇哇大哭的形象。

《桃太郎》(「桃太郎」)中的小鬼们也是如此。一般来说，鬼都给人一种邪恶的印象，他们从城中掠夺女人和孩子，并将他们全部杀害等。但是在《桃太郎》中，狗、猴子、山鸡，还有桃太郎发起进攻之后，赤鬼、青鬼一个接一个地倒下，首领也很快投降了。这些故事中的鬼只是徒有其名，其内核是被去除了的。

如果没有意识到这一点，在对民间故事进行改编或绘本化的时候，往往处理不好。

（第五段）

"这些家伙罪大恶极。这次，把他们从刀山上推下去！"

阎魔王发话后，三人被带到了刀山上。

这时，杂耍师说："交给我吧。"

说完他第一个跳下了刀山，然后轻而易举地将从刀山上跳下来的医生和和尚夹在腋下，踩着锋利的刀尖轻飘飘地走了过去。

被带到刀山上后，杂耍师率先跳了下去。"轻而易举地将从刀山上跳下来的医生和和尚夹在腋下，踩着锋利的刀尖轻飘飘地走了过去。"这种感觉就好像是接住了掉落下来的书包，将它们夹在腋下一样。故事家运用语言进行虚构，无视物体的大小。此处医生与和尚的真实肉身被悬置了，仅靠着语言来勾勒。民间故事运用各种各样的叙述技法来创造一个虚幻世界，无视物体的大小和肉体的重量进行叙述也是其中的技法之一。一言以蔽之，这是一种悬置事物实质内容的讲述方式。

一般人是无法在刀山上行走的，但杂耍师却可以轻松地在刀山上跳跃行走。杂耍师的技能与刀山的特性正好匹配,也可以称之为情景匹配吧。

  (第六段)
  阎魔王说道:
  "又没办成。这次,把他们三个都给我扔进咕嘟咕嘟沸腾的热锅里。"
  于是,和尚说:"这次交给我吧。"
  和尚用回温之术把锅里的热水变得像温泉水一样舒适。
  被扔进锅里的三人说:
  "再加点火、再加点火。"
  赤鬼加了火之后,三人在锅炉里舒服地哼起了小曲。
  阎魔王见状勃然大怒:
  "这三个家伙,真是软硬不吃。"
  "你们三人必须从我眼前消失,我要把你们吃掉!"
  说完,阎魔王一下子把三人全都吞进了肚子里。
  于是,医生说道:"交给我吧。"
  随后,医生用针在阎魔王肚子里一顿乱扎,接着在四处撒满泻药。
  阎魔王肚子疼得乱叫,无可奈何地把三人吐了出来。
  最后,他们三人重新回到了人间。然后又其乐融融地生活在一起了。
  可喜可贺,可喜可贺。

  三人要被放入滚烫的热锅里时,轮到和尚上场了。"用回温之术把锅里的热水变得像温泉水一样舒适。"此处也具有情景匹配性。和尚会巫咒术,正好可以把煮沸的热锅里的水降到合适的温度。
  到目前为止,医生、杂耍师、和尚都显了身手。三人虽然是一起行动,但显身手的通常只是其中一人,因而也算是一对一的形式。显身手的人会被单独强调出来。而且,"被扔进锅里的三人说:'再加点火、再加点火。'赤鬼加了火之后……"，此处三个人的说话内容一致，并没有单独发话。由于三人呈现出不单独行动的特征，因而可以被视为一个整体。它与救了白雪公主的七个小矮人是一样的。虽然有七个小矮人，但他们很少单独行动，总是集体行动。从这层意义上看，白雪公主对七个小矮人的场面具有一对一的效果。

无计可施的阎魔王说："我要把你们吃掉！""说完，阎魔王一下子把三人全都吞进了肚子里。"此处也体现了民间故事的讲述特征。其中一个特征是前面已经提到的，民间故事无视物体的大小和重量，悬置事物的实质内容这一特征。

另一个特征是，三人明明被阎魔王吞进肚子里了，却能够再被吐出来后重返人间，可见，三人在阎魔王肚子里仍保留着原有的人形。也就是说，他们没有被消化。他们在图式上仍然保留着原来的形状存在于阎魔王的肚子里。

此处进一步佐证了民间故事对物体大小关系的无视。阎魔王的肚子大小与三个男人身体大小之间的关系被完全无视了。另一方面，由于肚子给人一种可以装得下东西的印象，于是便设计了阎魔王把三人吞进肚子的情节。当然，关于阎魔王肚子的描写也不是写实的，这一点是不言而喻的。

在本段的最后，"三人重新回到了人间"。阎魔王吐出了三人之后，他们就从地府回到了人间。三个人像剪纸一样被完整地保留了下来，丝毫无损。这就是故事讲述的图式化。另外，在前文的去程部分（第二段）已有提及，民间故事中到异乡的去程总是需要花费很长的时间、走很远的路程，但归途却是一瞬间的事情。

例如，《汉塞尔与格蕾特》中，两人在森林中经历了三天三夜的寻路和跋涉，才终于到达糖果屋。但是，两人把女巫推入面包烤炉之后，转瞬间就到家了。虽然归途中发生了请鸭子帮忙渡河的事情，但是与去时的遥遥路途相比，归途所花的时间很短，让人觉得距离很近。

在故事的最后，"三人重新回到了人间。然后又其乐融融地生活在一起了"。在传说故事中,死人复活一般都是大事件。并且很多传说故事将死人复活视为奇迹。然而,在民间故事中,无论是采用阅读还是聆听的方式,都不会觉得死人复活是什么不可思议的事情,这是因为它是童话故事的缘故。其实,不仅是最后出现的死而复生的情节,民间故事从开篇就运用上文提到的种种讲述方式营造出了一个童话世界。因而,此处即便出现了死而复生的情节,也丝毫不令人感到意外。

"可喜可贺,可喜可贺。"话说回来,这个故事从整体上可以说是一则童话故事。换句话说,就是虚构故事。由于内容出自虚构,所以任何国家的民间故事家在讲故事的时候都会暗示听众这个故事是虚构的哦,我对故事的内容不负责任的哟。于是在故事的最后往往会出现类似的说辞。《月亮姐姐星星妹妹》的故事最后也是"故事到此结束,可喜可贺"。即虚构的故事到此结束,让我们回到现实世界吧。

(侯冬梅、刘玮莹译,侯冬梅审校)

第二章　民间故事法则分析（二）：格林童话和西伯利亚民间故事

一、《白雪公主》

在撰写民间故事样式理论研究的代表作《欧洲民间故事：形式与本质》之际，麦克斯·吕蒂在序言中表明自己的研究结论是在分析欧洲民间故事的基础上得出的，指明了该著作的研究范围。

如前所述，我在翻译完《欧洲民间故事：形式与本质》之后，一直在思考日本以及欧洲以外地区的民间故事的情况。最后，我得出的结论是，无论是哪个民族的民间故事都具有一些共通的基本特性。因此，我在本书的第一章中首先分析了日本的民间故事。

在本章中，我将以格林兄弟《孩子和家庭的童话集》（『子どもと家庭のメルヒェン集』），通称《格林童话集》中的《白雪公主》为例，具体探讨吕蒂所说的欧洲民间故事。格林兄弟于1812年出版了《格林童话集》初版，于1815年出版了《格林童话集》第二卷初版，至1857年出版了第七版。《格林童话集》的每个版本多多少少都会修改故事内容。我在过去的研究中，曾以其中的几篇故事为具体案例，考察了《格林童话集》的版本变迁史[14]，发现第二版（1819年）较为完整地保留了初版文

---

[14]《格林童话集》的版本变迁史：参见《格林童话考——以"白雪公主"为中心》（小泽著，讲谈社学术文库，讲谈社1999年版）、《生活在现代的格林》（小泽、河合隼雄等人合著，岩波书店1985年出版），参见《格林童话的诞生——从听童话到读童话》（小泽著，朝日选书，朝日新闻社1992年出版）。

章的朴实风格，修正了其中错误的部分，且尚未发展成第七版那样过于华丽的文体，可谓是民间故事最为理想的版本。

因此，我将以第二版本的《白雪公主》为例来分析故事的法则。《格林童话集》并不是现今的研究者们所公认的"民间故事资料集"。正如格林兄弟所命名的那样，是这兄弟两人为了"孩子和家庭"而改编的故事集。因此，这部作品加入了格林兄弟、尤其是威廉·格林的改编痕迹。从现今的关于童话的文艺理论来看，格林兄弟的改编技法[15]是极为成熟的。将格林童话与同时代作家们所留下来的作品进行比较之后就可以发现这一点。

《白雪公主》[16]（摘自《格林童话集》第二版）

（第一段）

很久很久以前，数九隆冬时节，空中飘着鹅毛大雪。王后坐在黑檀木窗户边织衣服，她一边织衣服一边看着窗外的大雪，一不小心用针扎到了自己的手指，三滴鲜血掉落在了雪地上。

故事叙述从"很久很久以前"开始，并没有指定故事发生的时代，也没有特别交代故事发生的地点。王后也不是专有人名。由此可见，不特别告知时代、地点和人名是民间故事的一个基本特征。意在表明故事并不是真实的，而是虚构的。

然而，传说故事就不一样了，需要特别交代故事发生的时代、场所和人物。它意在向读者传达"这个故事是真实的哦"等信息。柳田国男

---

[15] 格林兄弟的改编技法：参见《从文献中改编的 W. 格林》（小泽著，《德国文学》第 86 期，日本德国文学学会 1991 年出版，第 96—113 页），《威廉·格林的改编方法——与同时代人的比较》（小泽著，《口承文学研究》第 21 期，日本口承文学学会 1998 年出版）。

[16] 《白雪公主》：下述《白雪公主》译文引自《格林童话全译本》（小泽译，晓星出版社 1985 年版）。该书是格林兄弟《儿童与家庭的童话集》第 2 版（1819 年）的全译本，收录了第 1 卷共 69 集、第 2 卷共 82 集和儿童圣经传共 9 集。两卷的开头都与原作一样附有格林兄弟中最小的弟弟路德维希·埃米尔绘制的世界上最早的封面画。

说:"传说故事和民间故事最根本的区别在于,民间故事总是极力要向读者申明故事内容不是真实的,与此相反,传说故事则极力试图劝说读者相信故事的真实性。"(摘自《口承文艺史考》[17]中的"民间故事、传说与神话")如果是关于某个村庄,传说故事则会宣称自己所叙述的是该村庄的历史,而民间故事则相反,它从一开始就没有指望读者相信故事是真的。

(第二段)

白雪地上那鲜红的血迹,看上去非常美丽。王后心里想:"要是我能有一个皮肤像雪花一样白、嘴唇像鲜血一样红、头发像黑檀窗棂一样黑的孩子该多好啊!"

"皮肤像雪花一样白、嘴唇像鲜血一样红、头发像黑檀窗棂一样黑",这段描写鲜明展现了民间故事的特质。白色、红色、黑色这样的原色组合形成了强烈的色彩对比。民间故事喜欢极端性描写,因此在色彩上偏好原色。不过,如此色彩组合的人,在现实生活中是绝对不存在的。这样的描写方式事实上是非写实性的,它所营造出的是一个抽象的世界。

(第三段)

没过多久,王后生下了一个小女孩。这个女孩的皮肤像雪花一样白,嘴唇像鲜血一样红,头发像黑檀木一样黑,所以取名白雪公主。女孩出生后不久,王后就过世了。

一年之后,国王迎娶了新的王后。王后是一位美人,只是,她沉醉于自己的美貌,无法容忍有比自己更美的人存在。王后有一面神奇的镜子。她站在镜子前对着镜子问道:

"魔镜啊魔镜,墙上的魔镜。这个国家最美丽的人是谁?"

---

[17]《口承文艺史考》:柳田国男著(中央公论社 1947 年出版)。

镜子回答说:"女王殿下,这里最美丽的人是您。"
　　听了镜子的回答,王后十分满意,因为她知道这面镜子从不会撒谎。

　　"要是我能有一个皮肤像雪花一样白,嘴唇像鲜血一样红,头发像黑檀窗棂一样黑的孩子该多好啊!"许下心愿的王后真的如愿生下了一名女婴。说出的话其后变成事实,这是民间故事为达到重复效果经常使用的一种叙述方式。

　　格林童话《蔷薇公主》(「いばら姫」)中,森林的仙女们在公主的生日宴会上,纷纷为公主赠送了各种美好品质作为生日礼物。可是,第十三名仙女因没有被邀请参加生日宴会而愤怒无比,她预言"公主十五岁时会被纺锤尖扎到手指而死去"。第十二名仙女把预言改成了公主将沉睡一百年。仙女的预言后来变成了事实,蔷薇公主陷入百年沉睡之中。这则故事也出现了言语变成事实再次出现的现象。这可以称为"由事实引起的言语的重复"。另外,民间故事中还存在与之相反的"由言语引起的事实的重复"。

　　(第四段)
　　白雪公主一天天成长,变得越来越美丽。到了七岁的时候,这个孩子的美貌如太阳一样灿烂,甚至超过了王后。王后站在镜子前,问道:
　　"魔镜啊魔镜,墙上的魔镜。这个国家最美丽的人是谁?"

　　民间故事最常见的数字是3和7,其次是12和9。4、6、8这几个数字并不太多见(格林童话里只有《本领超群的四兄弟》《六只白天鹅》出现过4、6、8)。日本民间故事偏爱3和7这两个数字。
　　故事里经常出现三兄弟、三次重复、三个问题,还有七个主人公、七岁等较多含有数字7的设置,这些数字会给民间故事带来某种安定感。

比起灵活多变，民间故事更喜欢规整的形式和稳定的叙述方式。由于民间故事是以口口相传的方式保存下来的，因此，规整的形式和稳定的叙述对于听众来说易于理解，能带来安心感；对于故事家来说也较容易叙述。在《白雪公主》的故事中，小矮人的数量也是七。

（第五段）

镜子回答说：

"女王殿下，这里最美丽的人是您。但是，白雪公主比您美丽一千倍。"

王后听了脸色苍白，她感到震惊、愤怒和嫉妒。自此以后，只要看到白雪公主的身影，她就怒火难耐。她是如此憎恨白雪公主，她的嫉妒和傲慢逐渐膨胀，终于使她变得寝食难安起来。于是，王后叫来猎人吩咐道："把那个女孩给我带到荒林里去。我再也不想看到她的脸了。带到荒林之后，就把她杀掉，带回她的肝肺给我看。"猎人遵从王后的命令，把白雪公主带到一片森林里。猎人拔出平时用于杀鹿的大刀，准备刺向白雪公主纯洁的心脏。就在这时，白雪公主哭着说："求求您，猎人先生。请救救我。我会逃到森林里，绝不再回来。"

白雪公主长得太美了，猎人心生怜惜。"好吧，你快逃走吧，我可怜的公主。"猎人心想，反正过不了多久，可怕的野兽就会吃掉公主吧，用不着自己亲手杀死公主。这么一想反而使猎人有一种如释重负的感觉。

女王是这个国家最美的人，但是白雪公主比女王美上一千倍。民间故事喜欢这种极端的表达。不过，正如在欣赏《月亮姐姐星星妹妹》第一段时所谈到的，民间故事对于故事人物究竟如何美丽只字未提，它不谈论美貌本身到底有多美，而是悬置美貌的具体内容。民间故事不喜欢描写具体内容，因为如果描写具体内容，故事就会变得冗长，这对于用耳朵来听的艺术来说是不适合的。因此,民间故事不描写美丽的具体样态,只是说美丽,然后快节奏地推进故事发展。

这种悬置具体内容的叙述方式,是民间故事得以保存下来的秘诀,也是民间故事得以在世界上广泛传播的秘诀。镜子只是说"白雪公主比您美丽一千倍",仅此而已。正因为如此,两百年以后的现在,听众仍可以自由地想象白雪公主的美貌。并且,对于日本的小朋友而言,这是德国的故事,他们从没有见过欧洲的公主长什么样子。但因为叙述者只是说长得美丽,因而小朋友们可以自由地想象心目中美丽的公主的样貌。总而言之,悬置具体内容的叙述方式给听众带来了极大的想象自由。因此,民间故事可以经久流传,甚至传播到了遥远的国度。

民间故事也喜欢像"美丽一千倍"中"一千"这样的数字。在表示大数目的时候,民间故事喜欢用诸如百、千、万这样的整数。例如,蔷薇公主沉睡了一百年。还有日本的《天仙夫人》(「天人女房」)中,夫人说:"你若编好一千双草鞋,就可以上天。"我认为这些整数,契合儿童使用数字的方式。在孩子们的会话中,我们时常会听到类似"谁骗人就罚谁一百万"的说法。

(第六段)
正在这时,一只小野猪从身边经过。猎人杀死了小野猪,取出它的肝肺作为证据带给了王后。王后十分高兴,立即用盐水将它们煮熟,痛痛快快地美餐了一顿。她以为自己吃的是白雪公主的肝肺。

猎人放走白雪公主后,"正在这时,一只小野猪从身边经过"。这里出现了地点的匹配和时间的匹配。不仅如此,王后下令要猎人带回白雪公主的肝肺作为证据,此时出现了可以完美替代的动物。这可以说是情状一致了。正如无儿无女的夫妇面前漂来了一个桃子,接着从桃子里诞生了一个小男孩(《桃太郎》),这也可以说是情形状况匹配。

第二章 民间故事法则分析（二）：格林童话和西伯利亚民间故事

（第七段）

可怜的白雪公主被孤身一人留在了广袤的森林里。她非常害怕，凝视着树上的片片绿叶，心里不知道怎么办才好。她开始跑起来了，越过嶙峋的石头，穿过荆棘，不停地向前奔跑。可怕的野兽从白雪公主的身边跑过，但是他们谁也没有伤害白雪公主。白雪公主竭尽全力地奔跑着。

白雪公主独自一人奔跑在森林里，处于完全孤立的状态。这样的叙述是民间故事中最根本且十分重要的一种方式。孤身一人奔跑的白雪公主，如果在话剧中就要用把舞台变暗、只给她一人打上高光的技法。仅仅凭借语言讲述的民间故事则需采用孤立化的方式。几乎所有的民间故事中都可以看到孤立的主人公。例如，《汉塞尔与格蕾特》中，兄妹两人在森林中处于孤立状态。日本民间故事《摘梨》（「なら梨取り」）中，兄弟们单独上山，还有住在茅草屋里的长胡子爷爷也是孤身一人。

（第八段）

不一会儿，天快黑了，白雪公主看到一座小房子，就想进去休息一下。房子里摆放的物品全部非常小，小虽然小，但是每一件都十分精致可爱，简直无法用语言来形容。

只有一座小房子，这小房子也是一个孤立的存在。民间故事不仅描写孤立的主人公，还会对出现在故事中的大大小小各种各样的道具进行孤立描写。《白雪公主》中，王后假扮成商贩来到小房子时，也是单独一人。对反面人物的描写有时也采用孤立的方式，例如《汉塞尔与格蕾特》中，住在森林糖果屋里的魔女就是孤身一人。

（第九段）

屋子里有一张桌子，上面铺着白色的桌布，摆放着七个小盘子。每一个盘子上面都配有勺子、刀子和叉子，还有七只玻璃杯。墙边摆放着七张床。床上铺着雪白的床单。白雪公主肚子很饿，口也渴了，于是从每个盘子里都分别取了一些菜和面包吃下了，然后依次拿起七只杯子各喝了一口酒。之所以这么做，是因为白雪公主不想吃光其中的任何一个盘子。

这里出现的数字全部都是七。七个盘子、七只杯子、七张床。然后颜色也是统一的白色，白色的床单和白雪公主。如此一来，这样的场景就给人一种统一规整的印象。

（第十段）

吃饱之后，早就疲惫不堪的白雪公主躺在了床上。但是，哪张床都不是很合适，不是长了就是短了，只有第七张床不大不小刚刚好。于是白雪公主躺在这张床上睡着了，一切都听天由命吧。

试了所有的床之后，只有最后一张床正合适。我认为这样的故事叙述是很完整精妙的，它不是半途而废，而是有始有终，到最后才解决问题，这是一种令人畅快的叙述。并且，此处还遵循了我在后面会谈到的"最后优先法则"。

（第十一段）

天色完全暗下来的时候，这座小房子的主人们回来了。他们是在山里挖矿石的七个小矮人。小矮人们点燃了七盏小灯。周围变亮之后，他们察觉到有人进入了房子。因为房间里的样子和他们早上出门的时候不一样。

小矮人们是去山里挖矿石了。在民间故事中，生活在另一个世界（也可以称之为超世界、彼岸世界）的人只在和主人公接触的时候才出现,其他时间都是看不到的。并且,他们和主人公不接触的时候待在哪里、过着怎样的生活,民间故事从不会谈及。日本民间故事《赶马人和山妖》中,山妖不知从什么地方就突然出现了。她平时过着怎样的生活,讲故事的人从不交代。

(第十二段)
第一个小矮人说:"有人坐了我的椅子。"
第二个小矮人说:"有人吃了我盘子里的东西。"
第三个小矮人说:"有人啃过我的面包。"
第四个小矮人说:"有人吃了我的菜。"
第五个小矮人说:"有人用我的叉子。"
第六个小矮人说:"有人用我的刀子。"
第七个小矮人说:"有人用过我的水杯。"

接着,第一个小矮人转过头来的时候,发现他的床上有一个很小的凹陷,于是喊道:"有人睡过我的床。"其他的小矮人也各自跑到自己的床边,惊讶地叫道:"哎呀,我的床也有人睡过!"而第七个小矮人跑到自己的床边时,发现白雪公主躺在那里正在熟睡,于是叫来了其他同伴们。小矮人们都聚集在床边,各自举着灯仔细打量着白雪公主。"这个女孩太不可思议了!这个女孩太不可思议了!"小矮人们惊叹道:"她太美了。"小矮人们十分高兴,他们让白雪公主一直睡在那张床上,没有叫醒她。而第七个小矮人则在其他同伴们的床上分别睡了一小时。

七个小矮人说着几乎相同的话。民间故事有一个重要的叙述法则,那就是"在同一的场景下说相同的话"。这在创作文学中是行不通的,但却是民间故事的一个重要特征。民间故事偏好这种稳定的叙述方式,这样对于听众来说更易于理解,也更容易想象出画面。

（第十三段）

慢慢地天色变亮了。到了早上，白雪公主醒来了，她看到七个小矮人出现在眼前，大为惊讶。不过，小矮人们语气温柔地询问她："你叫什么名字？"她回答道："我叫白雪公主。"小矮人们又问道："你为什么进了我们的小房子？"于是，白雪公主向小矮人们讲了自己的后母派猎人谋杀自己，但猎人放她逃走，她在森林里整整奔跑了一天终于发现了小房子的经过。

小矮人们说："如果你能帮我们洗衣、做饭、铺床、缝衣、织衣、干家务、打扫卫生的话，你就可以一直住在这里，我们不会限制你的自由。"

白雪公主答应了小矮人的要求。这样，她接下了小房屋里的家务活。早上，小矮人们出门去山上挖矿石和黄金，晚上回到家的时候，白雪公主便为他们准备好晚饭。白天的时候白雪公主要一个人待在小屋里，因此，善良的小矮人们提醒公主："要小心你的后母，她很快便会知道你的住处。不要让任何人进入房间。"

白雪公主醒来以后，那些小矮人问了白雪公主很多问题。此时，白雪公主对于小矮人的存在一点都不感到恐惧。住在山里的小矮人会说话，她也全然不觉得惊讶。白雪公主和他们说话的时候就像在和普通人说话一样。换句话说，小矮人们是异次元的存在，但是白雪公主感觉不到他们与自己处在不同的次元上。这种情况称为民间故事中的"一次元性"。

正如前文所述，格林童话《青蛙王子》中也有类似的情景。公主因为金球掉进池塘里而哭泣的时候，一只青蛙跳过来询问她："公主殿下，你为什么哭得这么伤心？"此时，公主对于青蛙会说话一点也不感到惊讶。不仅如此，还很快就将自己丢失珍贵金球的事情告诉了青蛙。这个故事也全然不令人觉得被诅咒的世界、彼岸世界与人类世界之间存在着精神上的隔绝。日本的民间故事《摘梨》中，住在茅草屋的老爷爷问年轻人"你要去哪里？"此时，年轻人对于独自一人住在山里的怪老头会说话这件事一点都不感到惊讶。此处也是民间故事中的一次元性。

要共同生活的话，小矮人们提出了一些条件，有做饭、铺床、洗衣、缝衣、织衣、干家务、打扫卫生，一共有七种。从中可以看出，在《白雪公主》这个故事中，七这个数字具有统领全篇的作用。也正因为如此，故事篇幅虽然很长却仍然十分规整。

（第十四段）

（A）[18]王后以为自己吃掉了白雪公主的肺和肝，那么自己就又成了世界上最漂亮的女人了。于是，她站在魔镜前问道："魔镜啊魔镜，墙上的魔镜。这个国家最美丽的人是谁？"

魔镜回答道："女王殿下，这里最美丽的人是您。但是，好几座大山之外，和七个小矮人住在一起的白雪公主比您美丽一千倍。"

魔镜从来不会撒谎。听到魔镜的回答，王后大吃一惊。这样，王后得知了自己被猎人欺骗而白雪公主还活着的事实。王后通过魔镜还得知白雪公主和七座大山以外的七个小矮人住在一起，于是便开始策划谋杀白雪公主。因为王后如果不是这个国家最美丽的女人，那么她就会因为嫉妒而坐卧不安。王后仔细考虑之后，决定给脸涂上颜色，扮成一位年长的商贩的样子，这样便谁都认不出来。

魔镜的话令王后不断地采取行动。民间故事里时常会出现像这样带有魔力的语言。从古迄今，人类对于语言持有的某种敬畏思想还留存在民间故事之中。

在格林童话《牧鹅姑娘》（「ガチョウの娘」）中，被侍女夺去了新娘之位的公主要去放鹅，一同放鹅的少年小康拉德试图抚摸公主美丽的金发时，公主喊道："风儿，吹吧，吹吧！／吹走小康拉德的帽子／让他去

---

[18]（A）：关于第55页至第64页的符号（A）（B）（C）（D）（E）（F），请参阅本章第64页和第五章第186页。

追赶自己的帽子／直到我银色的头发／都梳完盘卷整齐。"公主的话音刚落，真的吹来了一阵风，把小康拉德的帽子吹落下来了，小康拉德不得不去追赶他的帽子。这个故事中公主说的话总是能够完美地实现，没有落空的时候。对于民间故事而言，故事中所说的话一定要实现，这点非常重要。要么全实现，要么全落空，二者必居其一。这可以称为"黑白技法"。这种彻底性使民间故事具有明晰的轮廓。它与白雪公主像雪花一样白、像鲜血一样红、像黑檀窗棂一样黑一样，用原色所表达出来的极端性具有相同的性质。

从七座大山的出现体现出七这个数字的决定性力量。

（第十五段）

　　王后打扮成商贩的样子，翻越了七座大山，来到小矮人的房子，敲门问道："我这有好东西，要买点吗？"

王后翻越了七座大山来到了小矮人的家里。从常识来看，王后竟然能找到路，这非常难得。民间故事总是以百发百中的准确度，引导主人公或敌人到达目的地。在《汉塞尔与格蕾特》中，兄妹二人也准确无误地抵达了糖果屋。这在写实主义文学作品中是很少见的。写实主义文学作品总是要经过不断问询之后才能到达目的地。其实，民间故事里的这种精准性是脱离现实的，是非写实的。这是由于民间故事是依据抽象性原理来展开的缘故。

（第十六段）

　　白雪公主从窗外探出头来大声说道："老婆婆，你好。您卖的是什么？"

　　商贩回答道："好东西哦，很漂亮的。各种颜色的绳子呢。"女商贩一边说着，一边取出五颜六色的绢料绳子给白雪公主看。白雪公主见老婆婆言谈十分和善，想着请她进屋不会有什么不好。于是便打开门,买了好几种颜色的绳子。

"小女孩,你等下,"卖绳子的老婆婆说,"你的绳子系得不好,你过来,我系给你看下吧。"

白雪公主一点也没有迟疑,站到了卖绳子的老婆婆面前,请她把新绳子系在自己胸前。然而,就在这时,商贩老婆婆快速用力勒住白雪公主,白雪公主因为无法呼吸,晕倒在地上。

"你的美貌也救不了你的命了",坏女人说完便离开了。过了一阵子,到了晚上,七个小矮人回到家里,看到可怜的白雪公主躺在地上,十分震惊。白雪公主就像死了一样,一动也不动。小矮人们把白雪公主抱了起来。

素不相识的女人来到位于偏僻深山中的独幢小屋卖东西,白雪公主却对此丝毫不感到诧异。从正常情况来看,白雪公主应该首先会对这一点心生疑虑。这也是创作写实文学时必须考虑的地方。可以说,白雪公主和像魔女一样的王后之间,没有次元的差异,她们所生活的世界浑然一体、互不隔绝,也就是说处在一次元。

虽说是继母,但也是一起生活过一段时间的人,从常识来考虑的话,白雪公主不可能认不出继母的脸。但是,在童话世界里,衣服决定人的外观。只要衣服变了就是另外一个人了。日本的《咔嚓咔嚓山》(「かちかち山」)中,狐狸穿着老婆婆的衣服之后就没有被老爷爷认出也是出于同样的道理。

(第十七段)

这时,小矮人们发现白雪公主被绳子紧紧地勒住了,于是把绳子剪成了两段。接着,白雪公主开始有了轻微的气息,渐渐苏醒过来了。

白雪公主的胸口被绳子勒了好几个小时,但是剪断绳子后她就立即苏醒过来了。从现实角度来看这是不可能发生的事情，但是故事的设置并不存在窒息这样的生理现象。如此一来，关于白雪公主死亡和复活的原因就有了解答。从平面图意义上看外貌的话，白雪公主的美貌遭到了绳子的破坏所以生命终结。而当碍事的绳子被解下来之后，白雪公主就恢复了原来的美貌，生命得以复活。这样的叙事可以被称为"图式化叙事"。同样的死亡和复活的方式在第二回合的梳子、第三回合的苹果中均出现了。格林兄弟采用相同的方式叙述了这三个回合。在后面章节中将会介绍的日本民间故事《赶马人和山妖》中也出现了图式化叙事方式。

这个版本对复活部分的描述是："开始有了轻微的气息，渐渐苏醒过来了。"而在1812年的第一版中是这样写的："他们把装饰绳子剪成了两段，于是白雪公主有了气息，苏醒过来了。"在第一版之前的、被称为艾伦贝鲁克版本的草稿（1810年）中，是这样描写的："小矮人们解开了绳子，于是，白雪公主又恢复了气息。"

民间故事中，一般情况下复活这一变化发生在一瞬间。例如，格林童话《忠诚的约翰内斯》（「忠実なヨハネス」）中的最后场景，国王把自己孩子的鲜血涂在变成石像的约翰内斯身上之后，约翰内斯立即复活了。忠诚的约翰内斯像过去一样，神采奕奕地站在了国王面前。接着，约翰内斯把孩子们的脑袋捡起来，重新放回到原来的位置上，并用孩子们的鲜血摩挲脖子上的伤口。很快，两个孩子就起死回生了，又继续欢蹦乱跳，互相追逐起来，仿佛什么事都没发生过一样。

白雪公主复活的场景描写，1810年版和1812年版是较好的。但是，威廉·格林似乎认为"开始有了轻微的气息，渐渐苏醒过来了"这句更好。

由此可见，威廉·格林大多情况下会遵循民间故事的诗学法则改编故事，但不尽然。这表明，威廉·格林在改编故事的时候并不绝对相信民间故事的诗学理论。这也是合乎常理的事情。因为19世纪初期还尚未出现民间故事的样式理论。相反，我们应该更为此感到惊叹。因为在民间故事理论还未形成的时代，威廉·格林竟然已经对民间故事的样式有如此深刻的体悟。

（第十八段）
小矮人们听白雪公主讲了今天发生的事情之后，说道："那个上了年纪的女商贩一定是王后。你要小心哦。我们不在的时候，不要让任何人进入房间。"（B）

小矮人们说"那个上了年纪的女商贩一定是王后。你要小心哦。我们不在的时候，不要让任何人进入房间"，然后第二天七个人又一起上山了。如果七个人中有几个人能留下来，就能避免第二次的遇难。但是，在故事场景中，小矮人们是绝对不会留下来的，他们也不会提早结束工作回到家中。因为民间故事有一个大原则，那就是要创造一对一的场景。如果小矮人留下来了，就会出现三角场景。民间故事不喜欢如此复杂的场景，它喜欢一对一，主人公对敌人、主人公对救助者或者救助者对敌人等。故事的场景组合越简洁，听众越容易理解。

由此还可以看出来另外一条十分重要的法则。王后出现在小屋的时候小矮人一定不在场。小矮人回来的时候王后一定已经离开了。这样的安排不仅制造出了一对一的场景，而且也错开了时间。小矮人和王后不碰头，也就意味着在时间上是不冲突的。民间故事通过这样的布局使得场景变得十分简洁有序。

日本民间故事《赶马人和山妖》[19]也是这样处理时间问题。赶马人为躲避山妖的追捕逃到山中的一幢房子里，好不容易松了口气，突然，追捕他的山妖进来了。山妖说："啊，好冷好冷，热点甜酒喝吧。"于是便把锅架在火上热甜酒。没想到，山妖在火边取暖的时候竟呼呼睡着了，待躲在二楼的赶马人把甜酒喝完了之后才醒过来。接着，山妖又开始烤

---

[19]《赶马人和山妖》："啊，好冷好冷。……"以下方言故事引自《日本民间故事通观》第 4 卷《宫城篇》。

年糕，同样是在取暖的时候睡着了，年糕被赶马人吃完了才醒过来。总而言之，讲故事的人不会在赶马人喝甜酒的时候让山妖醒过来，也不会在赶马人吃年糕的时候让山妖醒过来。这种叙述方式可以称之为时间匹配。如果赶马人喝甜酒的时候山妖醒过来了的话，或许会说"原来你在这里"，然后和赶马人扭打在一起。民间故事不喜欢混乱的场面，而更倾向于制造简洁流畅的场景。

（第十九段）
（C）恶毒的王后回到城堡后，来到魔镜前问道：
"魔镜啊魔镜，墙上的魔镜。这个国家最美丽的人是谁？"
魔镜回答道："女王殿下，这里最美丽的人是您。但是，好几座大山之外，和七个小矮人住在一起的白雪公主比您美丽一千倍。"
王后听后十分震惊，怒发冲冠，因为她得知了白雪公主还活着的事实。

此时魔镜和王后之间的对话与前面段落雷同。民间故事喜欢在相同的场景用相同的话语来叙述。

（第二十段）
王后又开始琢磨杀死白雪公主的办法。她制作了一把带毒的梳子，然后乔装打扮成了贫妇的样子，与上一次的形象完全不同。
王后出发了，她翻越七座大山，来到了小矮人的屋前敲门。
"有好东西哟，要买点吗？"

民间故事的描写不用写实。它不会具体谈论毒梳子是如何制作出来的、王后是如何换装的以及王后是如何翻越七座大山的等。这样，故事情节发展才得以快速推进。对于用耳朵听故事的人们来说，如果情节推进的速度不够快，就很难听得下去。

（第二十一段）

白雪公主从窗外探出头来，"我不能让任何人进屋"。但是，老妇人说道："看看这把漂亮的梳子吧。"接着，老妇人掏出毒梳子给白雪公主看。白雪公主十分中意那把梳子，最终又被骗着打开了房门。

白雪公主买下梳子之后，老妇人说道："让我来用这把梳子为你梳梳头吧。"白雪公主没有丝毫怀疑。老妇人把梳子深深地插入白雪公主的头发里。刹那间，毒性大发，白雪公主倒在地上死掉了。"就让你永远躺在这里吧！"王后说完便离开了。

不过，值得庆幸的是，没过多久，到了傍晚，七个小矮人回到了家中。他们发现白雪公主倒在地上，马上想到是恶毒的王后又来暗杀白雪公主了。

这里，白雪公主对于"贫穷的妇人"的出现也一点没有产生怀疑。并且这是第二次出现可疑的女人造访。总而言之，白雪公主无法察觉出异次元的世界。这里仍然遵循的是衣服一旦发生变化，本体就无法被识别出的原则。

（第二十二段）

小矮人们四处寻找后发现了毒梳子。毒梳子被取下之后，白雪公主便苏醒过来了。她把今天发生的事情告诉了小矮人们。他们听完之后再次提醒白雪公主一定要小心谨慎，任何人来都不要开门。（D）

（E）王后回到城堡之后，立刻来到魔镜前问道：

"魔镜啊魔镜，墙上的魔镜。这个国家最美丽的人是谁？"

接着，魔镜回答道："女王殿下，这里最美丽的人是您。但是，好几座大山之外，和七个小矮人住在一起的白雪公主比您美丽一千倍。"

王后听后气得浑身发抖。"无论如何我也要把白雪公主除掉。哪怕赔上我自己的性命。"

于是，王后走进了一间任何人都禁止入内的秘密小屋，制作了一个毒性非常强的苹果。这是一个红彤彤的、外观十分漂亮的苹果，任何人看了都想尝一口。但是，只要吃一口，就会立即毙命。

苹果制作好后，王后在脸上涂上颜色，变装成农妇，然后翻越七座大山，来到小矮人屋前敲门。

拔掉毒梳子之后，白雪公主便苏醒了。也就是说，在这一回合中，梳子的毒性也没有发挥效用。并不是梳子的毒药有没有毒性的问题，而是梳子这个障碍物破坏了白雪公主的美貌。而当障碍物被拔掉之后，白雪公主的美貌恢复了，生命也就复活了。这与前一回合的绳子一样，遵循着图式化叙事的原理。

这一次，小矮人们又全体外出了。

（第二十三段）

白雪公主从窗户探出头来，"我不能让任何人进屋的，小矮人们不让"。

"这样啊。不想要的话没关系。"农妇回答道，"不过，我想把苹果全部卖掉。这一只苹果送给你吧！"

"不，不要！"白雪公主回答道，"我不能拿任何东西。"

"哎呀，你肯定是担心有毒。那么，你吃红色的一边，我吃白色的一边好了。"老农妇说道。这个苹果设计得非常精巧，只有红色的一边有毒。白雪公主看到漂亮的苹果，很想尝一尝。她看到老农妇吃了一半的苹果之后，最终按捺不住，伸出手接过了苹果。然而，她只吃了一口，就倒在地上死掉了。

看到白雪公主倒在地上后，王后说道："这次谁也无法让你醒过来了。"说完她就回到城堡里询问镜子：

"魔镜啊魔镜，墙上的魔镜。这个国家最美丽的人是谁？"

魔镜终于回答道："女王殿下，这里最美丽的人是您。"

这一次，王后的嫉妒心终于算是平复下来了。

在这一回合，白雪公主对"农妇"也没有产生任何怀疑。尽管已经连续三次出现了奇怪的女人，自己险些失去性命。可见，白雪公主缺乏从经验中学习的智慧，也就是没有经验学习能力。为什么会这样？在前文《月亮姐姐星星妹妹》中我已经谈到过，此处再解释一下。

民间故事每一回合的内容就好像分别装在胶囊里一样，以各自独立的方式存在。因而，民间故事具有很强的孤立性。白雪公主无法利用过去的经验，而只能针对眼前发生的状况，做出当下所能做出的反应。那么，白雪公主看到漂亮的绳子时忍不住买下，后来看到精美的梳子时又忍不住买下来，是否可以认为她是无法从经验中汲取智慧的笨女孩呢？这个问题我们将在本节的最后部分再探讨。

（第二十四段）

到了傍晚小矮人们回到家中，他们发现白雪公主躺在地上，已经完全没有了气息。她死了。小矮人们抱起白雪公主，寻找是否有带毒的物品。他们解开了她胸衣上的绳子，又梳理了她的头发，甚至用水和酒清洗了她的身体。但是，什么用都没有。可怜的白雪公主已经死了，再也不可能醒过来了。

小矮人们把白雪公主放在担架上，七个人围着担架哭了起来，一直哭了三天三夜。最后，小矮人们要把白雪公主埋起来。但是，白雪公主的脸颊仍然红彤彤的，还像活着一样充满生气、那么美丽。小矮人们说道："怎么忍心把她埋到黑乎乎的泥土之下。"

于是，小矮人们制作了一副水晶棺材，这样便可以从棺材外面看到白雪公主。他们把白雪公主放进水晶棺材里，在棺材上面用金色的文字刻上白雪公主的名字并注明了她的公主身份。最后，他们把水晶棺材抬到了山顶之上，留下一人轮流驻守在白雪公主身边。动物们都纷纷来到山顶上为白雪公主哭泣。最先来的是猫头鹰，接着来的是乌鸦，最后来的是鸽子。

这一回合，小矮人们也没有做防备，没有早点结束工作回到家中来。如此一来，就不会破坏一对一的设置。小矮人们仿佛是等待着白雪公主被杀之后再回来似的。正是因为这样的安排，故事情节才得以连贯起来，并顺利朝前发展。如果小矮人们提前回来的话就会与王后相遇，如此一来场面就混乱了。民间故事不太喜欢这样的场面。

小矮人们不愿意把白雪公主埋到黑色的泥土里，此处也可以窥见民间故事偏爱原色的特点。另外，民间故事喜欢硬质并且稀有的物品，如水晶棺材、金色的文字等。格林童话《七只乌鸦》（「七羽のからす」）中就有乌鸦山。黄金也是经常使用的素材，连鸟都是金色的（格林童话中的《黄金鸟》）。

（第二十五段）
　　白雪公主就这样躺在水晶棺材里，过了很长很长时间。但是，她的身体一点也没有腐烂，看上去好像睡着了一般。她的皮肤仍然像白雪一样白，嘴唇像鲜血一样红，头发像黑檀木一样黑。（F）

现在让我们来梳理一下前面的内容，白雪公主第一次是被绳子勒死，第二次是被梳子毒死，第三次是被苹果毒死。并且第三次最终没有醒过来，被小矮人们放入水晶棺材里安置在山顶上。

这里出现了三叠式（第一次是 A—B，第二次是 C—D，第三次是 E—F）。并且，第三次的叙述时间最长，也是最重要的部分。因为在第三次中白雪公主没有醒过来，正因为没有醒过来，公主才能与白马王子成婚。这样一来，三叠式以及第三次的叙述时间最长、最为重要，营造出了故事的叙述节奏。事实上，它也体现出了民间故事的音乐性这一特点。关于民间故事的音乐性，我们会在第五章（"民间故事的音乐性"）中详细论述。

（第二十六段）

有一天，一位王子在森林中迷路了，他来到小矮人的家中，请求借宿一晚。王子看到了山顶的水晶棺材以及睡在里面的白雪公主，还有写在水晶棺材上的金字。王子对小矮人们说："把这座水晶棺材送给我如何？作为交换，你们想要什么我都可以满足。"但是，小矮人们回答道："你就是把世界上所有的黄金都给我们，也不能让你带走水晶棺材。"王子又说道："那么，把水晶棺材作为礼物送给我如何？如果见不到白雪公主，我宁愿一死。我将把白雪公主视为此生的挚爱，永远珍视、爱护她。"

听到王子这样说，小矮人们十分感动，于是把水晶棺材送给了王子。王子让侍卫们抬着水晶棺材出发了。在行进的过程中，侍卫们被灌木丛绊到了脚，打了一个趔趄。

王子在森林里迷了路，没带一个侍从就来到小矮人家中。需要抬棺材的时候，侍卫们才第一次被提及。因而给人的感觉是王子是独身一人来到小矮人屋里的。由此也可以看出，王子是被孤立叙述的。孤立叙述重要人物或物品，可以达到使之醒目的聚光灯效果。白雪公主也是孤立的出场人物。正因为他们都是孤立出场，更容易配对。

另外，王子在白雪公主遇害被安置在山上之后出现，也可以看作时间和场所的匹配。正是有了这些匹配性，故事的情节发展才得以快速推进。

（第二十七段）

就在这时，白雪公主吞下的毒苹果被呛了出来。接着，白雪公主睁开眼睛坐了起来，说道："哎呀，糟糕。我这是在哪里啊？"王子大为惊喜地回答道："你现在和我在一起啊。"接着，便把事情的来龙去脉告诉了白雪公主。"你是我在这个世界上最为珍视的人。和我一起回到我父亲的城堡，做我的妻子吧！"

毒苹果从喉咙里呛出来之后，白雪公主便复活了。也就是说，这一次毒性也没有生效。卡在喉咙里的苹果被取出，喉咙恢复到原来的状态之后，白雪公主就可以复活。很明显，这里仍然遵循了图式化叙事的法则。格林兄弟在改编故事时总是从始至终遵循着一些重要的叙事法则，从中足以窥见格林兄弟高超的叙事技巧。

（第二十八段）

白雪公主也喜欢王子，于是和他一起回到了王宫。王室为他们准备了一场华丽、盛大的婚礼。

故事全然没有叙述婚礼的场地如何，这里依旧遵循的是悬置具体内容的叙述方式。

（第二十九段）

婚礼还邀请了白雪公主的继母。王后穿着美丽的衣服来到魔镜前。

这个民间故事最终以白雪公主获得幸福结束。

（第三十段）

"魔镜啊魔镜，墙上的魔镜。这个国家最美丽的人是谁？"

魔镜回答道："女王殿下，这里最美丽的人是您。但是，年轻的王后比您美丽一千倍。"

恶毒的王后听后大为惊讶，担忧、不安的情绪无以复加。本来她是不想去参加什么结婚典礼的，但受嫉妒心驱使，她无论如何也想要见见那位年轻的王后。

王后进入婚礼大厅之后，发现年轻的王后竟然是白雪公主，她惊讶得挪不开脚步。然而，就在这时，一双用炭火烤得通红的铁靴被运送到大厅来。接着,王后被强制穿上铁靴跳舞。王后的脚已经严重烧伤了,还要被逼着跳下去直到死去。

故事对于铁制的靴子并没有详细描述,同时也全然没有提及王后穿着被烤得通红的铁靴是多么痛苦。

最重要的是,想要害死白雪公主的王后受到了惩罚并最终死掉了。虽然故事没有对王后受惩罚的细节进行写实性描述,但是却很明确地告知了坏人被除掉的信息。在民间故事中,主人公的敌人最终必须被除掉。如果不被除掉,主人公就不能安心地生活下去。大部分的民间故事在结尾处都会宣告主人公过上了幸福的生活,或者主人公的人身安全获得了保障。从这个方面来看,可以说民间故事是肯定人生的文学艺术。故事结束了敌人还活着的话,那么敌人就还有再来袭击的可能性,主人公就无法放下心来,实际上是听众无法放下心来。因此,民间故事大部分情况下都会在最后除掉敌人,日本的民间故事也是如此。如果故事结束了敌人还活着的话,就会像《不吃饭的老婆》(「食わず女房」)一样,让护身符来保护主人公的人身安全,护身符的设置来源于人们将艾草或者菖蒲当作辟邪之物的风俗。这样,通过设置一种安全装置,《不吃饭的老婆》才得以收尾。

我在第二十三段处曾提过,白雪公主没有从经验中学习的能力,接二连三地犯错遇害,却迎来了幸福的结局。因此,有人认为《白雪公主》的故事旨在提醒世人"不能像白雪公主那样蠢笨",要学会倾听他人的忠告。果真如此吗?答案非常明显。

首先,请设想一下:"如果白雪公主听从小矮人的忠告,不买绳子和梳子,或者不接受苹果的话,她后面的人生会是怎样的呢?"答案是白雪公主一辈子都会在山间的小屋子里为小矮人们做饭、洗衣。这对于当下在大城市里工作的日本女性来说或许会是一种能够远离城市的理想生活。但是,在民间故事中这绝不是幸福的生活,和王子结婚才是幸福生活的象征。

因此，白雪公主忘记小矮人的忠告最终遇害，对她的人生来说反而是一种正解。白雪公主在一次又一次偶然发生的状况之中，做出了当时所能做出的反应，却从整体上构成了一个必然的发展历程。也可以说，这个故事叙述了偶然在不知不觉中变成必然的人生道理。

这个道理不仅存在于民间故事中，也适用于我们的实际生活。除了个人历史，在人类的历史长河里这样的例子不胜枚举，当时看来是偶然，过后回头看却发现是必然。

综上所述，《白雪公主》这则民间故事，实际上向我们揭示的是真实人生和历史中的真谛。

二、《兰帕斯克爷爷的孙子》[20]

在前面的章节中，我以日本和欧洲的民间故事为素材，说明了口口相传的民间故事诗学中的样式特征。不过，就我的经验来看，不仅仅是日本和欧洲，地球上几乎所有民族的口传文学都带有这些特征。

接下来，我想以一则西伯利亚的民间故事为例，来探究一下口传民间故事的样式特征。

这则故事收录于我主编的《世界童话故事图书馆》第十二卷《兰帕斯克爷爷的孙子》(『ランパスクじいさんの孫』) 中，它是从德国欧根·迪德里希斯出版社发行的《世界文学之童话故事》(『世界文学のメルヒェン』) 中的《西伯利亚童话故事》(『シベリアのメルヒェン』亚诺修·格里雅编，1968年) 中翻译过来的。

格里雅在注释中介绍，从1934年至1937年，勃鲁夫冈·斯坦尼茨在调查西伯利亚少数民族奥斯蒂亚克族的民间故事，这则故事是当时采录下来的。讲故事的人名为基里尔·伊拉里沃诺毕奇。讲述地点是协噶

---

[20]《兰帕斯克爷爷的孙子》：以下《兰帕斯克爷爷的孙子》译文引自《世界童话故事图书馆》（12卷本，小泽编译，晓星出版社1982年出版）中的第12卷《兰帕斯克爷爷的孙子》。

尔河沿岸的洛霍托克鲁特村。在《世界文学之童话故事》系列中，像这样明确记载了讲述者、讲述地点、讲述年代的故事被认为是史料性很高的作品。也就是说，这类故事一般来说不会遭到调查人员或编辑的改动。当然，肯定也存在对句尾的细节处或是讲述者的口误等进行修改的地方。

此处举出西伯利亚奥斯蒂亚克族的这则故事，是为了说明除了德国的格林童话和日本的民间故事之外，其他地域的民间故事在样式上也存在着一些共通之处。

我在选取这则故事的时候，主要出于以下两点考虑：

（1）奥斯蒂亚克族是居住于西伯利亚偏僻角落里的一个小民族，因而完全不可能受到欧洲民间故事理论的影响。从这一点来看，它充分具有入选的资格。麦克斯·吕蒂在《欧洲民间故事：形式与本质》的序言中说，欧洲以外的民间故事均不在考察范围之内。但是，这则民间故事来自于远东，与欧洲民间故事在内容上迥异，却在样式上具有明显的相同点，因此，将它作为研究案例非常适合。

（2）文章接近于现场记录。虽然不能完全证明这一点，但是如前文所述，我认为在《世界文学之童话故事》这一公众评价较高的系列中，那些明确记载有讲述者、讲述地点、讲述时间的故事与日本大部分的民间故事资料集具有几乎相同水平的史料性。

《兰帕斯克爷爷的孙子》（讲述者：基里尔·伊拉里沃诺毕奇）

（第一段）

很久以前，有一个地方，住着一位名叫兰帕斯克的老爷爷，他有七个儿子。

儿子们都娶了媳妇，他们都同老人生活在一起。

有一天，老人的儿子们听到远处传来了声音。

大儿子心想，发生什么事了？赶紧跑出门去查看。

他发现屋对面竟然出现了敌人的身影，七个长着石头眼睛的猛士，朝这边冲过来了。

大儿子见状急忙跑回家,对父亲说道:

"敌人打过来了!七个长着石头眼睛的猛士要袭击我们。父亲,请把您的盔甲借给我,我穿上它,和敌人作战去!"

然而,兰帕斯克爷爷一句话也不说,一动不动地坐着。

大儿子又跑出门查看,望向远处,然后回到家中,再次央求父亲:

"父亲,请可怜可怜我,把您的盔甲借给我吧!"

然而,兰帕斯克爷爷仍然一句话也不说,一动不动地坐着。

大儿子再次出门,很快又回到家来。

"父亲,拜托您了。请可怜可怜我吧,父亲!"

大儿子拼命地求诉。

"请把盔甲借给我吧。如果不借给我的话,我就只能依靠母亲给的肉躯去作战了。如此作战的话,会立即毙命的。"

但是,兰帕斯克爷爷还是一言不发,只是坐在那里。

既然如此,大儿子实在没办法了,跑出家门,与敌人作战去了。

七名长着石头眼睛的猛士发出了七回托雷姆之神的吼声,接着又发出六回,然后扑向大儿子,眨眼工夫就把他杀死了。

七名猛士把大儿子的头皮剥下来,挂在了位于兰帕斯克爷爷家后门高高的松树枝上。

开头处,故事发生的时间和地点同样是不明确的。虽然出现了"叫兰帕斯克的老爷爷"这一专有名词,但也只这一个人物才有。七个儿子、七个儿媳,还有后面出场的孙子都没有姓名。由此可见,故事中的人物名称具有不确定性。

因为西伯利亚地区的很多民族都是大家族一起生活,故事中的兰帕斯克家族的人都生活在一起,这样的讲述反映了社会的真实状况。但是,故事并没有具体描述家族里的每一个人,更是全然没有描述他们所住的村庄是什么样子,邻居是什么样子。可见,故事具有孤立性,并且该孤立性不仅是一种平面上的孤立性,还是一种时间上的孤立性,因为故事连人物的祖先是什么样都没有提及。

在这个故事中，大儿子、二儿子、三儿子出门抗敌的过程是前三段的主要叙述内容。出场是按照大儿子、二儿子、三儿子这样的顺序安排的。从整体上给人的感觉是，同样的状况重复出现。并且，还可以发现这三个部分几乎没有特殊的细节描写。民间故事的这一特征在前文考察日本、欧洲的实例时已经反复提到过。

"七个长着石头眼睛的猛士"，首先，从出现的数字可以看出民间故事偏爱七这个数字。还有，民间故事喜欢坚硬的东西，从"七个长着石头眼睛的猛士"也体现了这一特征。

这则故事从整体上看，是由大儿子、二儿子、三儿子分别外出抗敌所形成的三叠式结构，形式上非常整齐有序。尤其引人注目的是第一段中大儿子外出抗敌的部分也构成了漂亮的三叠式结构。大儿子"跑出门去查看"到"兰帕斯克爷爷一句话也不说，一动不动地坐着"是第一段中的第一回合。"大儿子又跑出门查看"到"兰帕斯克爷爷仍然一句话也不说，一动不动地坐着"是第二回合。"大儿子再次出门，很快又回到家来"到"跑出家门，与敌人作战去了"是第三回合。并且，第三回合和前文所提到的故事一样，也有后半部分的内容。从"长着石头眼睛的猛士"到挂在了"高高的松树枝上"是第三回合的后半部分。这个故事和前文所提到的故事一样，完美地体现了第三回合是最长也是最重要的这一样式特征。

大循环中第一段第一回合后半部分中的"发出了七回托雷姆之神的吼声"这一表述中出现了七这一数字，接着"又发出六回"。我认为，故事在数字七之后出现了数字六，体现出了一种连续、平稳的变化。

"眨眼工夫就把他杀死了。"故事全然没有杀戮场景的写实性描述。

"七名猛士把大儿子的头皮剥下来。"故事对剥下头皮这一动作也描写得简单干脆。与各种生理现象紧密联系的头皮，此处就像是像剪纸一样，轻而易举就完成了。这样的描写可称之为图式化描写，而非写实。

"挂在……松树枝上"，这里也给人强烈的孤立的感觉。

（第二段）

过了一会儿，二儿子走出门，然后很快回到家来，对父亲说："父亲，请可怜可怜我，把您的盔甲借给我吧。不然，我就只能依靠母亲给的肉躯去作战了。父亲，您难道想眼睁睁地看着您的第二个儿子也死掉吗？"

但是，不管二儿子怎么央求也无用。兰帕斯克爷爷一句回应也没有。

二儿子无奈，没有盔甲可穿，就这样出门和敌人应战去了。

接着，七个长着石头眼睛的猛士，发出托雷姆之神的巨大吼声向二儿子袭来，眨眼工夫就把二儿子杀死了。

长着石头眼睛的猛士们剥下二儿子的头皮，将它和大儿子的头皮一起挂在高高的松树枝上。

第二段是大循环中的第二回合。在前面的章节中已经提及过，在后面的第五章"民间故事的音乐性"中也将会具体阐述，重复叙述的三回合中，第二回合一般来说都比第一回合要稍短一些。本故事也是如此。而且，二儿子外出回来后和父亲说的话以及遇害的场景等，有很多话语表述与大儿子的回合几乎相同。可见，此处也严格遵守着相同的场景用相同的话语来叙述的原则。还有，第二段中也没有描写杀戮场景。"高高的松树枝"仍然表现出明显的孤立性。

（第三段）

这次，三儿子走出了家门，但很快就折返了，他央求父亲："父亲，请可怜可怜我吧。您不借我盔甲，我就只能依靠母亲给的肉躯去作战了。这您应该很清楚吧。如果我就这样和敌人作战的话，很快就会被敌人打倒。您不觉得可怜吗？"

即便如此，兰帕斯克爷爷还是一句话也不说，一动不动地坐着。

最后，三儿子跑出家门，不出一会儿，就被七个长着石头眼睛的猛士杀害了。

　　长着石头眼睛的猛士们,剥下三儿子的头皮,和他哥哥们的头皮一起挂在了高高的松树枝上。

　　就这样,兰帕斯克爷爷的儿子们的头皮一个接一个地被挂在了高高的松树枝上。然而,兰帕斯克爷爷却没有把他的盔甲借给任何一个儿子。

　　当排行第七的小儿子被杀害之后,兰帕斯克爷爷终于站起身来,穿上盔甲、举着刀出门了。

　　七名长着石头眼睛的猛士,看到兰帕斯克爷爷的身影后,立马就逃走了。

　　这次,三儿子走出了家门。这一回合和大儿子、二儿子的回合用了几乎相同的叙述话语。大循环中第三回合的前半部分到"挂在了高高的松树枝上"结束。从"兰帕斯克爷爷的儿子们的头皮"开始是后半部分,到"看到兰帕斯克爷爷的身影后,立马就逃走了"第三段结束。与此同时,由大儿子、二儿子、三儿子组成的三叠式结构也完成了。想必读者已经知晓,第三回合的后半部分,是三个回合中最重要的部分。为什么说重要呢?因为此处兰帕斯克爷爷终于举着刀走出家门杀敌去了。因为故事特别重视三叠式结构,故事没有描述排行第四至第七的儿子的作战状况。

　　另外,"儿子们的头皮一个接一个地被挂在了高高的松树枝上"的场景在很大程度上是一种修辞性的描述。因为它描写头皮没有用写实手法,悬挂在树枝上的仿佛不是头皮而是剪纸一样。这种描述方式也是图式化叙述。

　　（第四段）

　　之后,不知道时间过了多久。家族里存活下来的人继续过着自己的日子。有一天,兰帕斯克爷爷的七儿子,也就是最小儿子的媳妇，生下来一个男孩。

这个孩子出生当天，就长高了20厘米。

不久，男孩会走路了之后，就跑到兰帕斯克爷爷那里拜托道：

"爷爷，请为我做很多弓和箭。"

于是，兰帕斯克爷爷不知道跑到什么地方弄回了许多弓和箭。他把弓箭交给孙子说道：

"给，弓箭给你。但是，绝不可以在房子后院玩。严禁靠近那里。"

后来，在托雷姆之神所赐予的日子里的某一天，兰帕斯克爷爷的孙子拿着爷爷给的弓箭出去玩耍了。

他在拉弓放箭玩耍的时候，将一支箭射进了海里。

孙子跑到岸边一看，自己放出的箭，竟然漂亮地射穿了好几条鱼。

孙子拾起叉着鱼的箭，拿着去找兰帕斯克爷爷：

"爷爷，爷爷，请开门！"

爷爷打开门走了出来，看见了叉着好多条鱼的箭，说道：

"哎呀，了不起！我赐给你一个名字。从今天起，你就叫作春鱼串的英雄、秋刀鱼串的英雄吧。"

这里出现了"不知道时间过了多久"的表述。这是一个固定表述，它在故事中多次出现，和日本的"日子一天一天过去"一样是民间故事的一种固定表述。像这样的句子是已经固定下来的表达，因而无法被改变。通过这句表述，我们知道故事时间向前推进了一段，同时情节发展在此停顿了一下，这样一来故事便有了节奏。

"最小儿子的媳妇，生下来一个男孩"，这个男孩将会成为这个故事的主角。我认为这个主角具有明显的民间故事的特征。他是小儿子的老婆生下的独子，是处于极端偏角位置的存在，因而具有强烈的孤立性。

"这个孩子出生当天，就长高了20厘米"，这样的成长速度是超乎寻常的。

　　爷爷对孙子说："绝不可以在房子后院玩。"这是民间故事的禁令。在民间故事中，禁令几乎全都是为了被打破而存在的。并且，正是通过禁令被打破，民间故事的情节才得以向前发展。在这个故事中也是如此，正是由于孙子去房子后院玩耍打破了禁令，才得知父亲被杀的真相，于是决定为父报仇。日本的民间故事里，《黄莺的家》中也有被打破的禁令。还有德国的格林童话《忠实的约翰尼斯》(「忠実なヨハネス」) 的开头处，即出现了打破父亲禁令的场景。正是通过禁令被打破，故事情节才得以展开。

　　从这段内容可以得知，作为故事主人公的孙子，是一个技艺高超的猎人。"自己放出的箭，竟然漂亮地射穿了好几条鱼。"也就是说，一支箭射中了好多鱼。这句话反映出了孙子武艺超群。不过，作为一种民间故事的叙述方式，这句话带有浓烈的几何学式、规整的图形学式。在《好运的猎人》(「まのいい猟師」) 等日本的民间故事中，也出现了放出一支箭射中了好多只鸭子的讲述。

　　（第五段）
　　之后，不知过了多少个日日夜夜。
　　有一天，兰帕斯克爷爷光着赤膊在烤火，正在这时小孙子来了，他注意到兰帕斯克爷爷的背上有很多大面积伤疤。
　　"爷爷、爷爷。您的背上怎么会有这么多伤疤？"
　　"没什么，不用担心，都是被虱子咬的。"
　　对于爷爷的回答，孙子也没有多问。
　　在托雷姆之神所赐予的日子里的某一天，小孙子又开始拿着弓箭玩耍。他一会儿朝右边射一箭，一会儿又朝左边射一箭，玩着玩着，他突然把一支箭射到了屋子的后院。
　　小孙子去后院取箭的时候，发现高高的松树枝上竟然悬挂着七张人的头皮。

看到这些，小孙子跑回家里对兰帕斯克爷爷说：

"爷爷、爷爷，您为什么没有告诉我父亲和伯伯们遇害的事情。请借给我您的盔甲，然后让我去找敌人。我无论如何也要为父亲报仇。"

但是，爷爷劝阻道：

"你这是要去哪里？你的手脚力量都还很弱。"

小孙子没有理会，迅速转过身来，走出了兰帕斯克爷爷的家门。

小孙子一直一直向前走着。

小孙子看到屋子后院的松树枝上悬挂着七张人头皮，就询问爷爷："为什么没有告诉我父亲和伯伯们遇害的事情。"

对于这句话的突然出现，可能有读者会产生疑问，小孙子是如何知道那些头皮是父亲和伯伯们的呢？不过，在民间故事中，像这样没有合理说明的情节也是可以理解的。如果太过拘泥于细节的话，故事叙述就有可能会变得冗长枯燥。

在第五段的末尾，从"小孙子一直一直向前走着"可以得知，小孙子踏上了旅程。主人公的旅程是民间故事中一个十分重要的主题。我认为民间故事就是把人生旅程当作故事来叙述的艺术。

（第六段）

小孙子不知走了多久。

突然，他的前方出现了一位洞穴爷爷。这个洞穴爷爷实际上就是大熊。

小孙子毫不迟疑地靠近大熊，然后迅速拎起大熊的两只耳朵，将大熊朝着旁边的粗木桩上猛砸了几下。

"去你爹的！去你娘的！你干嘛挡我的路？"

小孙子大声呵斥着将熊爷爷扔到了路边。

（第七段）

小孙子又开始前行了。

他不知又走了多久。

洞穴爷爷再次出现了。

"你这家伙，去你爹的！去你娘的！你干嘛挡我的路？"

小孙子呵斥完大熊，立即拎起大熊的两只耳朵，将大熊朝着旁边的粗木桩上猛砸了几下。

即便如此，大熊还没有死。小孙子把大熊扔到路边，又昂首阔步地上路了。

（第八段）

小孙子不知又走了多久。

洞穴爷爷又再次出现了。

"你这家伙，去你爹的！去你娘的！你干嘛挡我的路？"

"我还有很远的路要走，每走一会儿，你就冒出来挡我的路，这样下去，我何时能到达目的地啊？"

说着小孙子拎起大熊的两只耳朵，将大熊朝着旁边的粗木桩上猛砸了几下。然后，小孙子把大熊扔到路边，再次急匆匆地上路了。

小孙子不知又走了多久。

突然，兰帕斯克爷爷大笑着出现了。

爷爷对小孙子说道：

"孙子呀孙子！我差点就被你给打死了。三次遇见你，你每次都使出蛮力把我砸向树干。我都快断气了。"

说着，爷爷脱下了身上穿着的盔甲放在小孙子眼前。

"孙子呀，我把我的盔甲送给你。"

但是，小孙子却对爷爷说道：

"爷爷像是无爹无娘的冷血之人。为何要把那盔甲给我穿上？还是自己收着好了。你太狠心了。"

"因为你，我的父亲和伯伯们被杀害了。他们被害的时候，你不肯把自己的盔甲借给他们。如今给我也已经于事无补了。盔甲你还是自己收着吧。"

　　"这样啊。你不要盔甲的话，就收下这个线团吧。跟着线团延伸的方向走就对了。"

　　兰帕斯克爷爷说完就与小孙子告辞回家去了。

　　小孙子把手中的线团扔到地上，然后顺着线团滚动的方向前行。

　　第六段至第八段，描述的是熊爷爷出现阻拦小孙子赶路的场景。这一场景严格来说也是三叠式结构。

　　首先，第六段叙述的是第一回合的相遇。第七段是第二回合的相遇。其次，第八段是第三回合的相遇。其中，第八段也可以分为前后两部分。从整体来看，第三回合是篇幅最长也是最重要的部分。第八段的前半部分是从"小孙子不知又走了多久"至"把大熊扔到路边，再次急匆匆地上路了"。接着，从"小孙子不知又走了多久。突然，兰帕斯克爷爷大笑着出现了"到"小孙子把手中的线团扔到地上，然后顺着线团滚动的方向前行"是第三回合的后半部分。因此，第三回合是内容最长也是最重要的部分。

　　这三个回合，也就是第六段、第七段、第八段的前半部分都是用几乎完全相同的话语来叙述的。可见，西伯利亚的民间故事也严格遵守着相同的场景用相同的话语来叙述这一叙事法则。而且，在第八段的后半部分，也就是第三回合的后半段，兰帕斯克爷爷竟然出现了。原来，阻碍小孙子前行的熊爷爷，其真实身份是兰帕斯克爷爷。

　　同一人物变装出现三次的情节，在欧洲民间故事里也是经常出现的，例如，挪威民间故事《小弗里克和小提琴》[21]（「ちびのフリックとヴァイ

---

[21]《小弗里克和小提琴》：摘自阿斯比恩森和莫伊合作编写的《挪威民间故事集》中的一篇。日文翻译收录于《太阳之东 月之西》（阿斯比恩森编，佐藤俊彦译，岩波少年文库，岩波书店1958年出版）。

オリン」）中便是如此。贫穷的小弗里克身上仅有三个先令，却不断遇到身材高大、身材更高大、身材更更高大的乞丐向他乞讨。不过后来得知这三个乞丐都是同一人物装扮而成的。

后来，爷爷送给了小孙子一个线团。"小孙子把手中的线团扔到地上，然后顺着线团滚动的方向前行。"线团本来是扔到地上线就会散开的。但是，在民间故事中，线团却被视为硬质的物品。在日本的民间故事《饭团咕噜咕噜》（「にぎりめしころころ」）中，爷爷掉落了饭团，可饭团却没有散开，而是滚到了洞穴里。它与本故事中的线团有异曲同工之妙。

（第九段）

小孙子不知道走了多久。

终于，小孙子来到了一个海边。海的对面看上去像是小镇，又像是大块云朵。

小孙子瞄准那个方向扔出线团，然后踩在线上渡过了海面。

到达对岸之后，小孙子发现这里正是那七个长着石头眼睛的猛士住的小镇。

在进入小镇之前，小孙子遇见了打水的姑娘们。她们看见小孙子之后，大声嘲笑起来：

"你们看，是兰帕斯克爷爷的孙子、兰帕斯克爷爷的孙子！春鱼串的英雄、秋刀鱼串的英雄哟。"

打水的姑娘们一边笑一边叫嚷着，还对小孙子说：

"你莫不是为伯伯们报仇而来的吧？你莫不是为自己的父亲报仇而来的吧？"

打水的姑娘们再次大笑起来，还不断用言语讽刺小孙子。

但是，小孙子丝毫不在意打水姑娘们的言行，若无其事地快速走开了。

进入小镇之后，在闪耀的天空中的第七个天空下，小孙子的父亲住在有梁柱和烟囱的房屋里,他往小孙子的头上分别淋了一杯黑色的血和一杯红色的血。

"不知道走了多久"这一固定套话被反复使用。

"小孙子瞄准那个方向扔出线团,然后踩在线上渡过了海面。"我认为这是一处精彩的魔幻[22]片段。线团被扔下后会变成很长一根线。小孙子就是踩着这根线穿过海面的。可见,这根线的质地是非常硬的。我认为踩在一根细线上渡过海面是十分具有民间故事特色的叙述方式。因为线具有极端细的特征,同时又给人一种非常强烈的孤立性。并且,在故事中,线团被视为硬质的物体。它与英国的民间故事《聪明的莫莉》(「かしこいモリー」)有异曲同工之妙。故事里出现了"一根头发桥",它与本故事中的线团十分相似。

"到达对岸之后,小孙子发现这里正是那七个长着石头眼睛的猛士住的小镇",很明显,这里遵循场所匹配原则,因为这个小镇正是七个猛士住的小镇。场所匹配这一原则我在前面章节中已多次提及。无论是在日本还是在欧洲,场所匹配都是民间故事一个很大的特征。从本则故事中可以看出,它在西伯利亚民间故事中也有充分体现。

打水的姑娘们看见小孙子之后便嘲笑他。她们为什么知道这个人就是兰帕斯克爷爷的孙子呢?还有,她们是怎么知道"春鱼串的英雄、秋刀鱼串的英雄"这个名字的呢?故事没有任何交代。对于民间故事来说,不交代也全然是没有任何影响的。

在这一段的末尾,出现了"第七个天空"这一词。七这个数字再次出现。并且,小孙子的父亲,也就是被七个猛士杀害的父亲住在"在闪耀的天空中的第七个天空下","他往小孙子的头上分别淋了一杯黑色的血和一杯红色的血"。"黑色的血""红色的血",这里再次出现了原色。前面在讨论日本和欧洲的民间故事时已经多次提及民间故事对原色的

---

[22] 魔幻:参见第36页"御伽的世界"注释的后半部分。

偏好。

死去的父亲把黑色的血和红色的血淋到小孙子的头上，可以视为父亲给儿子的一种礼物。然后，小孙子因为父亲赠送的礼物而获得了力量，在接下来的段落中战胜了猛士。在民间故事中，赠送给主人公的礼物具有十分重要的作用。

（第十段）

接着，小孙子径直朝着七个长着石头眼睛的猛士家里走去。

进入猛士家里之后，小孙子在门口处的锅灶旁停了下来。

长着石头眼睛的七个猛士全部在家里，他们正在尽情地享用美食美酒。看到小孙子之后，猛士们说道：

"兰帕斯克爷爷的孙子、兰帕斯克爷爷的孙子哟！春鱼串的英雄、秋刀鱼串的英雄哟！你莫不是来报仇的吧？你莫不是为了给伯伯们和父亲报仇来送命的吧？"

"哎，消消火气吧。别生我们的气了。"

"来，到这儿来，和我们一起大快朵颐岂不乐哉？美食享用完之后，我把我们家七个妹妹中最年轻貌美的妹妹嫁给你，不收彩礼钱！"

然而，长着石头眼睛的七个猛士刚一说完，小孙子就气得眼冒金星，猛地扑向猛士及其家人们，和他们打起来了。

小孙子不知打得时间是长还是短。

突然，小孙子感到自己的右臂和左脚猛地沉重起来。

他定睛一看，一个姑娘挂在自己身上。难怪自己的右臂和左脚会突然感觉异常沉重。

这个姑娘是长着石头眼睛的七个猛士们排行最小的妹妹。姑娘一边大声哭着一边央求小孙子：

"请住手、请住手！你要把这个镇子里的人赶尽杀绝吗？这样下去，他们都会死的！"

但是，小孙子一声不吭，猛地抓住姑娘，将她捏紧变小，然后放进了口袋里。

　　待小孙子回过神来，长着石头眼睛的猛士们不知道躲到什么地方了，毫无踪影。

　　"这群家伙，我一定要把他们全部干掉！"

　　小孙子立即追赶猛士们的踪影，跑遍了小镇的每一个角落。

"小孙子径直朝着七个长着石头眼睛的猛士家里走去。"小孙子为什么知道七个猛士们的家呢？民间故事对类似这样的问题都是不理会的，也完全不会进行合理说明。最重要的是要快节奏地推进故事主线的发展。

七个猛士对前来报仇的小孙子说："把我们家七个妹妹中最年轻貌美的妹妹嫁给你，不收彩礼钱！"最年轻貌美的妹妹换句话说就是小女儿。她是一种极端的存在，正是因为极端因而也是孤立的存在。如前文所述，小孙子是小儿子的独子。故事给像他这样孤立的人物，安排了同样孤立的女孩。作为民间故事，这种对出场人物的安排是非常精妙的。正是因为相互都是孤立者，所以能够很快结合。

小孙子在打斗的时候突然感到右臂和左脚变重了。定睛一看，一个小姑娘挂在他身上。"小孙子一声不吭，猛地抓住姑娘，将她捏紧变小，然后放进了口袋里。"我甚至觉得小孙子是不是会什么魔法。但是，故事对此没有说明。在民间故事中，并不是一定需要魔法才可以把人的体型变大变小的。日本民间故事《把妖怪一口吃掉》(「化けものをひと口」)里，妖怪生来就能够一会儿变大一会儿变小。在欧洲的民间故事中，变换体型通常是需要借助魔法力量的，而在欧洲以外地区的民间故事中，很多时候不需要借助魔法就可以实现变身[23]。

---

[23] 不需要借助魔法就可以实现变身：参见小泽俊夫著的《民间故事的宇宙学：人与动物的婚姻故事》(讲谈社学术文库，讲谈社 1994 年出版)。

（第十一段）

小孙子追赶七个敌人，不知时间过了多久。

突然，小孙子发现七个长着石头眼睛的猛士全都躲在树上擦汗歇息。

小孙子立即拿出弓，然后把箭搭在弓弦上，首先用左肩摆出射箭的姿势，接着又用右肩摆出射箭的姿势，最后射出了箭。结果，七个长着石头眼睛的猛士们，全部像穿鱼串一样，被射穿在了一根箭上。

小孙子把七个猛士的头皮剥下来之后，这样说道：

"你们就这样随风飘荡吧！就像春天来到枝头的海鸥一样，就像秋天来到枝头的海鸥一样。"

小孙子爬上高大的松树枝头，将七个猛士的头皮排成一列悬挂下来。接着，小孙子从松树上下来，朝着家的方向出发了。

这里也出现了"不知时间过了多久"这一固定句式。正是通过反复使用固定句式，民间故事才能够以适宜的节奏来推进故事情节的发展。"小孙子发现七个长着石头眼睛的猛士全都躲在树上擦汗歇息。"从中我们可以看出，这七个猛士总是结伴而行，从不进行个性化、个别化的行动。这与《白雪公主》中七个小矮人总是一起行动类似。可以说七个人组成了一个单位。如此一来，我们可以将小孙子与七个猛士当作一对一的场景来看待。还可以认为，七个猛士一起在树上休息的画面是装饰性的。

"首先用左肩摆出射箭的姿势，接着又用右肩摆出射箭的姿势，最后射出了箭。结果，七个长着石头眼睛的猛士们，全部像穿鱼串一样，被射穿在了一根箭上。"这个场景非常具有民间故事的特征。具体来说，用左肩摆出射箭的姿势后，再用右肩摆出射箭的姿势，可以称之为左右对称。并且，射出的箭像穿鱼串一样射中了七个人。我认为这个画面给人一种十分鲜明的几何学式、图形学式的印象。

(第十二段)

小孙子一直走着,不知走了多久。

小孙子再次来到海边。他取出兰帕斯克爷爷给他的线团,朝着对岸扔去,然后踩在线上渡过了海面。到达对岸之后,小孙子卷起线,把线团放进荷包里,再次出发了。

小孙子一直走着,不知走了多久。

天空下起了雪。但是,小孙子一点也不在意。

天空下起了雨。但是,小孙子一点也不在意。

小孙子走啊走啊,终于抵达了兰帕斯克爷爷住的村庄。

回到家的时候,兰帕斯克爷爷、自己的母亲还有大娘们都老了很多。大家看到小孙子回来了,纷纷上前抱住他,和他说话。

接着,小孙子把先前缩小放进口袋里的猛士的妹妹取出来,扔到地上。小姑娘立即变回到原来的身形大小,倏然站起身来。

大伙为兰帕斯克爷爷的孙子和这位姑娘,举办了盛大的婚礼。全村的村民们都来享用美食。他们尽情地吃喝,一直持续了一个月加一星期。婚礼结束之后,那些贫穷的男人们、女人们仍然吮吸着自己的大拇指。

这样,年轻的小孙子夫妇,从此永远幸福、富裕地生活在一起了。

小孙子踩着线回来了。这里,仍然保留着硬质的线团、硬质的线的印象。

在这一段中,"天空下起了雪。……天空下起了雨。……走啊走啊,……"这些话给人的感觉是小孙子经过了长途跋涉才回到家中。这与前述的去路长、回程路短的叙述法则似乎有些出入。但其实,与去路比起来,回程路的叙述仍旧是相对简单的。去路上出现了好几次熊,是伴随着苦难的漫长路程。相比而言,下雪、下雨、一直走这些可以说是非常容易克服的事情了。

回到家后，小孙子"把先前缩小放进口袋里的猛士的妹妹取出来，扔到地上。小姑娘立即变回到原来的身形大小，倏然站起身来"。缩小的时候一瞬间就能完成，还原至原来的大小也只需要一瞬间。民间故事有一个大原则就是形态的变化发生在一瞬间。西伯利亚的这则民间故事也牢牢遵守了该原则。

在段落最后，"这样，年轻的小孙子夫妇，从此永远幸福、富裕地生活在一起了"。这个收尾句与日本、欧洲等地的民间故事具有完全相同的特征。故事的主人公最终结婚，然后永远健康、幸福地生活在一起，这是民间故事最常见的结束方式。在欧洲，"两个人至今一直这样生活在一起"这样的结尾非常多。麦克斯·吕蒂甚至把这个结尾句作为自己著作的标题。(《民间故事的阐释——他们如今还活着》)

这个结尾从内容上说也充分表现出了民间故事的特征。因为它完全没有提及这对夫妇的子孙们后来生活得如何。民间故事以结婚来结束全篇，不会告知祖先的事情，也不会告知子孙的事情，这是民间故事叙述的一大原则，也是它与传说之间的一个很大的区别。如果是传说，还需要叙述主人公的子孙们后来生活得如何，而民间故事则不需要。民间故事的这种结尾方式也出现在了西伯利亚少数民族的这则民间故事中，您若理解，我则万幸。

(刘玮莹译、侯冬梅审校)

第三章 民间故事样式研究的历史

一、格林兄弟与19世纪的民间故事研究

纵观世界，把民间故事当成学问来研究始于德国的格林兄弟。

在格林兄弟之前，17世纪前半叶的意大利有了吉姆巴蒂斯达·巴西尔（1573？—1632）的《五日谈》（『ペンタローネ』，1634—1636），17世纪后半叶的法国有了夏尔·佩罗的《那些旧时光里的故事》（『古き時代の物語』，1697）。在德国，比格林兄弟出现稍早一些时候，有个名叫穆尔·乌斯的人发表了《德国人的民间故事》（『ドイツ人の昔話』）。此外，和格林兄弟同时代的还有海德堡的埃米尔·路德维希·格林（Emil Ludwig Grimm），这位路德维希·格林也发表和德国童话相关的研究。

然而，从下面讲述的两点，可以认定在将民间故事当成学问来研究这件事上，格林兄弟是首创者。

第一点，格林兄弟中的弟弟威廉·格林主要承担修改、推敲文章的工作，用文学的手法修饰那些文章。然而，将口口相传的民间故事写进书本之时究竟应该使用哪种文体，威廉·格林为此潜心研究花费了长达45年的时间。这点应该获得很高的评价。就像第二章中所讲述的那样，大家一致认为威廉·格林的民间故事文体研究中体现着其惊人的洞察力。

第二点，格林兄弟在1825年发表了《格林童话集》的注释书。注释书后来被格林兄弟两人增补过，在格林兄弟去世以后又被人再增补过一次，因此，现如今就有了三大本不同种类的注释书。一本是约翰

内斯·博尔特（Johannes Bolte，1858—1937）和格奥尔格·波利夫卡（Georg Polıvka）两位教授撰写的《格林童话注释书》（格奥尔格·奥尔姆斯出版社）。一本是现代德国著名的格林学者海因茨·罗勒克教授（Heinz Rölleke，1936—　）的《格林童话注释书增补版》（雷克拉姆文库）。最近的一本则是任教于德国的哥廷根大学汉斯·约克·乌特博士的《格林童话注释书》两卷本（欧根·迪德里西斯出版社），乌特博士同时还从事《童话百科事典》[24]的编辑工作。

格林兄弟在注释书中明确标明了采集故事的地点，但凡知道哪本书中记录了该故事的异文也均留有记录，这可是人类有史以来第一次如此记录民间故事。并且，格林兄弟手头上使用的《格林童话集》初次印刷版本上还记录着每个故事的讲述人的名字、讲述的日期和地点。无名无姓的普通民众口耳相传的民间故事就这样原封不动地被记录下来并写进书本，格林兄弟是首创者。这些是开展民间故事学问研究的基础。现如今我们这些民间故事的调查人员听老人讲故事的时候，一定会把讲故事的老人的名字、出身地以及是从谁那里听来的等事项记录下来。然而，想想两百多年前就有人这么做，不能不让人惊叹。关于格林兄弟如何创作和修改《格林童话集》的问题[25]，我将另做详细描述，以飨对这些问题感兴趣的读者。

格林兄弟收集了许许多多的德国民间故事，雅各布·格林参加了1914年至1915年间举办的著名的维也纳会议[26]。这里外国使节团云集。在维也纳期间，雅各布·格林在外国使节团的家中听到仆人们讲述的民

---

[24]《童话百科事典》：*Enzyklopadie des Marchens* 是世界上唯一一部关于童话的百科全书。20世纪50年代，由德国童话研究员库尔特·兰克开始准备，第一卷第一分册已于1975年出版。编辑部设在德国哥廷根大学民俗学研究所，截至1999年9月，已公开出版至 M 条目部分。据说这是一部未来仍需耗时二十年的大型百科全书。

[25] 关于格林兄弟如何创作和修改《格林童话集》的问题，请参阅《格林童话的诞生——从听童话到读童话》（小泽著，朝日选书，朝日新闻社1992年出版）。

[26] 维也纳会议：1814至1815年在维也纳举行的国际会议。为法国大革命、拿破仑战争后欧洲重建国际秩序而召开。俄罗斯、普鲁士、奥地利、英国、法国等国出席。

间故事，有些故事和在自己故乡黑森州听过的某个故事几乎完全相同，他有了从其他国家的人们那里听和自己故乡几乎相同故事的体验。为什么相隔如此遥远的国家也有和自己家乡一样的故事呢？雅各布·格林把自己百思不得其解的心情写信告诉了弟弟威廉·格林。

就这样，格林兄弟注意到在欧洲各地传承着相同的故事。并且，两人对为什么会出现如此雷同相像的故事持有强烈的兴趣。与此同时，他们还意识到这些民间故事当中无不包含着神话的要素。民间故事从何而来，这些故事原来的形态是什么样的，格林兄弟对这些问题也非常有兴趣。由于格林兄弟一直研究日耳曼民族的古语言和文学，两人还意识到德国的民间故事和出现在日耳曼民族古语言和文学中的故事与人物竟然雷同。于是，他们开始认为民间故事本身可能起源于日耳曼民族。这就是所谓的日耳曼起源说。后来，在日耳曼民族之外相同的故事相继被发现，不言而喻，日耳曼起源说就被否定了。然而，在格林兄弟的时代，由于日耳曼民族之外的民间故事尚未进入人们的研究视野，出现上述情况也情有可原。

在格林兄弟之后，德国哥廷根大学印度学教授西奥多·本菲[27]发现，在印度的古文献梵文典籍中存在着看似德国民间故事原型的故事。于是，本菲教授主张民间故事的印度起源说。本菲教授发表于1859年的梵语文献《五卷书》德语版的序文中所阐述的就是印度起源说，他认为所有的民间故事都来自印度。并且，本菲还主张说民间故事主要通过文献被传承到世界各地。本菲教授考虑到信奉伊斯兰教的各民族都了解印

---

[27] 西奥多·本菲：Theodor Benfey（1809—1881），哥廷根大学的古印度学者。在古代语言学、东方学研究方面也有创见。他提出了欧洲童话均起源于印度的观点，将《图蒂纳梅》视为印度故事的波斯语译本。另外，本菲还关注了蒙古古代故事集《四吉居尔》。即使在今天，这两部文献对于考察日本古代故事的起源问题仍然是必不可少的参考。雅各布·格林也高度赞赏本菲的精确分析，尽管他并不认同其分析方向。本菲的印度起源理论遭到了德国神话学家和英国人类学家（例如安德鲁·朗格）的批评。在人类学家看来，即使人类不从同一个来源收集故事，也会产生共同的想象（多地起源学说）。本菲试图阐明童话的各个故事类型的传播途径，这为芬兰所谓的地理历史学派在20世纪初开辟了道路。

度，经过翻译之后，印度的故事就传播到亚洲、非洲、欧洲信奉伊斯兰教的国家，从这些国家再传播到信仰天主教的西欧。

本菲教授认为民间故事是进入人类历史社会以来出现的、经由文献来传播的。然而，和他同时代的英国的人类学家们却认为民间故事的起源更古老，他们认为在诸民族尚在原始时代的时候民间故事就已经存在了，这就是所谓的人类学说。英国的人类学家爱德华·伯内特·泰勒[28]、安德鲁·朗格[29]是代表性学者。两位学者在研究人类的习惯以及人类的信仰这一过程中发现，人类最古老的宗教原理关切肉体和灵魂的关系、圣灵等问题，在宗教性思考上，两人的见解一致，认为所有的民族存在共通的现象，并不是从一个民族传播到其他民族。两人认为原始的思考方式、信仰、空想等，无论哪个民族都非常相似，很多地方都在独立地发生着类似的民间故事，这样的思考将更加自然。两人还主张说，在人类的精神状态相同的前期条件下自然应该发生同样的结果。这就像是每个人的成长经历，虽然大家都互不相识却经历着同样的成长过程。这就是所谓的多地发生说。

此外，纸草书在埃及被发现。发现的纸草书中据说有民间故事《两

---

[28] 爱德华·伯内特·泰勒：Edward Burnett Tylor（1832—1917），英国进化人类学家。虽然没有接受过高等教育，但在二十岁出头的时候为结核病疗养去往美国、古巴旅行，由此对文化产生了兴趣。1871 年，他发表了《原始文化——关于神话、哲学、宗教、语言、艺术和习俗发展的研究》（摘译《原始文化》，比屋安定译，诚信书房 1962 年出版），奠定了他作为人类学家的声誉。泰勒认为，宗教起源于万物有灵的信仰（万物有灵论），经过进化到精灵信仰、多神教，再到一神教。通过建立"文化""语言""宗教"等概念，将人类学研究从基督教世界观中解放出来，这是泰勒的一大功绩。他的"文化"概念至今仍被许多入门书引用。

[29] 安德鲁·朗格：Andrew Lang（1844—1912），苏格兰诗人、古代文学学者和民俗学家。在民俗学领域有《习俗与神话》（1884 年）、《宗教的形成》（1899 年）等著作。他深受 E. B. 泰勒和 J. G. 弗雷泽的影响。关于童话的出现，朗格认为，不同民族内部可能独自产生出相似的故事和文化（多地起源学说）。因此，他反对西奥多·本菲的印度起源理论（单地起源学说）。他将童话故事集（1889—1910 年）按颜色编成十二卷，其中包括《绿色童话》等，被人们广为阅读（日文译本《朗格世界童话故事集》，共 12 卷，川端康成、野上彰译，偕成社文库，偕成社 1977—1978 年出版）。

兄弟的冒险故事》，这就证明了这个故事在公元前 1300 年就已存在了。因此，当时就有人主张民间故事古埃及起源说。

二、民间故事科学研究的黎明

时间到了 20 世纪初期，芬兰的卡勒·克罗恩[30]和安提·阿尔内[31]等民族学家开始倡导研究民间故事的新方法。

从地理上看，位于俄罗斯和瑞典之间的芬兰，被斯拉夫文化和日耳曼文化夹在中间。芬兰人自身是芬兰·乌戈尔族，属于蒙古系。对夹在截然不同的两种民族文化之间的芬兰人而言，民族文化如何流变，如何交流，又该如何主张自身存在的独特性，这些是需要特别关注的重要问题。

于是，卡勒等人于 20 世纪初在芬兰创造了一种民俗文化研究法，即地理历史研究法，至今仍被称为地理历史学派或芬兰学派。

---

[30] 卡勒·克罗恩：Kaarle Leopold Krohn（1863—1933），芬兰民俗学家。他在赫尔辛基大学讲授芬兰民俗学和比较民俗学。经过对卡累利阿等地区的数年踏勘，卡勒共收集了 18000 集口传故事。这后来成为安提·阿尔内的民间故事类型索引的基础。卡勒长年埋头于芬兰长篇叙事诗《卡雷瓦拉》的研究，在此过程中创立了地理历史研究法，即探究童话的起源地和原型的方法。这种方法虽几经修改，但至今仍在广为使用。卡勒还是一位优秀的教育家，他的门下诞生了许多优秀的研究者，如安提·阿尔内等。他也是至今仍在发行的《民俗学家通信》（FFC）的创始人。

[31] 安提·阿尔内：Antti Amatus Aarne（1867—1925），芬兰的卡勒·克罗恩门下的民间故事研究者，曾在赫尔辛基大学任教。在撰写学位论文《民间故事比较研究》（1908 年）时，他意识到对民间故事进行分类的必要性，并尝试对芬兰文学协会保存的 26000 个故事进行分类和编目。此外，在卡勒·克罗恩的协助下，他于 1910 年制作了《民间故事类型索引》（FFC3）。在此之前，哈恩、戈梅、格伦特维格等人也曾尝试过制作民间故事的索引，但阿尔内的索引的创新之处在于为故事类型分配了编号。在此之前都是给故事类型取一个"名字"。阿尔内将整个民间故事大致分为三组：①动物民间故事，②纯正民间故事，③笑话。该索引后来被美国人斯蒂·汤普森扩大到世界范围（1928 年初版，1961 年增订版）。尽管受到了一些批评，但该索引至今仍被用作"民间故事的模板"。本章讨论的《民间故事比较研究》（1913 年，FFC 13）就是采用卡勒·克罗恩和安提·阿尔内所提出的民俗学的地理历史研究法来分析民间故事实例的代表作。

1. 阿尔内的"民间故事的变化法则"

首先，让我们来详细了解一下地理历史研究法中具有代表性的安提·阿尔内的理论。

安提·阿尔内表示，民间故事不是起源于某一个民族，因此必须针对不同故事类型展开单独的研究。芬兰学派的这一主张赋予了民间故事起源研究以及其传播流变过程研究的巨大科学性。阿尔内在他的著作《民间故事比较研究》[32]（『昔話の比較研究』，1913年）中就阐述了这种方法。内容如下所述（以下内容引自关敬吾日译本）：

尽管民间故事可能起源于某些地区，但我并不认为任何地方都能产生民间故事。我认为民间故事主要产生于几个特定的地方。有那么两三个民族或地区具备创造出民间故事的特殊条件。产生民间故事的有利土壤、诞生民间故事的母胎之一端在东亚，特别是我刚才提到的印度。

阿尔内认为民间故事的产生得益于得天独厚的地区和时代。但他同时也主张民间故事整体并非都是由此产生的，有必要对每一个故事类型展开个案研究。他还指出：

就像一些民族比其他民族拥有更大创作民间故事的前提一样，一些历史时期显然也是如此。在印度，也许在相对古老的时代中存在着诞生民间故事的特殊时期。而欧洲的这一时期则可能处于中世纪。（中略）每个民间故事的诞生时间不尽相同。在埃及发现的纸草书中据说有民间故事《两兄弟的冒险故事》（『二人兄弟とその冒

---

[32]《民间故事比较研究》：安提·阿尔内著，关敬吾译（岩崎美术出版社1969年出版）。

険』，AT 303 两兄弟型[33]），这就证明了在埃及这个故事在公元前 1300 年就已存在了。希腊人希罗多德所讲的故事《兰普吉尼特民间故事》（『ラムプジニト昔話』（AT 950 三兄弟偷东西型、小偷媳妇型）产生于公元前 5 世纪。此外，其他民间故事产生的时期相对较晚，且大多是笑话故事。

因此，芬兰学派的一项伟大成就在于，它主张研究民间故事必须开展不同故事类型的个案研究，并提出了相应的研究方法。时至今日，欧美学者仍在使用这种方法论研究各种各样的民间故事类型。

后来，欧美学者开始注意到民间故事中所讲述的事件与现实生活中各种风俗习惯和信仰之间的联系，并对此进行了民俗学以及民俗宗教学研究。此外，还对民间故事的讲述环境和讲述者开展了民俗学研究。另外，关于民间故事创作者的心理研究也有所发展。日本方面，柳田国男于昭和八年（1933 年）出版了《桃太郎的诞生》[34]（『桃太郎の誕生』）一书，试图探明古代日本人蕴藏在民间故事中的信仰。从那时起，人们开始从各个方面研究民间故事，以期阐明民间故事中包含的古老信仰、它们与日本文学的关系以及故事背景中的民俗生活。

然而，这些都是与民间故事发展历程相关的研究，可以说是民间故事的生态学研究，也可以说是对民间故事中所包含的人类心理的研究。不过，当把民间故事讲给儿童听时，这些民俗学背景或宗教背景其实并不重要。民间故事作为有机构成的文学作品，而且作为用耳朵听的文学作品，触动儿童或成年人的是它的语言、内容以及故事的结构。因此，我们需要研究民间故事的法则、讲述样式和结构。这也可以说是对民间故事的内部研究。

---

[33] AT 303 两兄弟型：AT 是阿尔内—汤姆森所提出的"民间故事类型"的缩写（也写作 AaTh）。
[34]《桃太郎的诞生》：柳田国男著（三省堂 1933 年出版）。

我将在本书第六章前半部分详细介绍这一点。开展民间故事的内部研究时可以考虑以下几点，其一为民间故事结构的研究。当我们谈论到建筑物结构时，一般指的是支撑着整个建筑物的架构，从外面是看不见它的。民间故事也是如此。虽然故事的外观不可见，但我们可以看到支撑整个故事的框架。1928 年，苏联的弗拉基米尔·普罗普（Vladimir Propp，1895—1970）出版了《故事形态学》（『昔話の形態学』）一书。该书于 1958 年被翻译成西欧的各种语言，对全世界的民间故事研究产生了重大影响。此后，在法国和美国研究者的推动下得到了进一步发展。

其二为故事母题以及故事类型的研究。民间故事是由一个或多个母题组成的。那么问题来了，构成《花开爷爷》故事的母题是什么？反过来说，在思考民间故事的故事类型时，母题的内容及其构成方式是一个无法回避的问题。

民间故事内部研究的另一个重要课题，即构成故事法则的重要支柱——故事样式的研究。样式这一用词不易于理解，不过，我们可以拿音乐举例，比如莫扎特所创作的音乐具有莫扎特所有音乐都具备的典型特征。产生这种特征的和弦的排列方式、音型、旋律和形式等，这些所构成的整体称为样式。大家都听说过希腊建筑风格，比如希腊的帕特农神庙，它给人的印象与日本的神社完全不同。那么这种感觉从何而来，帕特农神庙建造原理是什么？外形为何如此？由某个原理建设而成的整个建筑就叫样式。当然，每个日本神社也都有各自不同的样式。

文学作品的样式和建筑物不同，它是无形的。因此，文学是一个非常难以研究的领域。但是民间故事一定是基于某种样式而传递到听者耳中的，因此研究民间故事原本所具有的形式极为重要。虽然同为文学作品，但不难想象，作家个人创作的文学作品与那些无数不知名的讲述者口述的文学作品相比，其构成方式是不同的，这不难想象。这种文学样式有别于作家文学，而民间故事恰恰就是这样的文学。我认为探明民间故事的样式特征十分重要，在本书中我想阐明的正是这一点。

芬兰学派的安提·阿尔内等学者几乎没有意识到这层意义上的故事

样式。然而，当他们追寻民间故事的起源，探究其传播流向时，他们发现每个民族、每个地区，或者更准确地说是，每个类型的民间故事都发生了变化。于是，他们开始考察民间故事发生如此变化的原因。他们的研究和考察虽然不是意识到故事样式的存在而特意为之，但却与样式的形成密切相关。阿尔内在《民间故事比较研究》中整理和阐述了该问题的相关内容。在此，我将简要介绍一部推动吕蒂开始进行真正的故事样式研究的先驱性作品——阿尔内的《民间故事的变化法则》(『昔話の変化の法則』)。

（1）最能引起民间故事发生变化的是讲述者遗忘了故事的某个特征[35]（如人物、事物、事件等）。很少有人会忘记整个故事重要的根本特征。通常情况下，那些被遗忘的因素与故事的其他部分之间没有太大关联，它的缺席不会使故事内容发生明显的变化。

简而言之，就是讲述者忘记了故事中的人物和事件导致民间故事产生了变化。这点容易让人理解。

（2）与遗忘故事的特征相对应的是，将故事中原本没有的内容添加到故事中继续"敷衍"（日语中"敷衍"指展开、延伸——小泽注）故事。敷衍也是民间故事中十分普遍的现象。添加的内容大多是已经积累的素材，一般取材于其他的民间故事。有时，讲述者本人也会对在某种意义上觉得故事中不够充分的地方进行随意创作加以补充。这种补充的小插曲或故事情节能很好地与整个故事联系起来。相融合的内容一定存在某种将两者结合在一起的共同特征或共同点。在所有的民间故事中都可以看到敷衍的痕迹。

---

[35] 关于引文中的着重号，除非另有说明，本书引文中的所有着重号均遵循原文。

与讲述者忘记或舍弃某些内容相反的是，对民间故事中已经存在的事件或事物添加更多内容致使民间故事变得更长，这也不难理解。我们在进行民间故事调查中也会经常碰到这种情况。例如日本民间故事《割舌雀》(「舌切り雀」)中，开头有描写老爷爷疼爱麻雀的段落，然而根据讲述者的不同，有的讲述人会说明老爷爷是如何得到麻雀的，为什么疼爱麻雀。这种情况就相当于敷衍故事。

敷衍可以发生在民间故事的任何环节，其中特别适合于故事的开头和结尾。讲述者特别喜欢延长故事的开头或拉长故事的结尾。在结尾添加内容有时会形成滑稽的结局。即使在其他情况下，民间故事的开头和结尾也比其他部分更具变化性。

《割舌雀》的故事开头就解释了老爷爷是如何得到麻雀的。这正是我要指出的。

（3）融合各种民间故事以形成一则完整的民间故事也是敷衍故事的一种方式。当民间故事有共通且完整的故事叙述时，讲述者往往会把它们融汇成一个箭垛式的故事。每一则民间故事，在个别情况下都有某些相似之处，但一些民间故事群存在特别相似的倾向。

比如日本有一则民间故事，叫《跑腿的咕噜》(「ぐつのお使い」)。有个名叫咕噜的傻儿子，奉命去庙里请和尚来做法事。他把寺庙门前的一头红牛当成了和尚，便央求红牛道："请快来诵经吧。"这时，牛"哞"地叫了一声。咕噜以为它不愿意来，就打消了念头，回家去了。有的讲述者将其作为独立的笑话来讲述，有的讲述者还会在其中添加一两个小插曲。例如，有的讲述者添加了这样的笑话：咕噜的母亲准备将放在阁楼的瓶装甜米酒拿下来招待和尚，于是告诉站在下面的咕噜："好好捂住瓶底。"（瓶子的底 [しり] 和屁股在日语中同音异义）咕噜以为是在说自己，便牢牢地捂住了自己的屁股。母亲以为咕噜好好地捂住了瓶底便松了手，结果，酒瓶子掉到地板上摔碎了，甜米酒撒了一地。像这样将类似的故事敷衍在同一主人公身上就是阿尔内所说的箭垛式法则。

（4）增加数量也是一种敷衍故事的方式。在这种情况下，故事中原本就有的素材也会增加。人物、事物、性质、活动等出现的数量增多。《野营的动物们》(「野営の動物たち」)中，动物的增加也是数量增加的一种。

日本民间故事《别踩粟米田》(「粟ふむな」)讲的是形形色色的人加入孤零零的送葬队伍并使队伍不断壮大的故事。有的讲述者会增加人数，也有的讲述者不这么做。这也符合阿尔内所说的增加数量的法则。

关于这一法则，阿尔内指出，在民间故事中，"3"这个数字经常出现，所以讲述者将数量增加了3次，或者经常使用数字"3"，这并不奇怪。可以看出，阿尔内似乎在这一阶段还未意识到一个事件会重复3次的三叠式结构。

（5）数量增加的结果往往是以重复的形式出现。换句话说，就是在故事中形成了一个与现有故事特征相似的新特征。

阿尔内在这里所说的重复，也包括现代所常说的故事样式中的三叠式。也就是说，在日本民间故事《摘梨》(「なら梨取り」)中，三个儿子几乎采取了同样的行动，但最后只有最小的儿子成功了。故事不仅仅止于大儿子一次单独性的行为，而是重复进行了三次，这一点虽然对应的是前文提到的数量的增加，但从做同样一件事情这一点来说，也可以看作阿尔内所说的重复。从这里也可以看出，阿尔内还没有深刻把握三叠式的意义，更没有意识到民间故事中的三叠式和音乐中的"巴尔曲式"拥有相同的节奏，这点我将在本书后面进行论述。

（6）在民间故事中，一般的特征被特殊化、特殊的特征被一般化的情况也并不少见。讲述者倾向于尽可能浅显地拟定概念。也就是说，它限制了具有一般性质的概念，并反过来扩大了狭义概念的含义。后者的变化有时是遗忘所造成的结果。

日本民间故事《用尾巴钓鱼》(「しっぽの釣り」)就是一个将一般的特征特殊化的例子。本故事的一般的特征是只要是尾巴长的动物，把尾巴伸进河里就能钓到鱼。在各种各样的异文中就出现了水獭、猴子等被特殊化的动物。

另外，日本民间故事《三张护身符》(「三枚のお札」)是一个特殊的特征被一般化的例子。在大多数异文故事中，讲述的都是寺庙里的老和尚送给小和尚护身符。至少在日本，《三张护身符》与寺庙密切相关，基本上可以认为上山的是小和尚。然而小和尚换成少年后，小和尚这一特殊的特征被一般化，于是就产生了少年拿着护身符上山的故事。

在这种情况下，不管是特殊化还是一般化，讲述者都会使用身边常见的事物，在猴子多的地区，讲述者就拿猴子来充当主人公。同样，在水獭多的地区水獭就成了主人公。

（7）未知的素材通过置换有时可以与故事联系在一起。也就是说移除一个特征，然后从其他故事中引入一个与之在某种程度上相似的特征。（中略）能够结合的原因是两个故事的主要情节是一致的。

这是日本民间故事中经常出现的现象。例如，民间故事《赶牛人与山妖》(「牛方と山姥」)在宫城县就变成了《赶马人和山妖》(「馬方と山姥」)。另外，在《价值十两的话》(「話十両」)中，主人公买了三句话。分别是"大树不如小树""饱餐一顿，不可大意""性急吃亏"。然而，不同讲述者有时会替换这三句话的内容。例如，用"不居无梁之房"代替"大树不如小树"，用"小心热心肠旅店"代替"饱餐一顿，不可大意"

等。有时在"邻家爷爷型"等模仿的故事中，模仿者不是邻家爷爷，而是主人公的奶奶。这种置换现象十分常见。

（8）人类历险记变成动物历险记的"动物观"并不是不存在，而是十分罕见。

这也是阿尔内本人所指出一条法则，然而这种现象却很少见。

（9）将动物历险记恶魔化，或者将恶魔历险记转移到动物之间，与我刚才描述的两种现象［指前段中的（7）和（8）——小泽注］密切相关。关于动物的民间故事，既有被拟人化的故事，也有被恶魔化的故事。

请想象一下格林童话《不来梅的音乐家》(「ブレーメンの町楽士」)中动物们成群结队外出旅行、夜宿野外的故事。那个小屋里的男人们，在各种异文故事中有的被说成是小偷，有的被说成是恶魔。

（10）即使我们不考虑上文中已经提到的情况，在民间故事中，一个特征影响和改变另一个特征的情况也十分常见。当一个特征发生变化时，它会不可避免地改变与之相连的其他特征，从而保持故事各部分的和谐。当故事中添加了从别处来的素材时，这种融合会创造出新的关系，并试图与故事中最相近部分相互协调起来。由此一来，故事内容有时会受到很大影响。

"当一个特征发生变化时，它会不可避免地改变与之相连的其他特征，从而保持故事各部分的和谐。"这一点在阿尔内的文章中比较重要。日本民间故事《猴女婿》中，有两种情节，第一种是小女儿应父亲的要求，跟着前来迎亲的猴子回家了，行至半路，小女儿施计使猴子从独木桥上跌入河中；另一种情况是小女儿在猴子家暂时生活几天，然后在第一次回娘家的路上施计使猴子跌入河中。在第一种情况下，小女儿回到家里，她的父亲以及姐姐都很高兴。在第二种情况下，她将暂时成为猴子的妻子。从社会学的角度来看，小女儿嫁给猴子并成为寡妇回到父亲身边，会给父亲带来社会负担。考虑到这一点，为了调和故事中的关系，小女儿认为自己既然已经成为猴子的妻子，就不能再回到父亲身边，于是她没精打采地一步一步地走呀走呀，最后被一个富人雇去当了烧火婆。

换句话说，根据故事情节中小女儿杀死猴子的节点，故事后面的内容也会相应发生变化。这就是阿尔内所指出的一个变动牵涉全局的现象。

（11）当民间故事从一个地区流传到另外一个地区时，故事中不常见的事物就会入乡随俗发生改变，取而代之的是该地区众所周知的或者至少是相对知名的事物。换句话说，就是添加在性质上最接近原故事中的东西。例如，马和驴可以互换。（中略）这一现象在民间故事的研究中具有重要意义。这种变化的影响并不仅限于事物，而是远远涉及故事的深处。当民间故事从一个民族流传到另一个民族时，即使把故事中的主要事物一并传入，其各个特征也都能适用于不同的事态、习俗、世界观、宗教等方面。可以说，每个民族都以这样或那样的方式在民间故事中留下了自己的印记。例如，每个民族的不同教养程度都在民间故事中留下了痕迹。

我认为这条法则很容易理解。我们可以经常看到，民间故事在传播过程中，在所到之处都发生变化，变成了当地所喜闻乐见的事物。

比如，日本有一则《灰姑娘》的故事，这是"灰姑娘型"民间故事在全球范围内分布的一环。在欧洲，灰姑娘去参加的是宫廷舞会，但在日本，灰姑娘去参加的是神社祭典。此外，日本的羽衣仙女传说在欧洲被称为天鹅处女故事，讲的是一位从天而降的少女。在欧洲，天鹅褪去白色的羽毛会变成一位美丽的少女。而在日本和中国，当天鹅褪去由薄丝制成的羽衣时，会变成一位美丽的少女。

（12）将陈旧的事物和概念进行近代化的转换，也是将未知事物转向已知事物的一种方式。将我们这个时代不再熟知的事物，至少那些与以前的意义不同的事物，都可以用新事物来代替。

我想这个法则也很容易理解。来自岩手县远野市的讲述者铃木佐津，为了便于听众理解，在《猴妻》(「猿の嫁ご」) 的开头，曾把老爷爷大汗淋漓砍掉周围爬满一地的"马唐草"换成了"杂草"。这种变化的例子随处可见。

（13）民间故事中发生变化是很正常的现象，有时不发生变化反而有些不正常。一些特征在其性质上，会产生直接、确实的变化。

阿尔内用以下的例子来解释了这一点，但这个例子在现实生活中其实很少见。

在《三个魔法宝物和神秘的果实》(「三つの呪宝とふしぎな果実」) 故事中，当三个人收到了魔法宝贝，但其中只有一个人丢失了它时，讲故事的人有时会将收到魔法宝贝的人数变化一下，如只有一个人得到了魔法宝贝，或者反过来让收到魔法宝贝的所有人都弄丢了宝贝，这是很自然的变化。

以上这些是导致民间故事发生变化的十三个因素，安提·阿尔内在他1913年的理论著作《民间故事比较研究》(『昔話の比較研究』) 中阐明了这一点。如前所述，他总结这些法则不是为了探明民间故事的讲述样式，而是为了揭示民间故事在传播过程中发生变化的原因。因此，这些虽然不直接涉及样式理论，但从目前来看，可以得知他的研究与民间故事样式的形成密切相关,因为民间故事的变化意味着其讲述样式、结构以及出现在民间故事中的人物和道具的变化。

2. 莫伊的"叙事诗法则"

20世纪初,挪威和丹麦在民间故事样式研究中也出现了几项重大成就,这几乎与阿尔内处于同一时期。

在19世纪末和20世纪初期,北欧国家迎来了民间故事科学研究的曙光。挪威的英格布雷特·莫尔特克·莫伊[36]注意到,口头流传的传说、叙事诗、民间故事中存在着一定的内在法则。他在1888年的一次演讲中首次使用了"叙事诗法则"这一概念,并在去世后的1914年至1917年公开出版。在他看来,口头文学的所有题材都遵循着统一的法则。叙事诗传说形成于历史上的不同发展阶段。流传中的叙事诗没有固定形式,是不断变化的。歌手或讲述者利用一瞬间的灵感来创作歌曲或故事,只能从当时叙事诗的固定形式着手思考。从歌曲和故事已经在相当程度上固定下来可以看出,叙事诗传说有的时候处于浓缩阶段而有的时候处于结晶阶段。莫伊的观点是,在叙事诗有机流传的阶段,口头传播的艺术作

---

[36] 英格布雷特·莫尔特克·莫伊: Ingebret Moltke Moe(1859—1913),挪威民间故事和叙事诗研究者、语言学家。在才斯洛大学学习神学和宗教学后,从事口头文学的比较研究。1886年,他成为才斯洛大学挪威方言学和现代挪威语教授。学术著作相对较少。他对自己很严格,经常生病。他将毕生精力倾注于建立现代挪威语的正字法。直到他去世后,他的叙事诗研究才经过整理讲义和手稿得以发表。在1888年的一次演讲中,莫伊阐明了以下基本思想。在人类的所有阶段,神话观念都是决定性的。人类的思维是由理性和想象共同构造的。主观印象就是客观现实。在人类的早期阶段,人们不知道将想象置于意志的控制之下。故而根据偶然性的类似和形似来建立秩序。它构成了故事的根源(母题),而这个根源通过有意识地想象成了故事。莫伊在他的讲义中虽然提出了跨学科母题研究的必要性,但并没能实现。因为讲义出版是在二十年后,且内容也较模糊。关于叙事诗的诗学规则,他也像奥尔里克一样,不仅考虑到了叙事诗外在形式的规则,而且考虑到了由外在因素决定的叙事诗内在发展的规则。它是由心理、历史和个人因素产生的规则。莫伊作为P. C. 阿斯比约恩森的助手,也致力于民间故事和传说的出版。起初,他用阿斯比约恩森和作为民俗学家的亲生父亲的方法改编民间故事,但后来他意识到不同地区的故事风格不同,于是他开始尝试尽可能不加修饰地改编故事。莫伊的著作全集在他去世后由他的门生K. 利斯泰尔出版。

品跨越了边界成了文学作品。(希腊荷马所写的史诗[37]以及《列那狐》[38][「ライネケ狐」]等属于文学作品。)

推动叙事诗发展的力量有两种。一种作用于外在形式,另一种作用于内在形式。莫伊所说的"叙事诗法则"是关于故事内在发展的。

另一方面,本书后面提到的阿克塞尔·奥利克[39]证实了外在形式的法则。

莫伊的"叙事诗法则"后来发表在《童话百科事典》(『メルヒェン百科事典』)中,内容如下:

莫伊的民间叙事诗法则
(1)一般心理因素
①叙事诗素材的母题发展,即具体形成需求和延续需求。
②在其他素材和传说故事的影响下的发展,即融合需求和类推需求。
与①和②相反的是容纳需求和分解需求。
(2)历史因素
③不同文化及不断变化的历史条件影响下的发展。
(A)外部事物(如场景、人物、道具等)

---

[37] 荷马所写的史诗:据说古希腊诗人荷马创作了《伊利亚特》和《奥德赛》两篇叙事诗。
[38] 《列那狐》:指的是德国诗人歌德的作品,不过该作是歌德根据流传于欧洲各国的传说故事写成的。在十二三世纪左右,法国诞生了一部以描写狐狸列那和狼伊桑格兰抗争为中心的动物史诗。再往前追溯,人们认为它起源于印度,通过伊索传到欧洲,并作为口头和书面文学广为流传。
[39] 阿克塞尔·奥利克:Axel Olrik(1864—1917),丹麦民俗学家和文学学者。出身于富有艺术素养的名门家族。他曾在哥本哈根大学师从 S. 格伦特维格等人学习斯堪的纳维亚文学。在民俗学领域受到莫尔特克·莫伊教授的深刻影响。1897 年起任哥本哈根大学民俗学讲师;1913 年起任副教授;1904—1905 年,与同事一起建立了丹麦国家民俗学博物馆,他成为首任馆长。1907 年,他与卡尔·克朗等人组成了国际民俗学研究者联盟,并创办了《民俗学家通讯》(FFC),这个系列刊物至今仍在发行。他的主要学术成就在英雄传说和神话领域,关于口头文学的论文并不多。他将所有资料视为口承文学的一种源远不绝的传播流变的表征,并试图建立它的普遍规律。

（B）故事的核心

（a）合理化

（b）改编成戏剧、恶搞，即适应需求和改编需求

（3）个人心理因素

④讲述者和歌手的个人因素（记忆力、诗歌天赋、讲述样式等）。

由此我们可以了解到，无论是用心理因素来表达还是用欲求来表达，莫伊想要探明的是人类心灵在塑造口头文学时所起的作用。就这一点而言，即使是现在，也有很多观点让人点头称道。但是，人类的心灵跃动或者说情感作用所创造的民间故事、民歌、叙事诗究竟具有怎样的文艺特性，还有待后来的研究。

3. 阿克塞尔·奥利克的"叙事诗基本法则"

丹麦学者阿克塞尔·奥利克借用莫伊的"叙事诗法则"一词探讨了民间故事在文艺形式上的特性。

1906年，阿克塞尔·奥利克在哥本哈根大学的一个研讨会上开始研究这一问题。这个问题实际上是 S. 格伦特维格[40]在1863年上课时提到的，奥利克本人在1903年的一篇论文中系统介绍了这个问题。奥利克从19世纪90年代就开始思考叙事诗的法则，一个名叫 G. 舒特的学生在

---

[40] S. 格伦特维格：Svend Hersleb Grundtvig（1824—1883），丹麦民间故事和史诗研究者，古代北欧文学学者。作为志愿兵参加了德丹战争。战后在哥本哈根大学学习古代北欧文学。1869年起任该大学教授。他认为，民俗是一个民族精神在各个方面的具体表现。从这种民族浪漫主义思想的意义上说，他可以说是德国浪漫主义理论领袖约翰·戈特弗里德·赫尔德和格林兄弟的追随者。贯穿格伦特维格所有工作的信念是，口头文学连接了丹麦人的现在和过去。1843年和1845年，他号召丹麦全国收集英雄史诗和旋律，并取得了成果。1856年，他试图将迄今为止收集的约八百集民间故事编目，并将其分为134集。在那里，魔法传说被放在了最前面。这是世界上第一个民间故事类型索引，后来成为芬兰的安提·阿尔内制作的《民间故事类型索引》（1910年）的基础部分。阿尔内的索引于1928年和1961年在美国出版，之后它得到了汤普森的加强，至今仍在世界学术界使用（缩写为 AT 或 AaTh）。由此我们可以看到格伦特维格的成就是多么伟大。

在1906年听了奥利克的研讨会后，从中得到启发，阐述并发表了"最后优先法则"和"最前优先法则"。这一点后来被奥利克纳入了他的16项法则。

奥利克本人在1907年至1909年间的多篇文章中发表了叙事诗法则，终于在1916年用丹麦语发表了《民间文学的叙事诗基本法则》。当代丹麦文学理论家本特·霍尔贝克[41]在《童话百科事典》中对其进行了总结，其中包含以下16条。

（1）明确性法则。与现实生活相反，民间文学作品中与故事情节有关的人物数量是有限的。人物的命运是由少数因素决定的。当多个因素共同起作用时，民间故事会将因素按照先后顺序展开叙述。

这个法则，用日本民间故事《摘梨》来举例，比较容易理解。这则故事中，出场人物只有生病的父母、三个儿子、路上的老人或老婆婆。而且三个儿子的行为单一，并不丰富多样。尽管如此，三个儿子中，只有小儿子的行为与众不同。这其中有多个因素在起作用，故事从前面开始依次展开叙述。

对照下一章将要讲述的麦克斯·吕蒂的理论，我们可以发现，吕蒂在思考同样的问题时，具体地结合了民间故事的表现形式，并将其作为一种故事的特征加以理解。首先，所谓"明确性"源自非详细描述。"人物的命运是由少数因素决定的"，这与民间故事以主人公为中心有关。这意味着故事是在一连串重要事件中发展的。可以说，从前面依次叙述原

---

[41] 本特·霍尔贝克：Bengt Holbek（1933—1996），丹麦民俗学家。曾在丹麦民俗博物馆工作，1970年起在哥本哈根大学民俗学研究所任教。主要研究领域是伊索寓言。霍尔贝克详细调查了各个寓言在欧洲被载入书籍或口头传播的实际情况。主要研究书承和口承之间的转换交流。除此之外，在谚语、谜语的研究上也取得了成果。申请教授资格的论文是《仙女尾巴的解释——整个欧洲的丹麦民间传说》。其中心议题是"魔法童话对传承者有什么意义"。他通过将心理学、结构主义和社会史研究结合起来，开辟了文本分析的新道路。

因会产生叙事的单线性,这也与重复法则有关。

（2）场景是由人物一对一构成的。一般来说,民间文学作品不允许两个以上的人物同时出现。

我们可以想出许多符合这条法则的例子。日本民间故事中,有《咔嚓咔嚓山》(「かちかち山」)、《三张护身符》、《赶马人和山妖》等。在格林童话中,有《白雪公主》(「白雪姫」)、《忠诚的约翰内斯》(「忠実なヨハネス」)、《小红帽》(「赤ずきん」)等。按照这条法则,民间故事变得令人耳目一新。并且故事的发展线索变得更加清晰明确。按照吕蒂的理论,我认为这与故事的抽象性有很大关系。换句话说,在具体的生活中,我们不可能总是和一个人谈话。从写实角度来看,这也是不可能的。

（3）图式化法则。指仅描写故事进展所必需的出场人物和事件。

回想起《摘梨》和《白雪公主》也容易理解这条法则。在《白雪公主》中,出场人物女王应有自己作为女王完成的任务,但故事中完全没有提到此事,仅仅叙述女王为杀死白雪公主而采取的行动。根据吕蒂的理论,这种现象可以称之为对故事的"纯化",也就是不谈人物的本质,即讲述故事时省略了女王作为王者的身份。

（4）重复法则。这是口承文学的主要特征之一。民间文学不允许出现艺术性的细节描写。因此,当它想进行强调时,就会使用重复技巧。重复不一定要有发展或高潮,只要简单就好。作为一种特殊的形式,我们可以将其命名为对比性发展（前两次尝试以失败告终,第三次取得成功）。

可以看出,奥利克承认重复的重要性,但没有对重复进行详细的分析。我将在第四章"麦克斯·吕蒂的样式理论"和第五章"民间故事的音乐性"中就重复的性质展开详细讨论。

（5）故事的线索紧密联系。在民间文学中，出场人物和事物的性质，都是为故事线索发展服务的。

这条法则也很容易找到实例，易于理解。在《割舌雀》、《饭团咕噜咕噜》（「にぎりめしコロコロ」）、《摘瘤爷爷》（「こぶとり爺」）等邻家爷爷型故事中，第一个爷爷和第二个爷爷的特性不是通过语言表现的，而是通过爷爷们的行动，也就是故事的发展表现出来。

（6）构成民间文学顶峰的主要场景是以形象化的方式来讲述的。民间文学具有生动活泼的塑造力，热衷于用强烈对比来讲述故事场景。

以日本民间故事为例，在《皿皿山》（「皿さら山」）的结尾部分，继女嫁入王爷家成为新娘子与使坏的小女儿掉到田地里并受到天谴形成对比。我认为这条法则是创造对比鲜明场景的法则。

（7）民间文学的逻辑。民间文学注重故事情节，出场人物也受故事情节引导。同时，民间文学按照逻辑推动故事的发展。然而完全不在乎故事在现实生活中是否合理、是否真实。

这条法则也可以用民间故事来帮助理解。在民间故事中，情节的发展很重要。在《摘梨》中，为了让生病的父母吃上一口梨，整个故事就围绕去摘梨展开讲述。贯穿故事的逻辑是，哥哥们不听从在寻梨路上遇到的老人的建议，失败而归，而听从了老人建议的小儿子则成功摘到梨。这是《摘梨》故事告诉我们的逻辑，然而，在现实生活中，我们可能会有许多其他的选择。民间故事内容并不遵循现实生活规律。在格林童话《青蛙王子》(「蛙の王様」)的开头，青蛙出现在公主面前，并问道："公主，你为什么哭得这么伤心呀？"公主对青蛙会说话一事并不感到惊讶。在现实生活中，公主应会对此感到震惊。所以说民间故事遵循民间故事自身的逻辑。

在第四章探讨的麦克斯·吕蒂的理论里，主人公和超然事物之间没有次元差异（同一次元）。此外，还有去除了青蛙这一动物的实质（纯化）。三十年后的吕蒂理论进一步阐明了奥利克所概括的民间文学的法则中"逻辑"的实质。

（8）故事发展的连贯性法则。这一法则相对简单的一种形式是叙事诗的连贯性。小事件发挥着引出后文中各种事件的作用。听众沉浸在民间文学本身包含的连贯逻辑中，并期待着故事中各种事件的发生。这一法则更复杂的形式是理念的连贯性。几个叙事诗单位随着共通的叙事诗理念的阶段性发展而相互联系。

这种抽象的概念不易理解，所以我们可以借助实际例子来帮助理解。

在格林童话《灰姑娘》中，继母打扮好自己的两个亲生女儿，让她们去参加宫廷舞会。灰姑娘请求继母把自己也带去，于是继母将一盆豆子撒在灰里，告诉灰姑娘，如果能在两个小时内把豆子全部拣出来，就会带她一起去参加舞会。灰姑娘向天空中的小鸟寻求帮助，于是在一个小时内便完成了这项工作。灰姑娘想去参加舞会这个情节引出了小鸟帮忙捡豆子的情节。成功引出小鸟帮忙捡豆子的情节后，接着再通过小鸟飞到亲生母亲墓前，引出给灰姑娘送礼服的情节。由此来保持故事内容的连贯性。也就是说，把故事情节连贯着向前推进叫作叙事诗的连贯性。虽然各种事件在连贯着向前发展，但贯穿其中的一则故事是遭到继母虐待的继女最终获得幸福的理念，这也是作者根本的想法。因为理念是贯通的，所以故事中即使发生各种其他事件也可以保持故事整体不分崩离析。麦克斯·吕蒂表示，民间故事除了这一属性之外还具有形式意志力，这就是民间故事的内容保持稳定的原因。

（9）单线法则。民间文学作品偏好由单线组成故事。复杂的萨迦、叙事曲和叙事诗篇幅相对较短，也较破碎，可能会偏离这一法则。

我们都知道，民间故事是沿着一条主线推进的。它属于口头文学作品，所以我们不能像写小说那样采用花开几朵分别讲述的复杂结构。这也是所有民族口头文学的共同特点。

（10）主人公中心主义的箭垛式法则。民间文学往往集中描写一个人物的命运。如果有一男一女两个主要人物，即使另一位主要人物很引人注目，那么我们可以认为他是形式上的主人公。在出现同时存在女性主人公的情况下，男性往往是故事中形式上的主人公。

民间故事以主人公为中心展开内容是可以理解的。按照吕蒂的理论，故事从开头就讲述主人公的孤立状态。在《桃太郎》中，桃子裂开后生出了一个男孩。在《白雪公主》中，女孩生来肤白如雪，唇红如血，长有黑檀木一样乌黑油亮的头发，这些都给人留下深刻的印象。还有《摘梨》中哥哥们没有摘到梨，而作为主角的最小的弟弟却成功摘到了。

问题是当有两个出场人物时，特别是一男一女，这至今仍然是一个争论不休的问题。虽然奥利克认为男性是形式上的主人公，但值得注意的是他保留了"即使另一位主要人物很引人注目"这句话。格林童话《青蛙王子》开头中，公主的一举一动都是人类的行动。青蛙强迫公主履行诺言，最终被公主扔到墙上，因而打破了诅咒，变回了王子。在这个故事中，显然公主才是讲述者的目光所向，我们认为奥利克将此表达为"即使另一位主要人物很引人注目"。用现代的话来说，就是讲述者视角。

按照奥利克法则，在这种情况下，王子是形式上的主人公。从语言的角度来看，或者从现代常说的"民间故事中存在着女性歧视"视角来看，也许有人会认为奥利克的观点存在问题，然而，那只不过是形式上的主人公，其实在民间故事中，即便另一个人物引人注目，但是女主人公往往更加重要。我们可以在日本民间故事的《烧炭翁》(「炭焼き長者」) 中验证这一点。讲述者的目光投向了女方，而且，正是女方告诉了烧炭人自己的东西所具有的价值。

（11）对比的法则。当两个人物同时出场的时候，通常会形成对比。这条法则也适用于描述配角。

这条法则简单易懂。日本的邻家爷爷型故事，也就是《花开爷爷》《摘瘤爷爷》等可以帮助我们理解这条法则。

（12）孪生法则。当两个角色以相同的作用在故事中出现时，他们比作为单独个体出现的人物更弱小，也更不重要。比如，地位较低的人往往以双胞胎的形式出现。除非双胞胎作为主人公出现，否则他们关系亲密，不适用于对比的法则。

从今天的角度来看，我认为这条法则不是很重要。因为在很多故事中，双胞胎都是作为主人公出现的。

（13）三数法则。民间文学在塑造人物群、故事情节或者列举等，普遍使用数字"3"的结构。

对民间故事略知一二的人能想到很多符合这条法则的例子。《摘梨》出现了三兄弟而且一共去摘了三次梨。《白雪公主》中，白雪公主三次被害。《灰姑娘》中，灰姑娘三次参加宫廷舞会，在第三次参加舞会时落下了一只鞋子,像这样的例子还有很多。

（14）最后优先法则。故事的最重要人物在故事最后才提到。与此相反的概念是最前优先法则。最前优先法则指最高贵的人物出现在故事开头。最前优先法则原本并不属于叙事诗法则。在列举神明或祖先的名字时有时会用到最前优先法则,但在塑造故事时并不常见。

就日本民间故事而言,我们在故事开头会说:"有三个兄弟,分别是太郎、二郎和三郎。"由于先说大儿子,可以说是"最前优先法则"。然而,在故事中扮演真正重要角色的往往是最小的弟弟。格林童话《蔷薇公主》(「いばら姫」)中也是如此,森林中的聪明仙女们被邀请来庆祝期待已久的公主的生日。故事是从第一个仙女的礼物开始讲述的,但发挥最重要作用的是第十二个仙女赠送的礼物。

按照麦克斯·吕蒂的理论,最后优先法则意味着民间故事偏好固定性。此外,由于现实世界发生了更加多样的变化,从而导致民间故事不是写实文学,而是抽象文学。

（15）开头法则。民间文学的发展过程（a）简单到复杂,（b）静止到活动,（c）一般到特殊。

这是一条简单易懂的法则,我们甚至可以认为是理所当然的。

（16）结尾法则。民间故事不会随着主要情节的结束而戛然而止,而是会讲述人物后来的命运,告诉听众该故事广为人知的后续影响。如在该地区留下的痕迹、纪念碑或鬼魂等。

奥利克在本篇论文中使用了丹麦语的"传说"一词,本特·霍贝克在《童话百科事典》中归纳这篇论文时使用了德语的"民间文学"一词。

鉴于此，我将十六条法则的主语译为"民间文学"。在此，我们可以看出，奥利克在1916年这一阶段还未完全明确民间故事与传说的区别。在现代研究中可以明确的是，传说将故事的内容和现存事物联系起来，来证明子子孙孙的存在。民间故事则在主要情节结束后讲述主人公获得幸福而结束。

奥利克所论述的这十六条法则往往相互交织。单线性法则与主人公中心主义的箭垛式相重叠。图式化法则经三次重复形成三叠式后，既与三数法则相交，又与重复法则相连。在故事情节重复出现时，如果第三次具有最重要的作用，那么则与最后优先法则相重合。

奥利克认为这些法则存在于所有类型的口头文学中，但从今天的研究来看，这些法则最明显地体现在民间故事中，换句话说，与其说法则体现在民间文学这一模糊的概念中，不如清晰地说这些法则最好地体现在民间故事中更合适。除去上述的第十六条结尾法则，我们可以明显地看出这些法则是为民间故事量身打造的。

奥利克法则开辟了口头文学的新视角，在当时备受关注，受其启发的研究也随之产生。

比如，A.伦丁在考察印第安民话[42]时，证实了印第安民话遵循四数法则，而不是奥利克所提出的三数法则。另外，虽然印第安民话也遵循对比法则，但和欧洲民间故事相比更注重写实性，而不是图式性。印第安民话当中也出现情节重复与结尾优先，然而这只是作为一种艺术手法，并不属于奥利克十六条法则。

赫尔曼·衮克尔（Hermann Gunkel，1862—1932）当时正在研究《圣经·旧约》（『旧約聖書』）中的创世纪，当他知道奥利克法则时，他惊讶地发现这些法则几乎也能适用于创世纪。他写道："只有在认为创世纪故事是口头文学的前提下才能够理解创世纪故事的样式。"1915年，R.

---

[42] 印第安民话：参见注释3"童话以及民间故事"的注释和后半部分"民话"的注释。

T. 克里斯琴森在他的《关于 AaTh 333 类型〈小红帽〉和 AaTh 613 类型〈两个旅行者〉的论文》中证明了三数法则的存在。丹麦人 E. 霍尔特维特在对因纽特人居住地区的民间传说进行详细分析后，证实了这些传说是遵循一定的法则构成的。此外，欧洲民间传说研究中已经证明该法则与奥利克的各法则相一致。相较于欧洲民间传说，因纽特人居住地区的民间传说中，描写部分较多，没有严密地保持故事的单线性和叙事诗的连贯性，但那只不过是极其细微的差别。

阿克塞尔·奥利克以这种方式总结了民间文学（用现在的术语来说，是民间故事）的讲述样式和结构的特点。研究人员惊讶地发现它在欧洲以外的地方同样适用。然而从目前的研究水平上来说，这并不值得惊讶。之所以这么说，是因为作为人类，用嘴巴讲、用耳朵听的行为亘古不变。只要用耳朵听，就得有通俗易懂的讲话方式，这点也是相通的。我们不应该向奥利克寻求这种关联。

本特·霍贝克负责《童话百科事典》中的奥利克法则部分，他表示，奥利克的观点如今基本上仍然适用，但奥利克的考察对阐明叙事诗法则产生原因这一问题没有多大贡献。

奥利克的法则揭示了民间故事的讲述样式和构成的基本方面。尽管他取得了巨大的成就，然而正如霍贝克所说，在民间故事中产生这些法则的原因还有待于三十年后麦克斯·吕蒂的研究。关于这一点，我将在下一章进行详细论述。

尽管如此，我认为，奥利克之所以没有阐释这些法则的产生原因，可能是由于他没有机会倾听大量的民间文学讲述者的现场讲述，没有亲身听故事的体验。不过在这方面，日本人是有得天独厚的优势的。日本人有条件去学习相关理论，也有很多机会到现场听故事。仅仅基于印刷的民间故事材料的研究和基于听现场讲述的研究之间存在很大的区别。我们必须利用这一巨大优势，准确地学习民间故事。由此我们才能够把宝贵的精神遗产完整地传给孩子，才能够把民间故事传承的有效启示传递给世界其他地区。

三、沃林格与佩奇的美学及文艺理论

1. 沃林格的《抽象与移情》

如上所述，阿克塞尔·奥利克的学说非常重要，它大幅推动了民间故事样式研究领域的发展。然而，相对于奥利克的学说来看，麦克斯·吕蒂在第二次世界大战后发表的学说具有巨大的飞跃性。吕蒂的学说不仅看到了民间故事的叙事诗特征，还涉及人类对艺术作品的根本态度。这一差距是如何产生的呢？

这一问题的关键在于吕蒂提出的"抽象样式"这一理解方式。他认为，民间故事作为口头文学与作家文学的写实文学不同，口头文学艺术是在抽象原理中成立的。

吕蒂在《欧洲民间故事：形式与本质》的初版（1947年）中，对"抽象样式"这一术语进行了注释（同书42项）。"我自沃林格处借用了这一术语（《抽象与移情》第十版，慕尼黑，1921年）。但并没有对他的整个理论采取特定立场。（关于这一问题的基本事项，请参考《民间故事和传说中的礼物》第28项注A）"《民间故事和传说中的礼物》是吕蒂的学位论文，出版于1943年。此书的第28项注A如下：

> 在接下来的论述中，本文将把童话（メルヒェン 德语：Märchen）样式进行抽象性描述，这一术语应按照沃林格所描述的意义进行理解。然而，本文并非是就沃林格对抽象样式的生成原因、发展及其历史的考察采取特定立场。只是单纯作为一种描述，抽象表现的绝对性特点非常符合童话样式的意志。比起"样式化"这种相对模糊的表达，或是"理想化"这种易引起歧义的表达来说，"抽象"这一表述方式显然更为达意。相对于带有微妙差异的色调和个性化的形象，纯色与几何形体并非是"理想的"，而是抽象（脱离现实）的。

在此需对威廉·沃林格[43]的《抽象与移情》[44]（1908年）进行说明。

19世纪末至20世纪的第一次世界大战期间，在欧洲的美学及美术史的研究中"移情说"被广泛宣扬。德国哲学家、心理学家、美学家西奥多·利普斯[45]（テオドール·リップス）等人所提出的这一学说，旨在探讨人们心中发生了怎样的活动才会让他们感受到艺术作品之美。

据利普斯等人所言，人们在面对艺术作品、他人、自然等客观事物时之所以会受到触动，并非是由于类推或联想唤醒了自己记忆中的情感，而是因为"移情"这一根本且直接的影响。所谓"移情"，就是将人的主观情感投射至客观事物之上，从而使人感受到客观事物体现了自己的主观情感。尤其是客观事物为艺术作品时，移情会更加深刻、全面地发挥作用，它将人类的意识及情感进行融合，使观众与客观事物融为一体，进而使人们体会到美感。这就是审美意识的核心功能，即移情。关于这一点，沃林格在《抽象与移情》中进行了如下论述：

> 现代美学在探讨"美"的过程中，发生了从客观主义到主观主义这一关键性的变化。即在考察"美"的时候，人们不再从美丽事物的外形出发，而是从观察美丽之物的人类的主观行动入手。据此，现代美学理论被笼统而广泛地称为"移情论"。而西奥多·利普斯将

---

[43] 威廉·沃林格：Wilhelm Worringer（1881—1965），德国艺术史学家。伯尔尼、波恩大学讲师，1928年任柯尼斯堡大学教授，二战后任东德哈雷大学教授。1950年后，他住在西德慕尼黑，并在那里去世。在美学史中，他梳理了里格尔流派，主要着眼于阐明作为艺术根本的艺术欲望。他于1908年出版的《抽象与移情》影响了包括表现主义在内的许多当代艺术家。除此以外，他还出版过一本名为《提问与反问》（1956年）的小论集。

[44] 《抽象与移情》：岩波文库收录了该书的日文译本（《抽象与移情》，草薙正夫译，沃林格著，岩波书店1953年出版）。不过，本书引用的是小泽的译本。

[45] 西奥多·利普斯：Theodor Lipps（1851—1914），德国哲学家、心理学家。学习神学、哲学和自然科学，并获得哲学学位。1884年获得教授资格，在普雷斯劳和慕尼黑担任教授。他强调心理学是认知科学的基础，因而受到了心理偏重主义的指责。著有《逻辑学基础》《感觉、意志、思考》《心理学入门》《美学》等著作。"移情说"是他在《美学》（1903年）中提出的一种理论，风靡一时。

这一理论进行了清晰而全面地总结。

对于"移情说",沃林格表示:

> 我们所尝试的基本思想是,从移情概念出发的现代美学并不适用美术史的大多数领域。现代美学只能把它的支点立于人类艺术感性的一个顶点之上。而想要成立一个综合的美感体系,就必须要将现代美学与其对立的顶点中的各种样式融合在一起。
>
> 我们所思考的这种位于现代美学对立点的美学,并非源于人类的移情冲动,而是源于抽象冲动。移情冲动把人类在有机物的美感中寻求满足作为体会美感的前提。而与此相对的抽象冲动,是在无生命的无机物、如结晶般的物体中寻求美感。简言之,就是在所有抽象的合法性及必然性中发现美丽。

上述文本中,移情这一现代美学不适用于美术史的大多数领域这一点十分重要。源自人类抽象冲动的美学作为现代美学的对立点而不可或缺,有了抽象冲动,综合的美学体系才能够得以成立。

从关键词来分析,吕蒂在有关民间故事文学艺术样式的理论中也使用过"无机物""抽象的合法性及必然性",这一点十分惹人注目。沃林格对"移情说"进行了如下深入说明:

> 人们认为移情需求是艺术动机的前提,但这仅限于人们的艺术动机倾向于生机勃勃的有机物,即倾心于高度意义中的自然主义。与生机勃勃的有机之美再次相遇,人们的心中会不禁涌出幸福之情,换言之,现代人所谓的"美",其实是为了满足活跃的、不安分的自身的内在需求。利普斯认为,这是移情过程的前提。我们透过艺术作品,观看、欣赏自己。观看、欣赏美丽之物,其实就是在欣赏客观化的自己。对于我们来说,只有透过沉寂其中的我们自身生机勃

勃的情感、线条、形状才会具有美的价值。

以上，是利普斯的理论。关于这一点，沃林格紧接着写下了自己的学说：

> 大家回想一下死气沉沉的金字塔或者拜占庭马赛克艺术中遭受压抑生机，就会立刻注意到在这些艺术品中决定艺术动机的并非是对有机物的移情。的确如此。这让我不禁感到，在金字塔、马赛克等艺术中必然存在着一种与移情冲动正相反的冲动。正是这份冲动抑制了移情需求的满足。
>
> 移情需求的反面正是展现在我们面前的抽象冲动。而我的首要任务，就是分析并探明抽象冲动在艺术发展中的意义。

在利普斯的学说中"观看、欣赏美丽之物，其实就是在欣赏客观化的自己"，这一句话十分重要。这是一句道出了"移情说"精髓的名言。然而，金字塔所示的三角形，却是死气沉沉的几何图形。沃林格认为，当初人们创造金字塔的艺术动机并非移情。

> 在主动移情的情况下，接受某种刺激并将其统合、整理为一种感知的活动就是审美愉悦。换言之，当我自然自发的活动与引发感性对象的需求活动相协调时，它就变成了一种审美愉悦。对于艺术作品来说这样的主动移情十分重要，这就是移情论的基本观点。也正因如此，这一理论才能在艺术作品中实际运用。美与丑的定义就源自这一基础理论。举例来说，"只有移情延伸到的形式才是美的。它的美是纯粹的，我的理想在其中自由地活动。相反，客观事物的形式假若不能让我做到这一点，它便是丑陋的。换而言之，当我观察一个客观物体之时，思想不自由、被抑制或是有被强制之感时，此物就是丑陋的"（利普斯《美学》，1903年）。

上述也是沃林格介绍利普斯的学说内容。

此处,利普斯用更加易懂的语言解释了"移情说":"它的美是纯粹的,我的理想在其中自由地活动。"他认为,只有人们在顺利移情时才会感受到客观物体的美感。

对于这一点,沃林格认为这样的"移情说"无法说明很多时代以及很多民族的艺术活动,之后他就展开了自己的论述:

> 本书的目的是要证明,我们无法得知到移情过程是所有时代以及所有场合的艺术实践的前提。此外,我们不能用移情论去看待大多数时代、大多数民族的艺术创作。我们不得不承认,在希腊、罗马艺术及现代西方艺术这一狭小的范围内,反而具有与"移情"完全不同的心理活动。从这一角度出发,我们就能理解那些与众不同的、只被人们赋予了负面评价的样式特征。

沃林格为了证明在《抽象与移情》第一部中提出的理论,在其第二部中向读者展示了十分丰富且具体的装饰品及建筑物,但第二部的主要目的并非是讲述美术史,故而书中只对理论进行了相关介绍:

> 我们可以在以下的论述中,从艺术作品中得知抽象冲动中具有多少艺术动机。如此一来我们就能了解,自然民族的艺术动机——假设他们拥有这一动机——接下来便是所有艺术的原始时代,最后是某种发达的东方文化民族表现出抽象化的倾向。换而言之,抽象化冲动存在于一切艺术的伊始,在某种高阶段文化民族中属于支配性的冲动,另一方面,这种支配性冲动在希腊以及其他西方各民族中慢慢减弱,最后被移情冲动所取代。

在上述论述中,"抽象化冲动存在于一切艺术的伊始,在某种高阶段文化民族中属于支配性的冲动",这一句话尤为重要。如古埃及金字塔的创造所示，艺术初期存在着抽象冲动。从移情的角度来说，埃及浮雕上正侧面的头部和手部表现并不稚嫩，相当老练，其中反而蕴藏着作者想要创造这样作品的抽象冲动。

那么，抽象化冲动这一心理活动的前提究竟是什么呢？想要寻找这个问题的答案，就必须在上文所述的民族内部以及他们对于宇宙的看法中寻找答案。移情冲动以信赖关系为前提，这种信赖存在于人类与他们周边外界的各种现象之间，他们相信天地万物之中具有神的存在。而抽象化冲动则与此相反，它来源于人们对于周边外界各种现象的强烈焦虑，人类给外界所有的事物赋予了超越常理的色彩，并以一种几近宗教的关联与它们互动。

"移情冲动以信赖关系为前提，这种信赖存在于人类与他们周边外界的各种现象之间，他们相信天地万物之中具有神的存在。"我认为这一表述对沃林格学说的形成十分重要。源自移情冲动的艺术，的确充满情趣，并如实展现了人类的情感。例如，罗马时代美丽的人体雕像，文艺复兴时期形态美丽的人体绘画、雕像等。而与此相对是"抽象化冲动，来源于人们对于周边外界各种现象的强烈焦虑"。

在第二部分"证据"中，沃林格认为哥特式风格源于一种抽象的冲动，它与罗马式风格的联系如下：

罗马式风格喜好无机物的线条及无生命的形式这一点毋庸置疑，而这也恰同修道院所宣传的、古代基督教艺术及后期拜占庭艺术中所展示的抽象倾向相吻合。在数百年的时光中，罗马式风格经历过各种潮流的冲击、杂糅，终于显现出较为明朗、完整的特征。这一风格得以成立的重要因素如下：第一，罗马特有的艺术；第二，修道院宣传的古代基督教的正统教义；第三，拜占庭艺术；第四，如上述分析中的北方民族特有的艺术动机。我们仅考虑其起源就能立刻得出结论，罗马式风格中几乎没有给有机物留下任何的空间。更何况，有机的古典传承已经以一种部分野蛮、粗犷、无法理解的形式流传下来。

作者在此处一边追寻着早期基督教艺术和后期拜占庭艺术、罗马式风格等美术史上的风格潮流，一边讲述了抽象倾向。这里对于没有美术史知识的读者来说或许有些难以理解，但是，无机线条倾向即是抽象倾向这点非常重要，有助于我们理解所关注的样式特征。

于是，沃林格对于源自抽象冲动引发的人类创作活动以及人类从中获得的触动及感动做出了如下总结：

> 在外界各种现象错综复杂的关系及变幻莫测的折磨之下，这些民族十分渴望休养生息。他们从艺术中寻求能够给予自身幸福感之物，但此物并非潜藏在外界各种事物之下，也不是仅仅依靠欣赏寄托于其中的自己就能够得到的。而是冲刷掉外界存在的乍一看十分偶然、随机存在的各种事物的随意性与偶然性，赋予其近乎抽象的形态从而使它变为永恒，如此一来人类就能够从这样的过程和现象中找到安身之处。曾经他们最强烈的渴望是从外界之物即自然的藩篱中、从存在之物无休止的变化中抽离出来。他们洗刷掉附着在外界之物上与生命有关的羁绊及随意之物，将其化为必然、无变化之物，使它更接近其自身的绝对价值。当这个转化能够顺利实现之时他们就会体会到，有机中洋溢着的生机之美给予我们的那份幸福感和满足感。他们能够感知到的只有这种无机之美。因此，我们可以将这个现象称为他们的美。

虽然麦克斯·吕蒂对沃林格阐述的抽象冲动艺术作品的产生进行了长篇说明，但他却如我们上文所述，表示"本文并非是就沃林格对抽象样式的生成原因、发展及其历史的考察采取特定立场"。但是，吕蒂仍延

续了沃林格对于"抽象化"这一术语的阐述,其理由如下:

作家文学在其漫长的历史中,多对人类的情趣、情感进行细致的描绘,并在描写时将感情注入周围的世界。并且也用文字对人类的心理进行了极为细致的刻画。如此一来,文学的尺度与口耳相传的民间故事的讲述方式完全相反。民间故事基本不会讲述人类的痛苦、悲伤、喜悦之情,对于周边世界的描写也只有"巨大的森林""黑暗的森林"等千篇一律的形容。因为民间故事并非讲述人类的心理,而是将其以故事角色行动的方式展现给听众。

麦克斯·吕蒂在对欧洲童话故事进行详细分析之后,证实了民间故事具有这样的特性。总而言之,吕蒂认为,民间故事是基于抽象原理的文学艺术,而这里的抽象原理同沃林格分析美术史上各种各样的作品之后得出的"抽象"概念一致。

沃林格认为,抽象冲动有一部分是源于人类对其周边自然界的焦虑。此外他还指出,抽象冲动在原始艺术中有也所体现。美学家们对于这一点众说纷纭,这是一个有待商榷的学说。因此,吕蒂也在《欧洲民间故事》的注释中慎重表明"本书并未采取特定立场"。

最后,吕蒂在如今德国出版的《童话百科辞典》中"抽象"这个条目里,亲自介绍了总结自己学说的文章。

抽象性

据麦克斯·吕蒂所言[46],童话中具有与现实相去甚远的"抽象"样式。这是吕蒂从美术史家威廉·沃林格处借用而来的术语。沃林格将移情、写实的艺术思想与抽象、几何的艺术思想相对而立。他认为"抽象冲动"是人类在面临周围的不明确性和多样性时"产生的许多内在焦虑的结果",是人类"努力创造休养之处"的结果,是

---

[46] 根据麦克斯·吕蒂所言:这篇文章是吕蒂自己写的,作为《童话百科事典》的一个条目,因而从客观上标示了自己的名字。

努力寻求无机物中的绝对性、必然性、法则性的结果。"这份努力最终形成了固定的线条和结晶状的形态""最终形成了空间叙述的压制"("将有机之物变为无机质""人类即使在面对错综复杂的世界之时，也能够在从抽象的以及从一切有限性中解放的形态中找到休养之处")。

吕蒂认为，抽象性高度概括了童话样式的本质特性。例如，只说名字的讲述方式、具有清晰轮廓的小道具、狭窄的空间、明确的线条、好用极端对比、喜爱极端表达、具有确定的形式、忽略实体、使事物或人物孤立、将物品矿石化等倾向。其间，有人建议将抽象称为"样式化"(参考弗里德里希·兰克的信件)，也有人提出将其称为线条或图形(洛·尼古拉)。但是，世上也存在着非抽象的样式(比如巴洛克的涌现形式)，并且线条(线样式)或图形(图形样式)这一范围又过于狭窄。"抽象性"化为了一个矛点，引起了学者们的争论。抽象性是描述了童话样式基调的含蓄表现。我们不能否定每个现实事件。同样，我们也无法否定童话中的事件载体代表着生存之物。但是，他们并非个体，也不是故事中的角色，更不是典型人物(不是典型的工匠、农夫，更不是典型的君主)。从本质上来说，他们是故事情节的载体。与他们最贴切的相反概念是个性化。另一方面，所谓抽象，绝非是无法清晰可见之物，它反而具有高度的形象性(如平面性、轮廓清晰。比起具有人体或立体的事物来说，摄影更为简单、更容易掌握，从这一点来说抽象所描述之物则更为清晰)。童话只能从幸福的结局释放出令人安心的效果(与人们会对与其相反的、模糊的假设会产生不安的情况相比)。沃林格在其理论中讲述了这一点。荣格学派认为，抽象样式表明，在童话故事中重要的不是对外部现实的模仿复制，而是对原型(archetype)过程的叙述。

多德勒尔(Doderer)认为，与童话并列的寓言也具有一定的抽象性。故而，两种体裁的文本中才会经常发生残忍至极的情节。这一点在童话与寓言中都是不言而喻的，对于听众来说，正因为故事内容是抽象的（几乎完全排除了虐待症的情况）所以它们才比个性化的写实文学更明确也更容易令人接受。鲍辛格（Bausinger）表示"童话中的抽象形象，几乎与小说中的所有形象毫无关联地背道而驰"。

根据吕蒂亲笔所撰的"抽象性"这一条目我们可知，他对于"抽象性"的所有理解都取自沃林格。也就是说，我们可以在同样反映了人类漫长精神史的童话中，找到源于美术史研究的概念。大部分的文学是写实的、具有移情的作品，而吕蒂在理论层面证明了口传童话的原理与它们在本质上的根本差异，从这方面来说他具有莫大的功劳。

2. 佩奇的《故事艺术的本质与形式》

吕蒂在对于民间故事样式的研究过程中，学习了威廉·沃林格的"抽象性"样式原理。他在《欧洲民间故事：形式与本质》中介绍、探讨、批判了其他诸多理论家的观点，其中我们可以推测，罗伯特·佩奇[47]受到了吕蒂民间故事基本思想的影响。

佩奇是活跃在 20 世纪 30—40 年代的德国文学理论家。1935 年，他在《德国民俗学杂志》发表了论文《民间故事的艺术形式》。之后又发表了故事样式研究著作《故事艺术的本质与形式》（我所购买的是 1942 年的第二版。麦克斯·吕蒂也仅引用了第二版的内容，初版年份不详。总之，处于希特勒时代对于佩奇来说实为不幸）。

佩奇的著作中关于故事形成的内容浩如烟海，不仅涉及民间故事，

---

[47] 罗伯特·佩奇：Robert Petsch（1875—1945），德国文学史家。1898 年在维尔茨堡大学攻读德国文学，获得文学博士学位。1911 年赴利物浦大学担任德国文学教授。1923 年起，他作为德国文学史和文学理论家被聘为汉普尔克大学教授。他研究的中心课题是如何系统地确立文学体裁。主要著作有《从莱辛到赫贝尔的德国戏剧》（1912 年）、《德国的传统谜语》（1917 年）、《抒情作诗法》（1939 年）、《叙事艺术的本质与形式》（1942 年第二版）。

还包含了从古时的荷马,到歌德,再到当时的现代作家托马斯·曼。佩奇在书中将童话定为故事的原型。它并非是像吕蒂那样举例论述之后再进行整理,而是使用了德国学者较为常用的思辨论述。但是,书中却出现了或许是受到后来吕蒂理论的启发而来的想法及用语。

首先需要注意的是,佩奇认为民间故事中的讲述方式十分重要。吕蒂认为,民间故事的特质并非在于母题的种类(例如,讲述奇迹的主题、幻想主题、社会主题等),而是在于它可以讲述什么样的母题。而佩奇则提出了这种"体现在讲述方式中"这一想法。

> 剔除掉应剔除之物,不带有理论成见地融入童话之中——若能委身于童话之中,无论是谁都能感受到它特别的魔力吧——我们就能明白讲故事对我们而言极其重要。故事的讲述方式超越了此前所有的文学形式(作家文学中的移情论等——小泽注)而独立存在。

当然,佩奇并没有像后来吕蒂那样通过实际举例来证实这一点。但值得注意的是,在大家认为童话、传说具有各自不同母题的时代,佩奇意识到"故事的讲述方式"超越一切流派独树一帜,这一思想或许就是借鉴了吕蒂后来的理论。

佩奇著作的第三章"叙事文艺的构成"的第四节是"叙事出场人物图形"。麦克斯·吕蒂在《欧洲民间故事:形式与本质》的"平面性"这一章中讲述到,在民间故事中出场的角色是一种没有实体、没有内心世界、与周边世界毫无关联的图形。这也是吕蒂理论中基本且重要的概念,本书将在后篇对此进行详细论述。

佩奇认为,童话中的主人公并非代表着某类人,他们并没有典型的形象。之后他说道:

> 我们可以用具有性格的出场人物或人格这一概念去理解他们

（童话中的出场人物）。但若是如此，我们就会容易忽视出场人物的自身价值。如果以某种标准化、描述性的人格去看待童话出场人物的话，对于童话的"理解"就会变得迟钝。因此，我们不妨用"图形式出场人物"来描述童话中的出场人物。如此一来，人们或许会感到叙事诗人似乎在与登场角色一起"玩耍"，但这并无大碍。不知大家会不会总感觉叙事空间像是一个国际象棋棋盘。（中略）图形化出场人物说到底不过是在文化发展中承担某种功能的载体。但是，在这一过程中，图形化出场人物在与其对应的（类似的，以及相反）空间中，以符合他们的穿着打扮的、自己的方式进行活动。

我认为这一论述最为接近后来吕蒂理论。吕蒂也在反复论述"图形化人物只是故事情节的载体"。

民间故事的出场人物只是一个图形，即他们只是没有内心世界的故事情节的载体，因此他们在民间故事中自然缺乏时间体感。（《欧洲民间故事：形式与本质》p.37）

佩奇只论述了图形化出场人物这一理解方式，之后吕蒂从中抽象出了平面性这一概念，并且他从出场人物甚至在讲故事的整体语调中发现了这一概念。本书将在下一章中详细论述这一点。

如上述引文中所述，佩奇认为"如此一来，人们或许会感到叙事诗人似乎在与登场角色一起'玩耍'，但这并无大碍。不知大家会不会总感觉叙事空间像是一个国际象棋棋盘"。他认为，童话中的出场人物都是孤立的，他们的行为并非是源于内在动机驱动，而是受到外力驱使，所以才会让人率先想到国际象棋。而国际象棋就是给人玩耍的。

吕蒂在之后对于童话语调的详细分析中，对这一现象进行了客观证明，并将其概括为一个简明的概念。在提到童话形成期的问题之时，吕蒂引用波伊克特[48]的"游戏"概念，并进行如下说明：

  然而，波伊克特认为，民间故事中还使用了许多巫术母题并且已经将巫术母题用来游戏，因此将民间故事视为"魔法世界"的终结、"理性世界"的开端。然而，这种说法并不合适。因为对民间故事而言所有母题都是游戏性的。(《欧洲民间故事：形式与本质》p.177）

此外，吕蒂在尝试给民间故事下定义的时候也十分重视"游戏"这一概念。

  流传下来的欧洲民间故事都具有抽象的样式和形态，以及各种具有世界性的冒险故事。它们容纳了整个世界。民间故事虽没有道出世界最深处的关联，却向我们展示了意味深长的游戏。(《欧洲民间故事：形式与本质》p.185）

如上所示，罗伯特·佩奇的文学理论中具有吕蒂理论的基本概念。可以说，佩奇凭直觉获得的概念在吕蒂诸多实例的分析中得到验证，并定型成为一个文学概念。
  吕蒂探讨了前辈先贤关于民间故事整体理解的学说，他高度评价了罗伯特·帕丘的学说。

---

[48] 波伊克特：Will Erich Peuckert（1895—1969），20世纪中叶德国民俗学家的代表人物。1945年至1960年任哥廷根大学民俗学系教授。受第一次世界大战后德国表现主义和非理性主义的影响，波伊克特一直对异人（Outsider）、神秘主义、魔法、秘密仪式感兴趣，并将其研究成果传播给世人。他编撰了各地方的传说集，并通过名为《泛智论》的大部著作，探讨了白色魔法和黑色魔法之间的联系和区别。在我（小泽）访问的波伊克特晚年，他个人执笔并分册发行了《传说事典》，但没有全部完成。

安德烈·约勒斯[49]没有把民间故事当作现实世界的本质形象，而是将其视为现实世界的对立形象。民间故事中的"精神活动"否定了"不符合事件逻辑的现实世界"，"而另一方面，它肯定地描述了另一个能够满足所有简单朴素道德要求的世界"。从这一角度来看，约勒斯就会误以为民间故事是补偿性空想故事。民间故事并非如他所说的那样变成了与现实世界形成"非常鲜明的对比"。相反，民间故事的重点是将这个世界变得透明，是想要看透世界的本质，它赋予我们深刻的信任，向我们展示世界的本质图景。这就是民间故事所相信的本质图景。约勒斯没有感受到民间故事对于自己本身的信仰。故而他才会认为，民间故事只是纯粹的表达愿望的文学。对此，我认为罗伯特·佩奇的说明更为恰当。"民众显然感受到了一个事实，民间故事描绘了世界的应有之态，而世界（按照民间故事中出现的乐观想法思考的话）最内在的本质中大约果真如此运行。"（《欧洲民间故事：形式与本质》，pp.162-163）

这就是关于民间故事定义的讨论，或许有些难以理解，但在看完下一章讲述的吕蒂的理论之后，我们就能明白这个发展历程。吕蒂认为，民间故事并非是补偿性地满足人类愿望的空想故事，相反它清晰地昭示了世界的本质。这一点和上述佩奇的思想产生了共鸣。

---

[49] 安德烈·约勒斯：Andre Jolles（1874—1946），荷兰出生的艺术史家、文学理论家、语言学家（英语圈中称为约勒斯）。他在柏林大学教授古代艺术史，然后在荷兰根特大学教授考古学和艺术史，第一次世界大战后任弗拉芒语和荷兰语及其文学教授。从1923年到1941年退休，在拉普齐希大学担任比较文学教授。正如其经历所显示的那样，约勒斯的研究涉猎非常广泛。他不仅是一名学者，而且在创作领域也颇有建树。他写诗、写戏，是文学象征主义的旗手，还和汉堡的表哥一起组织过剧团。在口承文学研究领域，他的《单纯艺术论》（日文译本《童话的起源》）也做出了重要贡献。该著作于1930年发表后，褒贬不一。约勒斯在书中把口承文学分为圣人传、传说、神话、谜语、谚语、俗话、回忆故事、童话和小故事等类型，每一种类型都有其特定的精神活动。虽然该分类的实操性受到了质疑，但约勒斯为各类型提供历史依据并从中得出观点的研究思路获得了肯定。现今，从符号学的角度来看，它再次受到关注。日文译本《童话的起源》（高桥由美子译，讲谈社学术文库，讲谈社1999年出版）。

回顾一下奥利克、沃林格、佩奇、吕蒂这些先行者的理论，我们就会发现，吕蒂关于民间故事样式的理论是在欧洲民间故事的研究史中代代相传而来，并非是突然产生的。我们可以看到，民间故事的研究被麦克斯·吕蒂整合为了一个极其具体、具有很强的实证性的理论。本书将在下一章详细论述这一点。吕蒂向我们展示了极为具体的证明，因此我们才得以对日本的民间故事进行比较。

（侯冬梅译、刘玮莹审校）

第四章　麦克斯·吕蒂的样式理论

上一章中提到阿克塞尔·奥利克、罗伯特·佩奇等人在民间故事诗学，即关于民间故事的叙事、结构和形式的理论方面进行了诸多研究。而在该领域做出最突出贡献的当属二战以后出现的瑞士文艺学家麦克斯·吕蒂。

麦克斯·吕蒂于1909年出生于瑞士首都伯尔尼，毕业于伯尔尼大学，主攻英国文学、历史学和瑞士史学。1943年，吕蒂撰写了学位论文《民间故事和传说中的礼物——关于两种文学形式的本质及其根本差异的研究》，1947年，发表了《欧洲民间故事：形式与本质》。之后，1962年出版了论文集《民间故事的本质——在很久很久以前的某个地方》、1969年出版了论文集《民间故事的阐释——他们如今还活着》[50]，1975年出版了最后一部著作《民间故事：美学与人物形象》，1991年逝世。麦克斯·吕蒂在民间故事文艺学研究领域所做的贡献不可估量。

我从吕蒂本人那里得知，《民间故事和传说中的礼物》与《欧洲民间故事：形式与本质》这两篇文章的内容本来是计划放在一篇论文里发表的。吕蒂系统研究了民间故事和民间传说中出场人物之间交换的礼物。吕蒂研究的礼物是广义上的礼物，不仅包括实物形式的礼物，还包括优秀的能力和不祥的诅咒等。吕蒂注意到民间故事和民间传说在礼物的处理方式上存在差异，因而开展了集中研究。吕蒂在1943年发表的《民间

---

[50]《民间故事的本质——在很久很久以前的某个地方》和《民间故事的阐释——他们如今还活着》两部合编出版的日文译本是《民间故事的本质与阐释》（麦克斯·吕蒂著，野村浤译，福音馆书店1996年出版）。

故事和传说中的礼物》中提出，民间故事和民间传说的根本性区别在于礼物处理方式的不同，礼物的处理方式揭示了民间故事的本质。其后，吕蒂又于 1947 年发表了《欧洲民间故事：形式与本质》，在礼物研究的基础之上，全面考察了民间故事的叙述形式。

麦克斯·吕蒂关于民间故事形式理论的研究经发表后立即引起了国际学界的广泛关注。现如今，该理论已成为欧美国家民俗学专业和文学专业民间故事研究方向的必读书目，同时也在大学研讨课上被频繁提及。

在学习了吕蒂的形式理论之后，我发现该理论也完全适用于日本民间故事。这是在经过与日本民间故事讲述传承人的交谈，以及对《日本民间故事通观》进行故事主题分类等工作经历的基础之上得出的结论。因此，在本章中，我将结合译本《欧洲民间故事：形式与本质》（小泽译，岩崎美术社出版），对吕蒂的理论进行"日本式"的阐释。

吕蒂对欧洲各民族的民间故事进行分析之后，将民间故事的本质特征总结为以下几点，即"一维性""平面性""抽象样式""孤立化与普遍联结的可能性""纯化与含世界性"。

一、一维性

无论是民间故事，还是传说中，常会出现小矮人、魔女、山妖、水精灵等来自于异世界的生灵。在传说中，当异世界的生灵来到这边世界之后，这边世界的生灵即普通人会感到恐惧或者难过。而在民间故事中，普通人却一点也不会感到惊讶。

吕蒂将异世界称为"彼岸"。"彼岸"一般指的是非日常的世界、死者的世界、神灵生活的世界或者超越的世界。吕蒂一般将它们称为彼岸存在或彼岸世界。与之相应的，吕蒂将这边的世界，即我们所生活的日常世界称为"此岸"。不过，这样的叫法较为少见。鉴于此，我们还是使用日常世界或日常世界的存在这样的称呼吧。

在欧洲民间故事以及日本民间故事中，当彼岸世界的存在进入此岸世界后，此岸世界的人丝毫不会感到惊讶。这样的例子有很多，例如，在格林童话《青蛙王子》的开头处，公主因为金球掉进水池而伤心哭泣，这时，她的身边出现了一只青蛙。青蛙问公主："公主殿下，你为什么哭得这么伤心啊？"公主对于青蛙突然开口说话丝毫不感到惊讶，并且向青蛙哭诉道："我的金球掉进水池了。"还有，汉塞尔和格蕾特来到糖果屋见到魔女的时候也是完全不感到惊奇，他们之间连语言都是相通的。

若是在传说中，公主应该会对青蛙说话这件事情感到万分惊讶，并且还会反复告诉周围的人："那个水池就是神奇的青蛙出现过的地方。"而在民间故事中，青蛙会说话并不是什么令人感到惊讶的事情。对此，麦克斯·吕蒂的解释是：

> 民间故事中的主人公和彼岸生灵之间没有距离感。他们对彼岸生灵的出现本身并没有兴趣。对他们而言，重要的事情在于彼岸生灵是帮手还是对手。（《欧洲民间故事：形式与本质》p.10）

日本民间故事也是如此。例如，《猴女婿》（「猿婿」）中，山间的田地里出现了一只猿猴，这只猿猴对老爷爷说："我来帮你割草吧。"老爷爷一点也不感到惊讶，反而向猿猴倾诉农活的辛苦。吕蒂曾指出：

> 民间故事的主人公即使看到或经历了无比离奇的事情，也不会出现情绪波动。他们在与长着12个头的巨龙对阵时，依旧可以冷静地行动。（p.10）

日本民间故事《不能看的房间》（「みるなのくら」）中，老爷爷在深山里发现一幢大宅院，宅院里竟然还住着一位姑娘。不过，老爷爷遇见这位姑娘时完全不觉得惊讶。不仅如此，老爷爷还告诉姑娘自己迷路了，并请求留宿一晚。

> 民间故事的主人公去到玻璃山，并不是因为想要了解这座神奇的山，而是为了营救被困在山上的公主。（p.11）

日本的《天仙夫人》(「天人女房」)中，妻子发现羽衣之后回到了天宫，丈夫思念心切爬上了天宫。正如吕蒂所言，丈夫并不是为了游览天宫而来，而是为了找到住在天宫的妻子，并与她再次结为夫妻。吕蒂认为：

> 民间故事的主人公在行动的时候，没有空闲对新奇事物感到惊讶，并且在本质上也不会对新奇事物感到惊讶。（p.11）

在吕蒂看来，传说中的彼岸生灵虽然在地理意义上靠近普通人，但普通人把他们视为完全的他者。

> 民间故事则完全相反。彼岸生灵和此岸生灵并不生活在一起。主人公很少会在屋里或村子里遇见彼岸生灵。他们只有去到远方时，才会遇见它们。（p.13）

也就是说，在民间故事中，虽然彼岸生灵生活在距离普通人很远的地方，但是他们和此岸生灵之间并没有次元的隔绝。关于这一点吕蒂的解释是：

> 在民间故事中，彼岸生灵虽然在地理距离上远离人，但是在精神体验上却靠近人。对民间故事而言，地理距离的遥远，是表现精神异界的唯一合法手段。（pp.14-15）

这一点在《天仙夫人》中也有体现。地理距离的遥远是异世界事物的唯一标签。接着，吕蒂还说道：

世界尽头只是地理上的而非精神上的遥远。任何彼岸王国无不都可以通过徒步或飞行的方式抵达。（p.15）

《天仙夫人》中的主人公种出了高耸入云的竹子，然后穿破了一千双草鞋顺着竹子抵达了天国；或者在地里埋下一千双草鞋，然后顺着从埋草鞋的地方长出来的藤蔓抵达了天国。此外，在《仙人的指教》（「仙人の教え」）这则故事中，年轻人到深山中拜访仙人为母亲寻求治病药方。道路非常险阻，却并非无法抵达。也就是说，距离的遥远只是地理上的而非精神上的。关于这一点，吕蒂的观点是：

总而言之，民间故事把精神上的差异投射到一条唯一的故事线上，通过外在的距离来表现内在的差异。（p.16）

民间故事的一维性指的就是，民间故事中的此岸生灵没有感觉到与彼岸生灵处在不同的维度上。（p.17）

二、平面性

民间故事中，世俗世界和超越世界之间完全没有阻隔感。不仅如此，总的来说，民间故事在任何方面都没有实体性。所有的出场人物都是没有实体性、没有内在世界、没有周围世界的图形。（p.18）

民间故事中，线形或平面形的物件像金属一样坚固不变。但是，它们也会像被施了魔法般地突然变成完全不同的东西。这种突然的、机械式变化，与传说中事物的缓慢生长变化不同，它丝毫不会令我们产生空间上的抵触。（p.19）

同样，通过与传说比较之后此处会更易于理解。传说中出现的多是牛、马、牛奶桶、奶酪块等有具体量感的物品。这些物品的量感对于听众来说是可以直接感知的。它们时而减少、时而消失、时而又恢复原状。其采用的描写方式也具有浓厚的日常性。另一方面，民间故事中出现较多的则是拐杖、戒指、钥匙、刀、手枪、动物毛、鸟的羽毛等平面的或类似于线状的物件。

并且，民间故事中的物件大部分情况下都只会在某个特殊场景中被使用一次。它们身上完全没有被日常使用的任何迹象。日本民间故事《放屁的饭勺》(「尻鳴りしゃもじ」)中出现的饭勺，只要用它碰一下对方的屁股就能让其放屁。那把饭勺在故事中从来没有被用来盛过饭，年轻男子用那把饭勺让富人家的女儿放屁，接着再让她停止放屁，最后成为她的丈夫。

民间故事中的出场人物以及动物在肉体上也没有实体性。传说中的出场人物如果生病或受到彼岸生灵的伤害，身体就会肿胀或抽搐。但是，民间故事中的出场人物若是生病的话，既不会交代病名、病状，也不会出现关于身体因病衰弱或是肿胀的描写。吕蒂说："我们关注的只是他们的表面，不是其肉体的实体意义和立体存在性。"另外，吕蒂还谈道：

> 即使是类似于女主人公的手、胳膊被砍断，或是马被狼咬掉了一条腿等这样的情景，我们也看不到有血流出来或是有真正的伤口出现。肉体的伤害在有些情况下只是一种纯粹的修饰。作为图形，被截断的手臂在完整性上与健全的双臂相比并没有任何区别。(p.21)

换句话说，被砍断的不是实体性的肉体，而是像剪纸手工一样的图形上的肉体。日本民间故事也是如此。《赶马人和山妖》(「馬方山姥」)中，赶马人在躲避山妖追捕的途中，听到有人说："砍掉一条马腿吧！"于是，赶马人砍掉了一条马腿后扔下，骑着仅剩三条腿的马逃跑了。此处不仅没有出现马被砍掉一条腿后流血的场景，也没有出现马痛苦不堪的场景。砍掉一条马腿就好比用剪刀在手工纸上剪下似的。即使四条腿的马只剩下三条腿，马的整体形象也并没有被破坏。吕蒂将这样的讲述方式称为"图形式叙述"。不过，它指的不是讲述者和听众将马想象成剪纸，而是指类似于手工剪纸那样的讲述方式。

> 民间故事中的人物如同用纸片做的图形一样，即便被任意剪裁也不会发生本质性变化。一般情况下，民间故事中的人物在遭遇伤害之后不会表现出肉体或精神上的痛苦。只有当后续情节发展需要时才会流下泪水。除此之外，民间故事中的人物即使被切断四肢也无动于衷。（pp.21-22）
>
> 民间故事中很少会单纯谈论人物的情感和品质，且很少出于烘托气氛的目的而谈论。只有在情节发展所需时才会谈论它们。（p.22）

在谈论情感、品质的时候，民间故事的讲述者不会直接给出评价，指明主人公是正直的或是天真的，而是让人物的情感或品质在其行动中展现出来。

> 情感和品质与所有其他事物一起被投射在同一平面上。（p.23）

情感和品质是通过人物的行动来实现投射的。例如，浦岛太郎买下了被孩子们欺负的乌龟，浦岛太郎的这一行动表明他是一个爱护动物的人。

出于这一特征，民间故事中"各个出场人物被赋予了不同的行为可能性，他们将这些展示在平面上"。（p.25）

《饭团咕噜咕噜》(「にぎりめしころころ」) 等邻居爷爷型民间故事中，第一个爷爷正直、勤劳，第二个爷爷懒惰、贪婪。不过，故事讲述

者一般不会用正直、懒惰或是勤劳这样的词汇去形容,而是用人物的行动去展现。用吕蒂的话来说,就是置于平面的故事线中展现。

由于民间故事的出场人物无论在肉体还是精神上都没有实体性质,因此他们的人生要朝前迈进就需要外部驱动。这些外部驱动可能是来自于某个人的礼物、难题、忠告、禁令,又或者是某次困境、机遇等。故事人物正是依靠这些外部驱动而不是自身意志来展开行动的。

> 在需要保持清醒的时候,配角们都抵抗不住地睡着了。(中略)但是,为了让主人公保持清醒,他们被安排坐在蚁冢或荆棘丛中。可见,主人公凭借的不是自身的意志和耐力,而是外界的"帮助"。(p.26)
>
> 民间故事中的人物不仅没有内在世界,也没有周围世界。(p.27)

民间故事中没有任何有关主人公成长的村庄的介绍。相反,民间故事中的主人公离开村庄外出闯荡的情况比较多,并且外出闯荡的原因五花八门,比如家境贫寒、继母虐待,或是国王下达的任务、主人公的冒险欲望,抑或是求婚等。

> 民间故事的主人公为了获取真知必须要外出闯荡。民间故事将传说故事中分级递进的内在世界和周围世界都并行投射在同一个平面上。(pp.28-29)

民间故事中主人公的亲缘关系也是没有实体性质的。如果主人公的父母对于情节发展不再重要,主人公就会离开他们。另外,主人公与他的血亲、族亲之间也不存在内在关联。

> 民间故事的各个人物之间不存在固定的、永久的联系。(p.30)

在《地藏菩萨》(「地藏净土」)这则民间故事中,老爷爷带着丸子去拜见了地藏菩萨,然后在地藏菩萨的帮助下获得了很多金币。但是,老爷爷和地藏菩萨的关联仅限于一次。后面老爷爷并没有去地藏菩萨那里谢拜。还有,民间故事的主人公身边会出现各种帮手,但他们与主人公之间的关联仅限于必要场合。一旦帮手完成了任务,就会立即消失。

主人公和帮手之间没有内部联结,一般是通过礼物的形式来表现的一种可视的联结。

> 主人公和援助他的动物之间的关系通过他从动物那里获得的头发、羽毛或鳞片等物件而得以具象化。主人公无须依靠他的精神或意志,只需转动一下作为双方关系纽带的礼物就可以轻松召唤来帮手。(p.31)

以日本民间故事《地藏菩萨》中的丸子为例可以帮助我们理解。还有,在格林童话《霍勒大妈》(「ホレばあさん」)中,继女和霍勒大妈之间的关系就是由一根纺锤建立起来的。民间故事就是像这样通过外在的、具象的物品来体现关系。并且,主人公不会把礼物作为日常用品使用,只在具有决定性意义的重要场合才会使用。

> 在童话的平面式世界里还缺乏时间的维度。当然童话里有年轻人也有老年人。(中略)但没有正在变老的人,同样也没有正在变老的彼岸生灵。有的故事中,国王、王子或者侍从由于被施了魔法,长时间变身为动物、植物或石头。(pp.33-34)

民间故事对时间概念的这种无动于衷,我们最熟悉的莫过于《蔷薇公主》。公主沉睡了一百年,醒来的时候却不是115岁而是15岁。在格林童话中,救下公主的王子绝不会注意到公主的服饰已经过时、城堡的建筑太过老旧等细节。对此,吕蒂以佩罗改编的《蔷薇公主》为例,批评这位法国人用他优雅、细腻的现实主义文风破坏了民间故事特有的无时间性。

> 王子唤醒了公主。公主的衣服雍容华贵。但是，王子小心翼翼地并未向她提醒说，她穿得就像王子的祖母一样，发型也十分过时。不过，她的美丽并没有因此而减损半分。两个人走进一个房间，在公主侍从的招待下用餐。虽然已经近百年无人弹奏，小提琴和双簧管演奏的古老乐曲听起来仍然是那么美妙动听。（p.35）

佩罗的改编明显与口传的故事迥异。如果在叙述中表现出时间意识的话，那么民间故事特有的风味就消失了。

在《蔷薇公主》中，还有一点值得注意。主人公被施了魔法进入沉睡，或者被强迫做了苦力之后，她们的身上并不会留下任何"受难时期"的痕迹。这也再次佐证了民间故事的人物角色在肉体上没有实体性这一点。也就是说，故事人物经受的危险和苦难不会给他们留下任何精神上或肉体上的印记。只要满足某些条件，故事人物就会瞬间恢复到原先的身体状态，丝毫不会粘黏"困境时期"的痕迹。例如，在日本民间故事《没有手的姑娘》（「手なし娘」）中，姑娘的手被砍断之后只需要一瞬间就能恢复如初，丝毫不带有受伤的痕迹。它也说明了民间故事的人物角色在肉体和精神上均没有实体性。对于《没有手的姑娘》中姑娘的手瞬间恢复原貌的情节，吕蒂指出：

> 在民间故事中，一切形态变化都机械式地瞬间完成，不会有萌生、成长、发展、衰微，总而言之，不会有时间流逝的感觉。（p.39）

《蔷薇公主》这个故事还告诉我们，民间故事中的魔法所带来的影响不会从祖辈波及子孙辈。

他们中没有祖辈和子孙辈的关系，事实上就是民间故事中本就没有时间上的关系。(p.18)

即使是沉睡了长达一百年的姑娘，在魔法解除之后，也会立即与解救她的年轻男子结婚。因为施救者和被救者处于同一个平面维度上。(p.40)

吕蒂关于平面性特征的总结如下：

民间故事把各个方面的内容投射在同一个平面的做法，具有惊人的首尾一贯性。具体而言，是将人物和物件以图形的形式，将品质以故事情节的形式，将个体存在之间的相互关系以外在可见的礼物的形式投射在同一平面上。将不同的行动可能性安排给各个图形式的人物角色（有主角也有配角），精神的或者心灵的距离通过地理距离的遥远来表现。(pp.40-41)

吕蒂还进一步指出：

我认为这种平面化的叙述并非是出于无能，而是出于一种强烈的形式意志。(p.41)

发现民间故事中存在着形式意志，是吕蒂的伟大功绩之一。后来吕蒂又在此基础上进一步认识到，优秀的民间故事讲述者会努力保留民间故事的形式。

三、抽象样式

平面性的贯彻使民间故事同时具有了背离现实的特征。从一开始，民间故事就不打算对先验具象世界进行多维移情式模仿，而是

进行重塑,并通过在各个部分添加魔法元素为它赋予一种新形式,以创造出具有独自特征的世界。(p.42)

为了更好地理解吕蒂的抽象样式理论,我们先来学习前章中提到的威廉·沃林格的理论。

沃林格认为,人类在艺术创作的初期具有抽象化的冲动。这种表达是否确切尚有待探讨。不过重要的是,沃林格认识到,抽象化和移情是人类艺术创作冲动的两大主要源流。因此,19世纪末期的欧洲绘画世界中诞生了抽象绘画。

19世纪末期以前的欧洲绘画多以具象画为主,即用写实的技法来作画。19世纪末期以后出现了抽象画,它将物体的线条、色彩、形状抽象成绘画元素,然后用绘画元素来构图。

在文学方面,小说一般采用具象化手法进行创作,即详细描写在日常生活场景下的主人公的一生,村庄的景色、列车上的景象等都会被具体描写出来。与此相反,民间故事一般不会采用具象化创作的方式,而是以独特的技法,像施魔法一样将眼前的世界变成抽象世界。

创作方式的不同和艺术价值的高低没有关系。在绘画世界,具象绘画和抽象绘画之间的差别没有价值高低,只是类别上不同,也就是创作原理不同。具象绘画里有价值高的画作也有价值低的画作,同样,抽象绘画也是如此。具象和抽象之间的不同在于创作原理,也就是类别,而不在于价值。

民间故事的创作原理和抽象绘画相近。

民间故事的故事框架不是通过细节描写,而是通过指称的方式来建构的。它只重视故事情节发展,将图形式的出场人物从一个点引向下一个点,从不会为了细节描写而暂停故事情节的发展。(p.43)

和抽象绘画仅用线条、形状和颜色来构图一样,民间故事仅用事件和人物的名称来描写。具体而言，民间故事不对人物特征或事件经过进行细节描写，仅用"杀害了""大森林""黑森林"这样简洁的指称方式。

吕蒂所说的"从不会为了细节描写而暂停故事情节的发展"就是上述意思。例如，在提到森林的时候，如果详细描写森林里的小河流淌、小鸟飞翔，以及森林里的树木和洞穴等的话，故事就停留在森林这里了。吕蒂认为民间故事是不会这么做的，民间故事只会用"大森林""黑森林"这样简洁的表述去快速推进情节发展。简言之，舍弃细节描写，仅叙述主要事件。我们将这种与具象文学对立的文学创作形式称为抽象文学。吕蒂引用了克罗地亚即以前的南斯拉夫民间故事中的一个片段。

> 现在这位新国王决定去寻找自己的兄弟姐妹，他游走了许多城市，却一无所获。最后，国王来到了一座完全铁制的城市。他走进这座城市，街上一个人也没有，每家每户都关着门。只有一户人家的大门是敞开的，他走进大门一看，一条巨龙正在铁叉上烤着一只羊。国王向它走去并问候它"上帝保佑"。巨龙没有回答。这位年轻的国王怒火顿生，举刀砍向巨龙，由此挑起了双方之间的一场血战。（p.44）

关于这个故事，吕蒂是这样分析的：

> 只讲述对情节发展重要的内容，而不会单纯对任何细节内容进行具体描绘。普遍使用的是具有单一性的形容词句式：一座铁制的城市、一幢宽敞的房子、一条硕大的龙、一位年轻的国王、一场血腥的搏斗等。这种纯史诗式的指称技巧使一切被指称的事物都呈现出一种整体统一性。（pp.44-45）

吕蒂将这样的指称式描述视为民间故事的典型叙述样式。事实上，我们也可以在日本民间故事中找到与此样式相似的片段。例如《消灭猿神》[51](「猿神退治」)这则故事：

> 从前，有一个云游的僧人。有一天，他在四处周游的时候路过一个村庄，它位于某座荒山之上。不知为何，村庄里家家户户都在捣饼，僧人以为是有什么祭祀活动。不过，其中有一户人家没有捣饼，这户人家的房子看上去非常气派却又显得十分冷清，好像里面一个人也没有。仔细一听，房子里有人在哭泣，僧人感到好奇便走进去一看，只见一群人围着一个小女孩在哭泣。僧人询问缘故。其中一个看上去像是当家的人停止了哭泣，告诉僧人："我家七天之内必须供奉出活人祭礼。在对面山上不知祭祀着什么神仙，每到丰收的季节，寺庙里的山神就要村里的人供奉一位年轻的姑娘给他。如果不供奉的话就会狂风大作，水田、旱田都会颗粒无收。所以无论如何也要供奉。今年轮到我家了，我们必须把这个独生女儿供奉出去，所以难过得流泪。"僧人默默地听完后说道："世上竟然还有这样的事，我来代替这位姑娘前去看看吧。"于是僧人登上了那座山神住的山。……(摘自宫城县桃生郡的民间故事，《日本民间故事大成》第7卷，经典民间故事六)

该段内容出现了"家家户户都在捣饼""有一户人家没有捣饼"这样的描述。对于村庄的景象，故事仅用了"捣饼"来描述。

日本优秀的讲述者几乎都是如此，他们用语简洁、规整，不喜欢细节描述。这样的叙述方式对于习惯阅读通俗小说类具象文学的读者而言，大概会显得情节不够生动，故事单调乏味。但是，它用于口耳相传的民间故事中则会使故事更易于理解。民间故事一贯采用的就是这种抽象的叙述方式。

---

[51]《消灭猿神》：该故事引自《日本民间故事大成》第7卷，纯民间故事6(关敬吾著，角川书店1979年出版)。

在民间故事中，最常被指称的，是那些本身具有鲜明的轮廓线且硬质的器物。例如戒指、拐杖、刀箭、头发、坚果、蛋、箱子、钱包、苹果等，它们作为礼物从彼岸生灵那里转移到此岸生灵手中。（p.46）

吕蒂例举的戒指、头发、坚果等物品较少会出现在日本民间故事中，这是因为这类小物件带有民族或地方生活特色，不同国家之间是存在差异的。不过，总的来说最常被指称的都是轮廓线鲜明且硬质的物品。

从这个视角来看的话就会发现日本民间故事中经常出现树木。例如某个地方矗立着一棵高大的树，树后面突然冒出一个山妖。《赶马人和山妖》(「馬方山姥」)、《弥三郎婆》(「弥三郎婆」)等民间故事中，树的轮廓线十分鲜明，山妖、猫妖都是从树后面跳出来的。在阿伊努族民间故事《火马》(「炎の馬」)的开头处出现的那棵高耸入云的大树也令人印象深刻。

印象深刻的描写用吕蒂的话来说就是轮廓鲜明的描写。众所周知，日本民间故事中经常出现刀，例如《一寸法师》中的针刀等。小箱子也时常出现，《浦岛太郎》的结尾部分出现的玉手箱就是其中一例。民间故事《桃太郎》中出现的桃子，《一寸法师》中法师去旅行时乘着的木碗舟，《蘑菇妖怪》(「きのこの化け」)中出现的很多木碗，《妻子的画像》(「絵姿女房」)中的松枝，均起到重要作用。另外，仔细想来，《饭团咕噜咕噜》中的饭团也具有鲜明的轮廓线。如果那个饭团的轮廓线不鲜明的话，就会在滚动的过程中散架。能够一直不散架地滚动到地下仓库正说明那个饭团是轮廓线十分鲜明的硬质物体。

民间故事中的主人公住在坚固的房屋、城堡或者地下宫殿。（p.46）

格林童话《汉塞尔与格蕾特》(「ヘンゼルとグレーテル」)中,魔女住在森林里的糖果屋。日本民间故事中也有很多这样的例子。例如《赶马人和山妖》中山妖的住所;《三张护身符》(「三枚のお札」)中,鬼婆住在一幢小屋里;还有《鲑鱼大助》(「鮭の大助」)这类流传于山形县最上川上流流域的故事中,原是猫、狗变的夫妇住在山间的小屋里;《仙人的指教》中,仙人住在位于深山最深处的一幢气派的宅院里;《不能看的房间》(「みるなのくら」)中排列着十二个房间。

吕蒂还说道:

> 民间故事是何等喜欢把主人公或女主人公关进一座塔、一个宫殿、一个箱子或盒子里。(p.47)

在格林童话《长发公主》中,长发公主被关进一座塔的情节令人印象深刻。日本的《消灭猿神》(「猿神退治」)中,被列为祭品的小女孩被放置在木头棺材里。后来,主人公代替小女孩钻进木头棺材并最终赶走了怪物。《赶马人和山妖》中,山妖在木头柜子里睡觉。《三张护身符》中,小和尚为了逃脱鬼婆的追赶躲到了厕所里。《月亮姐姐星星妹妹》中,月亮姐姐被放进木箱中。这些故事的主人公均被放置或者自己躲进了一个狭小空间里。

> 把物品或活物金属化、矿物化是民间故事的共同特征。不仅城市、桥梁和鞋子是由石头、铁或玻璃制成的;不仅房屋和宫殿是由黄金、钻石制成的;就连树木、马、鸭子甚至人也可以是由金、银、铁或铜制成的,或者突然变成石头。(p.48)

"把物品或活物金属化、矿物化"这一欧洲民间故事的叙事特征反映了欧洲的生活方式和生活环境。在日本,人们一般用木头或纸板建造房屋,几乎没有用金属或石头建造房屋的情况。因此,金属化、矿物化特征具有地域差异。但是，人或者马突然变成石头这样的情节在日本民间故事中也有出现，这说明石头等硬质的物品在日本民间故事中也承担着重要角色。

例如《放屁的新娘》(「へっぴり嫁ご」) 中，婆婆为了不被新娘的屁吹走，紧紧地抓住石臼。《咔哧咔哧山》(「かちかち山」) 中，狸子在老婆婆捣臼的时候将其害死，接着在后半部分，兔子噼啪噼啪地凿着打火石。《仙人的指教》(「仙人の教え」) 中，母亲的眼睛最后是通过接触玉石治好的。还有《猴女婿》中，回老家的女儿把饼放在石臼里让猿猴抬着。以及《养蚕神》(「おしらさま」) 中，和马结婚后去了天宫的女儿站在父母的枕边，告诉他们石臼的里面有蚕，请他们用桑叶喂养那些蚕。与欧洲民间故事中的石制街道或者人变成石头的情节相比而言，日本民间故事对于硬质物品的偏好虽然没有那么强烈，但也还是可以明显感受得到。

类似的例子我想还有很多。冲永良部岛的《天之庭》(「天の庭」) 中，多摩美久代公主死后被腌进了酒坛里。酒坛虽不是石头，但也是硬质的、固体的、轮廓鲜明的物品。还有，在日本民间故事中硬币具有重要作用。在《去海边吧、去河边吧》(「海行こう、川行こう」)、《蛇妻》，还有《雉太郎》(「きじない太郎」) 中，眼珠都担任着重要的角色。眼珠也属于硬质、固体的物品。还有《山妖和梳子》(「山姥とくし」) 中的梳子同样也是硬质物品。

  民间故事偏爱贵重而稀有的金属：金、银、铜等。（中略）稀有而昂贵的物品在它所处的环境中耀眼夺目，超凡脱群。(p.49)

日本有"金、银、珊瑚""大小金币"这样的固有说法。还有，大财主住的房子一般都是富丽堂皇的。这些昂贵物品都具有孤立性的特征。另外，关于颜色，吕蒂认为：

  民间故事偏爱超纯色：金色、银色、红色、白色、黑色和蓝色。金色、银色有金属的光泽；黑色和白色是非个体性的对比色；而红色是最鲜明的颜色，能够最先吸引到孩子们注意力的正是红色。（p.49）

"黑色和白色是非个体性的对比色"可以这样理解：自然界中的事物不论是人类、动物还是植物，从颜色上看它们都普遍属于中间色，相互之间的差异非常微妙，没有强烈对比。但是，黑色和白色则不同于那种普遍的颜色对比，它们清楚明确地被区分为白色和黑色，因此是非个体性的。

关于这一点首先可以例举的是《白雪公主》的故事。在日本民间故事《试胆姑娘》(「きもだめし娘」)中，姑娘穿着白色衣服，披头散发地假装在吃婴孩，并且用红色谷壳营造出婴孩流血的样子。《白雪公主》中，白得像雪、红得像血、黑得像乌檀木被视为美貌的最高象征。但是，在日本的《试胆姑娘》中，姑娘为了测试求婚者的胆量，穿着白色衣服披着黑长头发，再利用红谷壳装扮成吓人的样子。白雪公主的白、红、黑之极端美如果稍有不慎的话就可能带来战栗之感。此处，我稍稍感觉到白雪公主和试胆姑娘在深层特质上是一致的。"民间故事中的马是黑色、白色或红色的。"（p.50）琉球民间故事《师傅的赤马》(「師番の赤馬」)中出现的是红色的马。

> 民间故事的故事情节线，与它的题材、色彩以及图形式人物的轮廓同样鲜明。(中略)民间故事的情节发展一定是伸向远方的。无数的主人公都被引向了需要跋山涉水才能抵达的遥远国度。（p.50）

在阿依努族的民间故事《火马》中，年轻的主人公为了向姑娘求婚踏上了漫长的征途。冲永良部岛的《天之庭》中主人公骑着飞马上了天空。《三张护身符》中小和尚的路途虽然相对较短，却也是进入了深山里，他在那里遇到了鬼婆。

乐于助人的彼岸之人给主人公赠送的礼物中，最为常见的是移动工具，神奇的马、车、鞋、披风能把主人公载向远方，一枚戒指可以把他带到任何他想去的地方。（p.51）

　　日本民间故事中很少出现戒指，但是和西方的披风类似的蓑笠却经常出现。（例如《隐身的蓑笠》）（「かくれ蓑笠」。）还有，千里车、两千里车等也经常被当作逃跑的工具使用。（例如《做梦的和尚》[「夢見小僧」]、《灰男孩》[「灰坊」]中出现了马。）还有,《师傅的赤马》也是如此。

　　民间故事不会让主人公出现犹豫、动摇或是半途而废，从而影响到故事的流畅性或情节的发展。（p.52）

　　在《仙人的指教》(「仙人の教え」)中，主人公即使途中遭遇山路险峻，又被瀑布阻挡了去路，仍不折返。

　　民间故事为主人公的各个任务分别安排了一名特别的帮手或者一个特别的法器，很少有那种可以实现一切愿望的万能型法器。（p.55）

　　德国童话故事《魔鬼的三根金发》[52]（「三本の金髪のある王女」）中，年轻人从老矮人那里学会了做笛子的方法。他做出来的笛子吹起来可以把散落各地的野猪召集起来。但是，除此之外这只笛子就没有其他功能了。这个年轻人既不用它玩乐，也不用它开演奏会。日本民间故事《火马》中，年轻人从姑娘那里得到了一把扇子。这把扇子只有一个作

---

[52]《魔鬼的三根金发》：该故事收录于《世界民话①德国·瑞士》（小泽编译，晓星社1976年出版）。

用，就是可以让他骑着火马不感到热，骑着冰马也不感到冷。故事中绝对不会出现年轻人用这把扇子扇风解暑或是生火之类的情节。还有《卖伞人登天》(「傘屋の天のぼり」)中，年轻人凭借伞爬到了天上，但他不会用这把伞来避雨。礼物在需要它出现时就会适时地出现。也就是说，礼物的特异功能与特定场合是相匹配的。这种匹配性是现实世界里没有的，但是在民间故事里却是理所当然的。因此，吕蒂将之称为抽象样式。关于匹配性，吕蒂的解释如下：

> 当柴堆里的火焰已经滋滋升到了妹妹的周围时，救援的哥哥们才匆匆赶来。而恰恰在这个时刻，七年的魔法到期了，几个兄弟获得了自由。(p.56)

《十二个兄弟》(「十二人の兄弟」)中的这一场景，无论是读起来还是听起来都带有一种紧迫感。

民间故事通过时间的匹配性来增强故事的紧迫感，制造戏剧性。蔷薇公主陷入了百年的沉睡，年轻男子们为了见到蔷薇公主的美貌纷纷进入荆棘之中，然而他们全部被荆棘缠住丢了性命。一百年以后，有一位王子进入荆棘丛之后，荆棘为他让出了一条道。这样，王子平安地进入城堡，在里面四处找寻。最后，王子发现一扇小门上挂着一把钥匙，于是扭动钥匙打开了门。进入屋内，王子见到了沉睡的公主，被她的美貌深深吸引，不由得亲吻了一下。接着，公主睁开了眼睛，两人之间迸发出了爱意。王子在一百年刚刚过去的时间点亲吻了公主，这种时间的匹配性正是抽象样式的体现。

抽象文学中频繁出现匹配性的情节，而写实文学则不会。日本的《价值十两的话》(「話十両」)中，男子在回家的路上想买话，询问价格之后得到的回答是三句话十两。男子长年劳作攒下来的钱正好是十两。于是，男子拿出这十两钱买了三句话。话的价格和男子的积蓄正好匹配。

匹配性在民间故事的各个方面都有体现，此处的匹配是条件的匹配。吕蒂在谈及阿尔巴尼亚的一则民间故事时谈道：

> 这则阿尔巴尼亚的民间故事中，没有真正魔法性的元素。但是，故事的抽象样式结构，即各种情境的密合无间，与任何外在的魔法一样神奇。实际上，它甚至比那些魔法更加脱离现实。（p.58）

吕蒂的分析对于我们考察日本民间故事的传奇性具有重要的启示意义。很多日本民间故事中也没有出现像欧洲民间故事里那样的魔法。但是，它们仍然被视作传奇故事。那么，为什么没有魔法却具有传奇故事的特征呢？我认为吕蒂的上述分析为我们做出了解答，即抽象结构本身就充满了魔法性。

吕蒂还指出，本书第三章中介绍的民间故事的样式理论的部分内容与民间故事的抽象样式部分是重合的。

> 民间故事采用固定的公式运作。它喜欢数字1、3、7和12，即那些令人印象深刻，拥有魔法和力量的数字。（p.50）

关于3、7还有12这几个数字，稍微读过一些民间故事的人肯定都有印象，在此无须赘述。这些数字可以被视为一种定式。民间故事通过大量使用定式使故事具有了独特且固定的样式。

> 这种对套语化的相同数字的偏好，在很大程度上为民间故事赋予了固定的样式。与现实不同的是，民间故事不追求变化的多样性和数字的偶然性，它追求的是一种抽象的确定性。该特征也同样表现在民间故事常常逐字逐句地重复相同的语句或段落。如果发生了相同的事情，就会有意识性地用相同的语句来讲述。大部分讲述人都会尽量避免语句的变化。——这不是出于表述的无能，而是出于

样式的要求。顽固、严格的重复是生成抽象性样式的关键要素之一。重复的稳定性与童话中俯拾皆是的金属和矿物的稳定性是相对应的。（p.60）

"如果发生了相同的事情，民间故事……会有意识性地用相同的语句来讲述。"对于民间故事的形式，也就是结构而言至关重要。在创作文学中，如果作家用相同的语句讲述的话，他的文学创作水平大概会遭到读者的质疑吧。但是，在用耳朵听的民间故事中，语言的重复是至为关键的。正是因为使用了相同的语句，听众才能够意识到发生了相同的事情。

格林兄弟在编写《白雪公主》的时候，用重复的语句描写白雪公主三次被毒害的经过。今天的民间故事编写者可以参考吕蒂等人提出的民间故事诗学理论，但是在19世纪初期，在民间故事应如何编写等方面还没有任何理论出现的时代，格林兄弟对三次重复性事件使用了几乎完全相同的语句进行描述，这一做法是令人惊叹的。另外，我在日本进行实地考察时也发现，优秀的讲述者对于三次重复性事件也都是用几乎完全相同的语句讲述的。

在民间故事的传统讲述中，常会出现"走啊走啊走""走着走着"的套语。在西伯利亚民间故事中，常会出现"不知走了多久"的套话，有时还会反复出现"无比美丽"之类的套话。吕蒂将这类套语的重复称为"关节性连接功能"。

> 这样，民间故事才得以产生出样式的连贯性，如同现代美学对真正的艺术品所要求的那样。民间故事在整体结构上的特征体现在局部结构上，并最终影响到逐个语句的使用。（p.61）

这样，我们可以明确的是，民间故事的形式不仅关涉吕蒂所说的样式，也关涉逐个语句的使用。我在本书的序章中谈过，我的研究意图是考察民间故事诗学，即民间故事的法则、修辞、结构等。正是基于吕蒂所说的民间故事的整体结构会关涉修辞这一点。

> 民间故事在情节上具有明显的单线特征，它果断放弃了对多线共时发生的事件的展示，仅提供一条清晰明确的故事线。（p.61）

"放弃了对多线共时发生的事件的展示"，具体而言，指的是不以所有人物的行动为对象展开平行叙述，或者说不同时并行地叙述所有成员的行动。民间故事只提供一条清晰明确的故事线，并且情节发展推进迅速。主人公在故事线上行动，事件与事件之间以纵向连接的方式依次展开。《白雪公主》的故事便是这样编排的。日本民间故事《仙人的指教》（「仙人の教え」）也是如此。故事中，主人公为治好母亲的眼睛外出长途跋涉，途中受人嘱托帮助解决三个难题。故事沿着长途跋涉这条长长的、笔直的路线推进，最后返程时，主人公也是沿着这条笔直的路线回来的。

> 民间故事喜欢一切极端的事物，尤其是极端的对比。它的平面化故事人物要么十足美丽善良要么十足丑陋邪恶；要么贫穷要么富有；要么被宠爱要么被欺负；要么非常勤劳要么非常懒惰。男主人公要么是一个王子，要么是一个平民子弟；要么是一个疥疮头，要么是一位金发男孩。（pp.62-63）

上述事物的极端性都是外显的。民间故事从不描述极端事物背后的实体内容，所有极端事物都被去除了实体内容。在民间故事中，极端性和无实体性是像纸张的正反两面一样密不可分的两个特性。关于这一点，我将在本章第五节"纯化与含世界性"中具体介绍。

> 奇迹是一切极端事物的真髓，是抽象样式的顶峰。（p.64）

日本民间故事很少使用魔法，也很少解释奇迹是如何发生的。不过，在《灰男孩》(「灰坊」)中，灰男孩骑着马飞入天空，换上华美的和服，变成了谁都无法认出的美貌青年。这样的完美蜕变可以称之为奇迹吧。《天之庭》中，被腌在酒坛里的多摩美久代公主死而复生。《没有手的姑娘》中，姑娘被砍断双手后却在小孩落水的瞬间又重新长了出来。民间故事中的奇迹不需要依靠魔法，它通过无实体性的极端叙事也可以产生。日本民间故事正是凭借着极端叙事所制造的奇迹，即便不使用魔法，也具有传奇故事的特性。

> 抽象样式结构提高了民间故事的纯净度和明确性。这种抽象样式的形成不是源于匮乏或是无能，而是源于一种高度的形式要求。它以一种非凡的连贯性将民间故事的所有要素串联起来，赋予它清晰的轮廓线和洗练的轻松感。这种抽象样式反对萎靡作派的停滞不前，快速、果断的情节推进才是它的一贯作风。(p.65)

要理解"反对萎靡作派的停滞不前"，你们可以去听一下民间故事，并非一定是那些用古老方言讲述的民间故事，用普通话讲述的民间故事也可以。你们将会从中发现，那些具有抽象样式的故事最为悦耳动听，也最能够抓住孩子们的心魂。如果相反，民间故事拘泥于细节描写，在情节推动上停滞不前的话，就不可能抓住孩子们的心，更不可能代代流传了。我在本书的序章中谈到过，民间故事是用耳朵听的时间艺术，这是十分关键的信息，这里我再次强调一下。

本书第三章中谈到的民间故事的抽象样式是吕蒂在美学家威廉·沃林格理论的启发下提出的。沃林格的贡献是将美术分为了由情感冲动产生的美术和由抽象冲动产生的美术两大类。基于此，麦克斯·吕蒂提出，在文学世界里，大部分文学作品是依据情感冲动原理创作的，但是，口传的民间文学则是依据抽象冲动原理创作的。

四、孤立化与普遍联结的可能性

至此，吕蒂总结了几条民间故事的诗学特征。首先，吕蒂从人类与超自然世界的生物之间没有次元区隔这一点，发现了民间故事的一维性。接着，吕蒂认为，与民间故事的一维性相对应的是其叙事的平面性。民间故事不对人或动物的身体进行具象化描述，而是像图画或剪纸那样进行平面化描述。这是因为民间故事是依据抽象原理创作的文学形式。这种抽象文艺的样式的最明显表现是，民间故事对主人公进行孤立化叙事。主人公对超越世界的存在、到目前为止被称为彼岸世界的存在或者彼岸者等完全不感到惊讶，也没有好奇心，这可以说是一维性，但同时，如果换个角度来看，也可以说主人公是独立于超越世界的。在谈及平面性的时候，吕蒂曾提到民间故事很少介绍主人公的祖先和子孙。其实换个角度来看的话，也可以说，主人公从他与祖先、子孙等相关联的纵向关系中孤立出来了。主人公和彼岸世界的存在之间是相互独立的，他们只在必要的时候相遇，事情结束后就立即分开。日本民间故事也是如此，它也很少介绍主人公的祖先、子孙等情况。

关于孤立化的叙事特征，吕蒂做了如下解释：

> 民间故事中物品的轮廓绝不会是模糊或混沌的，而是十分鲜明的。鲜明的轮廓可以将物品和人物清晰地分离开来。鲜明的色彩、金属的光泽使单个的物品、动物或人物更加引人注目。（p.68）

例如要描写瀑布的话，瀑布实际上是没有轮廓线的，只是呈圆弧形的局部面逐渐消失在尽头。但是，从人的视角来看，逐渐消失的那一面是有轮廓的。那么，如果采用素描的技法用线条来勾勒作画，瀑布的轮廓就十分清晰可见。不仅如此，实际上我们看不到逐渐消失的瀑布面，只有那本不存在的轮廓线被特别强调出来了。用上述吕蒂的话来说就是"鲜明的轮廓可以将物品和人物清晰地分离开来"。民间故事的叙事特征便是这样的。它只用"山"这样的名称,但不具体描述山上种着什么树、有多大的斜坡等。如果描述山上种着什么树、有多大的斜坡、山里流淌着小河这类细节的话,就如同是从逐渐消失的角度描绘瀑布一样了。相反,如果仅用"山"这一个名称,听众脑海里便只会浮现山的轮廓。民间故事偏好这样的叙述方式,用吕蒂的话来说,就是能使人明确、孤立地想象出"山"的形象的一种叙述方式。

吕蒂还进一步指出:

> 如果考察民间故事抽象样式的各个要素,就会发现孤立性在其中起着支配作用。民间故事里经常出现稀有的、珍贵的、极致的东西,也就是被孤立的东西:金、银、钻石、珍珠、天鹅绒、丝绸,还有独子、幼子、继女和孤儿等,它们身上都具有孤立性。国王、穷人、傻子、老巫婆与美丽的公主、疥疮头和金发男孩、灰姑娘、老妇人、一丝不挂被赶出家门的姑娘、穿着华丽礼服跳舞的女孩等,也是如此。(p.68)

日本民间故事中较少出现金、银,但是经常出现金币、宝物等物品。在钟爱稀有的、珍贵的物品这一点上是相通的。另外,前面提到的独子、幼子、穷人、傻子等形象在日本民间故事中也频繁出现。

欧洲民间故事中经常出现国王和王子,日本民间故事中经常出现将军大人。有的学者将此解释为民间故事喜欢描写统治者或是讲述统治者败给属下也就是下克上的故事。实际上,民间故事喜欢描写国王、将军并不是为了反映具体的社会现象,而是因为它钟爱稀有的、也就是孤立的事物。一个国家只有一个国王或将军,因而可以说,国王是稀有的、孤立的存在。

另外,吕蒂还发现,民间故事的叙事方式本身也具有孤立化的作用。

> 民间故事的叙事也同样具有孤立化的作用。它的叙事方式仅仅

> 是单纯叙述行为，不进行细致入微的细节描述；仅勾勒故事线条，不营造故事发生的空间感。森林、泉水、城堡、小屋、父母、孩子、兄弟姐妹等在关涉故事情节发展时才会出现，并且只会简单地说出它们的名称而已。它们不会被当作故事发生的环境背景。（p.69）

如果主人公一直待在某个森林里玩耍、睡觉或者在河边与其他人一起野餐的话，那么森林和河流就成了主人公生活的环境背景。民间故事从不会使用这样的叙述方式，它完全不会进行细节描写。因为，民间故事总是给人一种纯净明确的印象。

民间故事的孤立化特征还体现在情节单元之中。

> 每个情节单元都是自足的。情节要素之间不需要相互关联。故事的人物不需要学习什么，也不获取任何经验。他们不会注意到情境之间的相似性，而是始终在孤立状态下行动。因此每个故事回合都需要从最初状态开始。这正是民间故事最显著的、也是对现代读者来说最难以接受的特征。如果能够清晰理解并准备解释这一特征的话，就在本质意义上向解开民间故事之谜更靠近一步了。（pp.69-70）

吕蒂的论述对于我们理解民间故事具有重要的启发意义。

《白雪公主》的故事在本书第二章中已经重点分析过。不过，吕蒂的论述至为关键且理解难度较大，因此这里我再次以《白雪公主》为例进行说明。白雪公主第一次因买头绳遇害之后，小矮人们嘱咐她不要买陌生人的东西。然而，第二次王后假扮成老妇人出现，向她兜售梳子时，白雪公主又买下了。并且，第三次的苹果也同样收下了。有些读者可能会将白雪公主的遇害归咎于她没有吸取过去的经验教训，因而认为白雪公主是愚蠢或软弱的。实际上，这些情节体现了民间故事的孤立化特征。每一回合的情节都好像封闭在一个胶囊里那样，完全不会影响到下一次。也就是说，白雪公主从不获取经验，所以在第一次遇害后又买下梳子，并最终在第三次的时候吃下毒苹果。这样的情节安排并不能说明白雪公主的愚蠢，而是体现着民间故事的孤立化特征。各位学习过吕蒂的民间故事理论之后，就会更理解这一点了。

　　故事情节的孤立化特征在很多民间故事中都有体现。格林童话《灰姑娘》(「灰かぶり」)也是如此。灰姑娘想让继母带她去参加皇宫里举办的舞会，可是继母却以"你满身都是灰，没有一件像样的衣服"为由拒绝了。灰姑娘十分想参加舞会，于是唤来了天上的鸟儿们，在它们的帮助下，快速完成了继母安排的捡豆子的任务。灰姑娘期待着完成任务之后继母能带她去参加舞会。但是任务完成之后继母仍旧不打算带她去，而是给她安排了新的捡豆子的任务。此时如果从现实角度来看的话，继母肯定会调查灰姑娘为什么能够在短时间内完成捡豆子的任务。但是，继母却对这个问题丝毫不感兴趣。只是在第二次的时候提出让灰姑娘用上次捡豆子一半的时间完成双倍量捡豆子的任务。继母从第一次的事件中没有吸取任何经验，这样的情节安排也体现了情节单元的孤立化特征。

　　类似的情况在《月亮姐姐星星妹妹》(「お月お星」)中也存在。继母想要杀死月亮，可每次都失败了。继母从来不反思失败的原因，故事没有出现"继母猜想或许是星星向月亮泄露了消息，于是决定瞒着星星再次执行暗杀月亮的行动"这样的情节。此处也体现出了情节单元之间的孤立化特征。

　　冲永良部岛的《下田大人的姐姐和弟弟》(「シモタどのの姉と弟」)也是如此。一个叫作一桥的男孩被嫉妒他的同学提出了比扇子的挑战。一桥心想自己家里这么穷哪里有好扇子，回到家后闷闷不乐地睡着了。没想到，一桥的姐姐一夜之间变出来一把神奇的扇子，一桥带着这把扇子在比扇子中获胜了。输了的同学不甘心，向一桥提出了赛船的挑战。一桥想着自己家里这么穷哪里有船，回到家后又闷闷不乐地睡着了。没想到，姐姐一夜之间变出来一艘船，一桥带着这艘船在与同学的比赛中再次获胜了。

　　从一桥的反应可以看出，他也没有从一次次的经历中获取经验。如果他会吸取经验的话，那么第二次同学向他提出赛船的挑战之后，他应该就会想到姐姐肯定有办法，然后满心期待地回家。但是，一桥没有这样的反应。从合理性的角度来看主人公理所当然应该获得的经验，在民间故事中却一律没有。用吕蒂的话来解释的话，那是因为各个情节单元分别独立地被放在一个个胶囊里。

那么，是不是说民间故事中的情节单元被分放在胶囊里了就毫无关联了呢？情况绝不是这样。民间故事具有一种形式意志，它将各自独立的情节单元串联起来。吕蒂曾明确指出："对于一部注重心理描写的现实主义文学作品而言它（放在胶囊里面——小泽注）可能是一个缺点。但是对于民间故事而言，它是抽象的、孤立的文学样式的一种纯粹、必然的选择。"（p.76）

欧洲民间故事的结尾处也可以发现民间故事的孤立化特征。例如，在格林童话《牧鹅姑娘》（「ガチョウ番の娘」）的结尾处，婢女把她的女主人变成婢女，而自己则乔扮成王子之妻，国王向她提问：如果一个婢女与主人调换了衣服，坐上了主人的新婚花轿，对于这样的人应该如何处罚？国王提问的内容正是婢女本人对主人所做的恶行。接着，被提问的婢女，也就是乔扮成王子之妻的婢女不假思索地回答："应该将那个女人揪出来脱光衣服，放到钉满尖钉的木桶里面，然后让两匹马牵着这个木桶在路上来回跑，一直到罪人死去。"于是，国王宣告："我刚才说的那个人就是你，而你说的正是对你自己的判决。"这便是欧洲民间故事中著名的"给自己判决"的母题。关于类似的情节为何得以在民间故事中成立，吕蒂给出的解释是：

> 国王的提问是针对婢女自己的罪行来说的，而婢女却完全没有察觉。如果是在其他任何一种文学形式中，被提问的人肯定马上就会注意到事情的关联性，并进行回避。可是，民间故事中不会发生这样的事情。有些人将此视为民间故事的无能。"那些朴实的故事讲述者们缺乏经验，他们不会用不同的表达方式复述同一件事情，也

不会将普遍的常识运用于个别的事件。"因而童话中的人物缺乏常识化的能力，甚至连"一个杀人犯应该接受怎样的惩罚"这样的问题也答不上来。该结论忽略了民间故事中的常识化不是长处而是短处这一点。举例场景中最精彩的地方就在于，那个坏女人毫不留情地对自己的罪行进行了判决。只有民间故事才能够若无其事地按照事件本来的情况来提问。因为在童话中，被提问的人总是孤立地对待提问，不会与之前的情节内容进行比较。一切如行云流水般自然推进。只有贯穿于民间故事首尾的孤立样式才能使之成为可能。这不是笨拙和缺陷，而是由高度凝练的形式所带来的一种叙事效果。（pp. 84-85）

吕蒂在文中提出的"高度凝练的形式"至为关键。这里的"形式"，指的不是统一的形式，而是民间故事的样式。吕蒂在接下来的段落中使用了"民间故事的形式意志"这一表述来指代促使民间故事得以成为民间故事的力量。民间故事中存在着一种不可思议的意志，它使得民间故事得以形成自己独特的故事形态。

关于民间故事的形式意志是何以出现的，我在实地考察中发现：以前的民间故事讲述人一般是以面对面的方式给自己疼爱的孙辈们讲故事。作为故事讲述人的爷爷奶奶们一定会想方设法地让可爱的孙儿们听懂故事。那么，他们想要让孙儿们听懂故事的努力，必然会促进故事在情节、节奏安排方面变得越来越连贯、精确。正是爷爷奶奶们希望孙儿们能听懂故事的意志催生了民间故事在形式上的逐步成熟。因此，关于民间故事具有形式意志这一表述看似难以理解，其实仔细想来，它指的就是，民间故事讲述人在给孙辈们讲故事的时候，想要把故事讲得通俗易懂、情节连贯、语言优美的愿望，正是这样的愿望催生出了民间故事的形式。如果从拟人化的角度来看，可以说民间故事是具有形式意志的。总而言之，正是爷爷奶奶们对孙辈们的疼爱之情，催生出了民间故事的精美样式。

那么，以前的讲述人又是通过什么方式讲述的呢？当然是口述，被讲述人则是用耳朵听，也就是所谓的口口相传的一种讲述方式。世界上所有的民族皆是如此。因此，上文中的"通俗易懂"实际指的是听起来通俗易懂。听故事是在时间的流逝中用耳朵听。对于讲述者来说，则需要在时间的流逝中，通俗易懂地传达故事。为了达到此目的，讲述者做出了特别的努力，从而使得某种独特的文学形式慢慢形成。如果从拟人化的角度来看，可以说故事具有意志形式。

民间故事在形式上必然会出现重复。吕蒂曾指出："情节的重复可以增强故事的稳定性和信赖度。叙事诗也喜欢重复。读者可以在短暂易逝的内容背后觉察到一些永恒不变的东西。民间故事中也会出现大段大段逐字逐句的重复。"（p.85）

吕蒂考察了希腊诗人荷马的叙事诗，发现荷马的叙事诗也经常出现语句重复现象。因此，吕蒂将民间故事中的重复视为一种叙事诗式的特征。举个通俗的例子，弟弟总是在无意识中重复哥哥说的话。例如，弟弟和哥哥一起玩的时候，哥哥说"啊，吓了我一跳"，两岁的弟弟本来并不感到吃惊，却也跟着说了一句"啊，吓了我一跳"。重复相同的话是人类从幼时起就乐在其中的一件事。这种人类的基本趣味在民间故事中可谓是俯拾皆是。

关于民间故事《卖鱼的人》（「さば売りどん」）中，老婆婆烧的甜酒被卖鱼的人喝光的情节，来自新潟县长冈市的笠原政雄先生是这样讲述的：

  鬼婆婆醒来后，
  "哎呀哎呀，吃点饼喽。"
  可是回头一看，什么也没有。网兜上红彤彤的，发出呼呼呼的声响。

鬼婆婆大吃一惊：

"哦吼吼，夜晚悠闲的荒神大人把饼全吃了。那我就来烧点甜酒喝吧。"……

结果，鬼婆婆一边烧着甜酒一边打盹，卖鱼的人趁机把甜酒全喝光了。

鬼婆婆想着："嗨哟嗨哟，我来喝点甜酒吧。"

可是回头一看，什么也没有。锅里面黑黢黢的，发出滋滋滋的声响。

"哦吼吼，夜晚荒神大人把我的甜酒也喝了。那就睡觉好了。啃石头块睡吧，啃木头块睡吧。"……

（摘自《在雪夜里听故事》）

上述两段情节如果通过文字阅读的话会感觉内容不太一样，但如果通过声音来聆听的话，则会感觉是在说相同的内容。

同样的情节段用重复的语言来讲述，必须以情节段各自独立为前提。如果各个情节段不是相互独立的话，第二次出现同样情节的时候只需说一句"如上所述"就可以了。在民间故事中，如果不对各个情节段进行单独讲述的话，就无法充分表现出民间故事独特的样式。因此，讲述者总是需要对各个情节段进行单独讲述。事实上，讲述者并非特意为了突显故事段的孤立性而为之，只是如果要让听众在听的时候能够想象出画面的话，就必须单独讲述各个情节段，故而就需要重复讲述。令人不可思议的是，故事讲述人都将重复视为必备技能，这大概是民间故事讲述的一种文化传承吧。吕蒂对于该现象是这么解释的：

乍一看重复似乎与孤立化特征是相互抵牾。如果每个情节段真的都是孤立的，相互之间毫无关联的话，那么，后面的情节段又如何可能对前面的情节段的内容进行逐字逐句的重复呢？这就表明，我们必须对内部的孤立性和外部的孤立性做出区分。从内部来看，所有民间故事都贯穿着同一种形式意志,一切情节段都从这一形式意志发端而来。它可以不断创造出相同类型的人物,他们彼此相似却又各自独立。但是,从外部来看,也就是在视觉和听觉上,民间故事的每个部分就像被分装在盒子里一样是相互独立的。正因如此,而且只因如此,民间故事才可以用相同的语言三番两次地讲述同样的情节。假如各个情节段不是相互独立,也就是与周遭隔绝的话,那么,前面的情节段就会被作为补充记忆,这样就会引起后面的情节段发生删改或变更。(pp.91-92)

另外,吕蒂补充道:

> 对于省略叙述的抵制至今仍然进行着。真正的民间故事讲述人不会满足于"发生了和上次完全一样的事情"之类的说法。他总是想让形象像魔法一样浮现在听众眼前,无论那些形象是在以前的情节段中出现过,还是仅仅与以前的形象有些相似。对以前情节段的任何追忆都无法达到此效果,唯有通过一种完整的形式才能做到,无论是逐字逐句地进行复述,还是变化语句进行全新的讲述。(pp.92-93)

我们在对民间故事进行改编的时候应特别注意这一点。具体而言,由于民间故事中存在重复性叙述,即对相似的情节用重复的语言进行讲述。因此,那些经常阅读或创作现代文学的改编者们有时会忍不住对第二次、第三次的复述内容进行删改,或者用"发生了和上次完全一样的事情"这样的表述来代替。然而,如果要保持民间故事作为口传文学的艺术样式的话,这样的改编方法是错误的。

另外,吕蒂强调,外部可见的孤立化和外部不可见的普遍联结的可能性,是民间故事作为口传文学艺术的根本特征。

外部可见的孤立化和外部不可见的普遍联结的可能性，是童话故事在形式上的根本特征。独立的符号被外部不可见的东西牵引着，形成了协调的合奏。两者是相互制衡的关系。只有那些并非牢不可破的事物，那些既不受外在关系约束也不被内在联结牵扯的事物，才能够随时、任意地组合或分离。反过来说，正是因为具有普遍联结的能力，孤立化才获得了它的意义。如果没有这种能力，外在的孤立元素就会处于四处离散的状态。（p.93）

　　此段阐述非常重要，尤其是"形成了协调的合奏"这一说法。合奏在音乐中的意思是指，小提琴、中提琴、大提琴还有长笛等各种乐器充分发挥出自己的特色，共同演奏出一首整齐、和谐的乐曲。民间故事也是如此，各个部分组合起来，构成了一个独特又奇妙的虚幻世界。我认为"合奏"的比喻非常精妙，对此，吕蒂做了进一步解释。

　　恰恰是这种孤立化才使得民间故事中的所有人物和冒险得以形成一曲优美的合奏。民间故事的魅力正蕴藏在此。合奏和孤立化都是民间故事抽象样式的组成部分。（pp.94-95）

　　具体来说，正是因为民间故事中的每个人物、场景和情节段等都是孤立的，因此，它们之间可以任意连接，从而在整体上搭建起一个统一、和谐的虚构世界。对此，我们不仅要理解民间故事中出现的每个人物、道具和物品，还要充分理解它的叙述样式本身，否则就无法进入民间故事这一奇妙的世界。

　　吕蒂十分重视民间故事中的礼物这一意象。他所提交的学位论文的题目就是"民间故事和传说中的礼物"。吕蒂认为，民间故事中的主人公等人物角色都是孤立化存在，他们是图形式的人物，没有复杂的内心和身体的实质。礼物在主人公与各式各样的人物角色之间发挥着联结作用。礼物有的时候是物品，有的时候是语言上的忠告。例如，欧洲民间故事中，得救的动物送给主人公一根羽毛，并对他说："遇到危险的时候请烧掉这根羽毛，我就会立刻来到你的身边。"日本民间故事《放屁的饭勺》(「尻鳴りしゃもじ」)这则近似于笑话的故事中，年轻人从神仙那里获赠的饭勺是一种礼物。还有《三张护身符》(「三枚のお札」)这则故事中，小和尚从大和尚那里获得的三张护身符也是一种礼物。吕蒂在下文中着重强调了礼物和赠予者在故事中发挥的作用。

> 礼物是民间故事的一个中心母题。既然民间故事中的人物没有自己的内在世界，也一贯无法自己做决断。那么，民间故事就必须寻求外力去引导人物行动。国王的托付、父亲的命令、少女的困境或求婚的考验等，都可以把主人公引向外面的世界。任务和危险是主人公发生决定性转变的契机。礼物、忠告、彼岸或此岸存在的直接干预，都可以为主人公提供助力，从而推动情节发展。(中略)彼岸存在从虚无世界来到主人公身边，将礼物赠送给他。礼物只对主人公有效，而对配角常常是无效的。大部分情况下礼物有效的原因仅仅在于他是主人公，他不需要比他的兄弟或同伴更有道德。(p.102)

日本民间故事《摘梨》(「なら梨取り」)是一个很好的例子。它讲的是兄弟三人为了帮父母治病而外出摘梨的故事。三兄弟在去摘梨的途中分别遇见了一位留着长胡子的老爷爷。他是从虚无世界来到三兄弟身边的彼岸存在。年轻人告诉老爷爷自己正要去摘梨，老爷爷对他们说："你如果能用纸碗和稻草筷子吃饭的话就去摘吧。如果做不到还是放弃为好。"老爷爷的话既是忠告也是考验，同时也可以理解为老爷爷赠送给年轻人的礼物，即它是由语言构成的，可以联结两人关系的礼物。大儿子和二儿子不会用纸碗和稻草筷子吃饭，但还是出发去摘梨了，结果失败而归。小儿子会用纸碗和稻草筷子吃饭，最后遵循着老爷爷的嘱咐摘到了梨。这个故事如果用前文的话来说就是"礼物只对主人公有效，而对配角常常是无效的"。

那么，为什么礼物只对主人公有效呢？民间故事不会对此进行任何解释。正如前面的引文中提到的：小儿子并不比上面的两个哥哥更道德，也不是更聪明。只能用他是主人公这一点来解释了。在吕蒂看来，这其中包含着深刻的意义。吕蒂认为，在民间故事的世界里，主人公是天然的受到恩宠的人。恩宠一般是指宗教中神灵的特别照顾。但是，民间故事和宗教无关，主人公所受到的恩宠与其说是来自于神灵，不如说是来自于某种力量，更具体而言是来自于在冥冥之中支配着整个世界的某种巨大的、神秘的力量。并且，受到恩宠的人不是什么特定的人物。民间故事讲述的是关于整个人类的故事，因此它意指我们每一个人都有可能成为受到恩宠的人。

在《摘梨》中，受到恩宠的是三兄弟中最小的儿子。很多民间故事都是小儿子受恩宠。为什么是这样呢？对于这个问题可以从形式论的角度来解答。幼年时代的小儿子和哥哥们相比个头较小，智力、体力也较差，是能力最弱的。虽然在实际生活中我们会认为后出生的孩子是因为年龄小所以各方面不如哥哥们，而绝不会说他们在能力上比哥哥们弱。但是仅从体力、智力等评价标准来看的话，他们确实不如哥哥们。民间故事中的力学原理就是让能力最弱的孩子最终逆袭取胜。因此，从形式论的角度来看，我们便可以理解为何小儿子会成为主人公了。另外，小儿子是三兄弟中年龄最小的一个，因而是一种极端性的存在。那么，他就同时也是一种孤立化的存在。

我去瑞士拜访吕蒂时，曾问过他这样一个问题：
"为什么主人公总是年龄最小的那个孩子？"
对此，吕蒂的回答是：
"我们每个人不都曾经是年龄最小的那个孩子吗？"
吕蒂的回答简洁而又精妙。也就是说，即便是三兄弟中的大儿子，在二儿子和更小的孩子出生之前，也一直都是家庭中年龄最小的孩子，也就是小儿子。如此看来的话，任何人都曾经是最小的孩子，也就是说，任何人都可能成为民间故事中的主人公。那么，我们就不会觉得小儿子受恩宠毫无道理，反而会觉得小儿子代表着世上的任何一个人。从中我们还可以得出，民间故事讲述的是积极向上的人生故事。它使我们确信所有人在至深处都会拥有幸福的人生，所有人都是那个受到恩宠的人。

关于主人公，吕蒂还进一步补充道：

> 民间故事中的主人公总是会遇到合适的帮手，并且会按下正确的按钮来获得帮助。而配角则通常遇不到助手，即使遇到，也会因为处理不当而错失礼物。主人公一定会受到恩惠，仿佛他与掌握着这个世界和人类命运的神秘力量或隐秘机制保持着某种无形联结似的。主人公遵循着强制规则而行动，但他本人并未意识到这一点。他，一个孤立的人，就像被一块磁石吸引着一样，沿着他应该走的那条轨道行进，周围世界的一切都在帮他牵线搭桥。（p.103）

这段论述意味深长，它令人想起了吕蒂在"孤立化和普遍联结的可能性"一节的最后引用的那首里尔克的诗。

关于礼物，吕蒂还做了如下论述：

> 与此同时，礼物也体现了主人公的孤立性。主人公和外界的联系不是直接的、持久的，而是通过某个孤立的、有形的实体礼物作为媒介来联结。这个礼物和主人公之间并不是一种合二为一的粘连，相反，它是作为外来物品被接受、被使用，最后被搁置。（中略）当遇到困难或者需要完成某个任务时，主人公常常会在机缘巧合之下从某个素不相识的人那里获得礼物。主人公获得礼物并不是凭借什么特殊的关系，他压根没有这样的关系，而是凭借他建立普遍联结的能力。礼物本身是一种封闭的、孤立的符号，它鲜明、形象地体现了对外孤立的主人公与未知存在领域之间的潜在关联。主人公得到的礼物在外观上与主人公一样非常普通，不会特别小、特别大或

是外形奇特之类的。从外观上看，它很普通，与日常用品没什么两样，但是它却拥有非凡的魔力。因此，我们可以说，礼物是集中了外在的孤立化和潜在的普遍联结的可能性于一体的最典型的表现形式。（pp.104-105）

对此，我们可以通过日本民间故事《放屁的饭勺》来理解。在《放屁的饭勺》中，年轻人向神灵祈求幸福，在结愿日里，他无意中获得了一把旧饭勺。年轻人用这把饭勺让富人家的女儿不停地放屁，然后再帮她治好，借此获得了幸福。但是，故事没有出现年轻人用这把饭勺盛饭的情节，它仅仅是为了完成某项任务，在机缘巧合下从某个素不相识的人那里获得的。换言之，故事中的饭勺只是为了完成任务，即获得幸福而出现的，任务完成之后就会被搁置，不再被使用。故事中的那把饭勺在外观上和主人公一样极为普通，没有什么特别之处。而主人公之所以能够获赠饭勺是因为他作为主人公是一个孤立化的存在，并且具有和一切事物联结的可能性。那把饭勺也是如此，虽然从外表来看十分普通，但是，它被使用的环境并不普通。普遍的环境通常指的是厨房，因为饭勺一般都被放置在厨房，用于从饭桶里盛饭。但是，民间故事《放屁的饭勺》中的饭勺却没有被放置在厨房。它虽然外观普通，却独立于自己本来应属的环境。因此，主人公和饭勺都是独立于外部环境的，他们之间可以相互联结。如此看来，吕蒂关于欧洲民间故事中礼物的论述也完全适用于日本民间故事中的礼物。

另外，故事中的饭勺是一把神奇的饭勺。用它拍打一下对方的屁股，对方就开始放屁，再拍打一下，对方就停止放屁。因此，它也可以被称为奇迹型礼物。

关于奇迹型礼物，吕蒂是这样解释的：

奇迹型礼物是民间故事中礼物的一种升级。主人公总是在急需的时候获赠礼物，这样的安排本身就足以成为奇迹了。礼物与任务、礼物与困境相互对应，所有情境都彼此照应，它们都是民间故事抽象样式的组成部分。奇迹是这种样式的最极致的、最完美的表现形式。(p.106)

吕蒂这段关于民间故事中奇迹的论述非常精彩。具体来说，主人公遭遇困境或心怀愿念，急需某样东西时，恰好能得到那样东西，这件事本身就属于奇迹了。这种奇迹是叙事安排上的匹配，与时间匹配、地点匹配等条件要素的匹配相同，它们都是由匹配所创造的奇迹。总而言之，民间故事的奇迹效果主要是由叙事安排的奇迹而不是情节内容的奇迹带来的。一般来说，只有抽象样式的文学才会如此，现实主义文学中不太可能出现大量叙事安排的奇迹。

民间故事中的奇迹与传说、圣人传中的奇迹大相径庭。

圣人传和传说中的奇迹来自于彼岸存在闯入此岸世界所引发的震撼。(p.107)

圣徒传说等传说故事将彼岸存在进入世俗世界这件事视为令人惊叹且津津乐道的奇迹。换言之，传说故事中总是流露出对这类奇迹事件的惊讶之情。但是，在民间故事中，这类奇迹则被视为平常之事，没有人对此感到惊讶。回到《放屁的饭勺》这则故事中，富人家的女儿只对放屁这件事情感到惊讶，但对饭勺拥有让屁股放屁的魔力这件事情却丝毫不感到惊讶。民间故事和传说有许多不同之处，尤其是在如何看待奇迹这件事情上有很大差异。

关于民间故事，吕蒂还发表了以下论述：

民间故事不解释原因也不说明来由。民间故事中的人物对于他们处于什么样的关系之中毫不知情，却依靠着这些关系实现了目的。彼岸世界的人物不会轻易露出全貌，他们只会在情节发展需要的时

候出现，因而我们看到的仅是他们真实面貌的一部分。不过，可视的部分均恰如其分地被融入情节结构之中了。（p.108）

彼岸人物"不会轻易露出全貌"这句话的意思，在理解的时候可以参考《赶马人和山妖》中的山妖这一人物。这则民间故事没有对这个山妖进行全貌描述，对于他平时如何生活、成为山妖的修行历程、过去经历过的磨难等，故事全然不会描述，只有在情节发展所需时，才会让他出现。除了《赶马人和山妖》，《桃太郎》中小鬼们的出场方式也是如此。虽然小鬼们生活在鬼岛，但是故事从不描述小鬼们在鬼岛上的生活情景、小鬼头领的权势等。桃太郎们去征伐鬼岛时，小鬼们才第一次出场。另外，桃太郎的随从狗和猴子也是如此。故事从不谈论这些帮手们的日常生活、居住环境之类的内容。只有在情节所需时，才会让他们出现。这便是民间故事的叙述法则。吕蒂还进一步指出：

> 只有对情节发展至关重要时，才会询问出场人物的经历和地位。正因如此，民间故事中才有大量的钝母题。（p.108）

民间故事是以主人公为中心的故事。因此，民间故事的诗学特征集中体现在主人公身上。吕蒂在谈及主人公时做了如下论述：

> 主人公是民间故事中孤立化与普遍联结性的最集中表现者。民间故事中的所有形象，无论是人还是物，都是孤立化的，且具有普遍联结的能力。但是，只有主人公才最终得以将其潜在的普遍联结的能力转换为实际的联结。（中略）故事的炫目灯光只追随着主人公以及他的行径小路。并且，它向我们讲述了主人公如何孤身一人行路，且始终保持着随时联结重要关系以及随时解除不重要关系的姿态。对于主人公而言，摆在他面前的各种任务、苦难和危险，无非都是机遇。通过这些经历，他的命运才得到了加冕。（pp.116-117）

吕蒂的上述分析，可以结合日本民间故事《摘梨》来理解。故事中，主人公小儿子通过了长胡子老爷爷的测试，并且按照他的嘱咐摘到了梨。也就是说，仅他一人将潜在的普遍联结的能力转化为了实质性的关系。《摘梨》是一则很长的民间故事。大儿子、二儿子都遭遇了失败，只有主人公小儿子获得了成功。故事的灯光重点聚焦在主人公身上。对于主人公小儿子来说，老爷爷要求他用稻草筷子吃饭是一项任务。完成这个任务之后他的人生之路就被照亮了。主人公小儿子正是通过完成任务从而得以迈向了成功之路。但是，主人公对于自己在关系中所处的位置毫无知晓，他只是接受老爷爷的测试，并按照他的嘱咐去行动而已。

吕蒂还认为：

> 有一种情况是，主人公为自己谋出路，却在无意识中救助了他人。还有另一种情况是，主人公无私地帮助别人，并没有考虑自己，却意外地获得了通往幸福的密码。例如，主人公迫不得已杀掉了自己的助手（一匹白马），而令他始料不及的是，这样反而解救了一位被施了咒语的王子。还有，公主将青蛙王子摔到墙上，以置他于死地，但意外的是，她的这一举动恰好解救了他。（pp.117-118）

下面，我要例举的是格林童话《青蛙王子》（「蛙の王様」）。公主抓住想要爬到床上的青蛙，将它摔到墙上。接着，青蛙从墙上掉落下来变成了一位英俊的王子。也就是说，主人公公主殿下生活在自己的世界里。她由于任性被父亲训斥了，于是不情不愿地给青蛙喂了食物，还让青蛙坐在自己的膝盖上。活在自己的世界里的公主最后把青蛙摔向了墙壁。不承想，她的这一举动却解救了青蛙。公主对一切毫不知情，也不知道这只青蛙被施了咒语。但是，公主的举动恰好就是解除王子咒语的条件。我认为这其中隐藏着不为所知的某种意图。

> 傻瓜轻而易举地拿到了可观的钱财，买下了受害者的尸体，而

这笔钱财本来是他用于寻找生命之水的盘缠。恰恰是因为他没有把真正的目标放在眼里而仅仅考虑当下的情状，才不知不觉地并且在无意之中获得了独一无二的助力，它能够帮助主人公实现他真正的目标。(p.118)

吕蒂的理论是基于对欧洲民间故事的分析而得出的。不过，以日本民间故事《烧炭翁》(「炭焼き長者」)为分析对象也同样可以得出此结论。贫穷的烧炭翁娶到了有钱人家的女儿。一天，妻子给他一些金币，让他去集市买东西。在去集市的路上，烧炭翁看到池塘里有鸭子，就想抓一只回去给妻子煮鸭汤喝。由于投出的石头没有击中鸭子，情急之下，他拿出妻子给的金币投向了鸭子。可是，投出的金币不仅没有击中鸭子，还全部沉到池底去了。烧炭翁只得折返回家，向妻子讲述了事情的经过。妻子告诉他金币是很值钱的东西，但是在烧炭翁看来，金币在自家的小屋后面随处可见。也就是说，烧炭翁只专注于眼前的事情，却在这个过程中不知不觉地收获了幸福。

民间故事的主人公从来不在意自己在人生旅程中所处的位置，只是为了实现当下的目标而行动。但是，正是这样的做法将主人公引向了幸福。吕蒂还分析了相反的情况：

> 民间故事常会让那些目的明显、处心积虑的计划落空。例如，乌利亚信件在半路上被盗贼改写成相反的内容。但是，贫穷百姓家的孩子，在缺乏支援和准备，也没有任何超能力的情况下，却总能得到庇佑，在神秘力量的帮助下，完成不可完成的任务。失明的人、被逐出家门的人、年龄最小的孩子、孤儿、迷路的人等，他们具有真正的主人公气质，因为他们是孤立的人，他们比其他人更加自由且靠近本真。(pp.118-119)

吕蒂的此段分析非常精妙。不仅欧洲民间故事《乌利亚的信》中出现了信件半路被调包的母题，日本民间故事《沼神的信》(「沼神の手紙」)中也出现了同样的母题。年轻人为打扫沼泽地割掉了沼泽地里的茅草，使得沼泽女神因此失去了藏身居所。沼泽女神给姐姐写了一封信，让年轻人将信件带给姐姐，信中内容是让姐姐见到年轻人后将其杀掉。不承想信件在运送途中被人调包，改换成了内容完全相反的信件。最后，年轻人带走了女神姐姐最珍贵的金磨盘。主人公没有处心积虑的周密计划，也有没有任何助手或超能力，甚至连自己的下一步安排也不知。另外，主人公常常是被逐出家门的人、幼子、孤儿等之类的孤立者，但他们最终总是能够收获至宝。即吕蒂所提出的，因为他们是孤立化的人，所以具有联结周围世界中一切事物的可能性，并且可以遵循着隐秘在表象世界背后的终极秩序而行动。

  作为孤立者，他们"以图形的形式"存在。他们依照"现实关系"行动，意识不到自己真正的居所。民间故事完美展现了里尔克所设想过、追求过、却从未实现的图景。当然，它不是以丰富的具象，而是以抽象化的样式来实现的。(p.119)

里尔克是 20 世纪初期的奥地利诗人。吕蒂引用了里尔克《献给俄尔甫斯的十四行诗》中的两节诗句：

  万福，能把我们结合起来的精灵；
  因为我们真正存在于图像之中。
  而时光在以碎步移行
  傍着我们固有的白天。

  不知我们实际的位置，
  我们按照现实关系行动。
  触须在将触须感知，

空旷的远方在承重……[53]（p.119）

"而时光在以碎步移行／傍着我们固有的白天。"人类行进在自己的人生轨道上，也就是生活在属于自己的时间之中。另一方面，宇宙也有属于它自己的时间，与人类的时间毫无关联。当我们行进在属于自己的时间轨道之上时，永恒的宇宙时间也在另一条与我们毫无关联的轨道上行进。并且，人类对自己在整个宇宙或历史长河中所处的位置毫无所知，只根据当下的现实关系来行动。他们不断地尝试与体验不同的工作，学习各种知识。民间故事采用抽象的样式来讲述人类的一生。

吕蒂在对民间故事的诗学特征进行深入研究的基础上提出了民间故事样式理论，我认为该理论最为可贵的地方在于，它不是单纯的技术分析，而是试图透过技术分析去洞察民间故事的内涵意义。民间故事不仅言说故事，实际上它还涉及人的生命价值、人的存在意义、人类与历史的关系等很多宏大命题。吕蒂理论的精妙正在于它通过形式研究挖掘出了民间故事中的宏大命题，就像里尔克那首思考人生与世界的诗句那样。运用样式理论，透过民间故事的诗学特征去理解民间故事的故事内涵，这样的研究路径令人拍案叫绝。

五、纯化与含世界性

民间故事中包含着许多母题。例如缔结婚姻，兄弟吵架、打架或比手腕等各种来源于世俗的事件，吕蒂将这些事件归类为共同体母题或者世俗母题。还有求婚、乞讨、耕种等也是世俗母题的事件。

另一方面，日本民间故事中经常出现可怕的山妖、鬼怪或雪妖、妖怪。欧洲民间故事中经常出现精灵、小矮人、魔女、恶魔等形象。无论

---

[53] 这段诗采用绿原的译文，见〔奥地利〕里尔克：《里尔克诗选》，绿原译，人民文学出版社，1996年，第508页。

是在日本民间故事还是欧洲民间故事中，主人公或是与超自然存在搏斗、或是借助他们的力量，抑或是救助他们，以此推动着情节的发展。日本的山妖、鬼怪、雪妖、妖怪等均是从人们的想象中诞生的形象，他们也经常出现于传说故事中。不同的是，传说故事中的山妖、鬼怪、雪妖、妖怪是人们为了解释那些令人费解、可怖或独特的自然现象而虚构出来的超越性存在。它们的创作与日本民间信仰密切相关。

不过，世俗母题与山妖、鬼怪等魔法母题或者说是来源于民间信仰的母题是相伴并存的关系。总而言之，民间故事的母题主要分为世俗母题和超越母题，两者共同构建起民间故事的主体结构。在欧洲民间故事中，小矮人、恶魔、魔女还有魔法等在源头处都与巫术相关，例如血的巫术、共感的巫术[54]等。

民间故事中既有吵架、求婚、决斗、劳作等来源于世俗母题的日常性事件和人物，又有取材于民间信仰或是与欧洲民间故事相同的具有巫术背景的神秘事件和人物。可以说，民间故事包含了世界上的任何事情。那么，为什么民间故事可以兼容世俗母题和超越母题呢？对此，吕蒂用他的样式理论做出了解答：民间故事会对所有的世俗或神秘事件和人物进行纯化处理。纯化一般意指通过净化使其纯粹的意思。这里的纯化意指删掉内容或去除实体，只留下语言外壳的意思。例如，日本民间故事中经常出现的山妖、鬼怪等形象均来源于民间信仰，它们原本带有民间信仰的色彩。但是，民间故事在取材的时候会将它们原本的特性全部去除，使其仅仅作为故事中的一个角色出现。在欧洲民间故事中，小矮人和魔女等形象与巫术相关并带有巫术特性。但是，民间故事在取材的时候会将它们身上的巫术特性全部去除，使它们仅在称呼上是小矮人、

---

[54] 共感的巫术：巫术产生的方式之一。如果花园里的七朵百合被折断，那么兄弟七个都会受到诅咒，这是因为一般认为在百合和兄弟之间存在着某种共感性。日本的"诅咒钉"也属于此类巫术。它是一种通过制作诅咒对象的人偶，然后将钉子钉在他身上，以夺走对方生命的诅咒方式。此外，保存将死之人的指甲和毛发，也是因为相信指甲、毛发与本人之间的共感性而进行的行为。它也与部分可以代表整体（pars pro toto）的传统观念相关。

魔女，但并不具有这些称呼背后的实际内涵。吕蒂将此种创作技巧称为纯化。

格林童话《牧鹅姑娘》的开头处出现的白布上的三滴血带有巫术成分。同样的，格林童话《侏儒怪》(「ルンペルシュティルツヒェン」)中，王后猜中侏儒怪的名字后，侏儒怪就消失了。那么，猜中名字的行为即带有巫术成分。民间故事中带有巫术成分的情节都属于魔法母题。不过，民间故事中的巫术情节，一般都是非常简单的巫术，不会令人感到高深复杂。因此，我们无法通过民间故事中的三滴血或是猜中名字的行为去研究巫术。

同样，在日本民间故事中，虽然山妖、鬼怪等角色都来源于民间信仰，但是我们却无法从它们身上获取任何关于山妖、鬼怪在民间信仰中的形象定位等信息。因为在民间故事中它们只是情节推进过程中的一个人物角色而已。

柳田国男在对日本民间故事的研究初始阶段，曾提出要从《桃太郎》等民间故事中探考日本古代信仰的计划。但是，在开展了一段时间的研究之后，柳田在1948年（昭和二十三年）出版的《日本民间故事名汇》[55]（『日本昔話名彙』）的序文中写道：

> 神话把信仰崇拜当作现实故事来讲述。现在从事神话学研究的学者仍在不断尝试着从神话故事中探寻民间信仰的起源。虽然他们的结论可能是正确的，但是却很难获得科学验证。人类的信仰已经发生了变化，因而很难证明真伪。通过民间故事去考究远古祖先们的信仰是令人期待的事情，但是在今天这样一个追求实证的时代，其研究结论很容易遭到学术质疑。因此，我们必须认识到，将追溯古代信仰作为民间故事的研究目的是不切实际的。

---

[55]《日本民间故事名汇》：柳田国男监修，日本放送协会编（日本放送出版协会1948年出版）。

学问的成立必须要有客观依据。在柳田国男看来，从民间故事中探寻古代信仰成分之所以难以做到，是因为这些信仰成分已然发生了变化。的确，日本民间信仰便是如此，随着时代变迁，它在很多方面都不同于以往。除了信仰发生了变化这一原因之外，从民间故事的立场来看，还有一个原因是，民间故事对民间信仰的相关材料进行了纯化，使其内核被抽离掉了。换言之，能够作为客观依据的内容，在进入民间故事之初就已经被删改了。这是它们在民间故事创作过程中的必然宿命。因此，柳田国男提出的信仰变化导致客观依据难以获取的观点只解答了问题的一个方面，另一方面，我们可以从吕蒂的理论中获取启示，即民间故事自身的特性导致客观依据被删改了。

　　麦克斯·吕蒂在《欧洲民间故事：形式与本质》中进行了相关论述。

> 过去神话里的内容，变成了单纯的形式要素。（p.124）

　　吕蒂指出，世俗母题、神话母题、魔法母题在进入民间故事之初，就被抽空了内核，变成了具有民间故事特色的内容。用吕蒂的话来说就是获得了含世界性。

　　关于吕蒂提出的"含世界性"理念，我将在"纯化与含世界性"一节中，从几个不同层面分别展开论述。

> 民间故事中的神秘事物全部消失了。主人公会遇到来自彼岸世界的存在，但是却对他们作为彼岸存在的身份毫无所知。（p.124）

　　在日本民间故事《赶马人和山妖》中，赶马人遇见了山妖，山妖让他"把鱼留下""留下一条马腿"。赶马人无奈，按照山妖的要求，把鱼担子扔下，砍断了马的一条腿，然后逃走了。这里，赶马人遇到了来自彼岸世界的存在——山妖，但是，赶马人对这位彼岸存在的恐惧之感和遇到拦路抢劫的强盗一样没什么分别。山妖让他"留下鱼""留下马腿"，他便留下了。从赶马人的表现中丝毫看不出他对于彼岸存在的恐惧。他只是按照山妖的要求砍断了一条马腿，然后骑着仅剩三条腿的马逃走了。并且，他对于三条腿的马仍可以奔走也完全不感到惊讶。这正说明赶马人缺少彼岸体验。如果是在传说故事中，赶马人一定会对三条腿的马还能照常奔跑这件事感到惊讶无比。但是在民间故事中，主人公是不会对超验事件和人物感到惊讶的。

  从民间故事中依稀可以看出古老的仪式、习俗和习惯。不过，只有民族学才能够发现它们的身影。只有这门学问可以看出，民间故事中的女主人公被封印的塔楼（"长发公主"类型）与原始部落文化中的闺房之间的关联。也只有这门学问可以看出，那个一天之内将森林里的树木全部砍光，并在那里建起一座果实丰硕的庄园或城堡之类的常见任务，可以溯源到锄耕时代种植园主对求亲者的要求。（p.125）

  民间故事中像长发公主的塔楼这样的情节虽然发源于古代民俗，却无法用作古代民俗的研究素材。因为它们出现在民间故事中的只有外壳，即名称，没有实际内容。民间故事正是通过这种抽离内容之后再吸收的方式，才得以将世界上的所有事物都纳入到故事中来。在民间故事中，官能、色情素材也是如此。德国童话故事《魔鬼的三根金发》（「三本の金髪のある王女」）中，贫苦农夫家的小儿子来解答公主的谜题。他见到公主之后掀开了她的裙子。但是，小儿子掀开公主的裙子时，并不抱有任何色情念头，只是为了解开公主的谜题而做出的举动。

  抽空内核的纯化作用在民间故事的各个方面都在发挥影响，如果我们阅读民间故事的时候忽略这一点，就可能引起极大的误会。例如，刚才提到的《魔鬼的三根金发》就被认为存在色情描写，不利于讲给儿童听。关于民间故事中的暴力书写也是如此。

善良总是和美丽、成功一体，而邪恶总是和丑陋、失败一体。这样的传统观念在民间故事中并不是绝对的。虽然我们时常也会看到类似的情节，但它不是绝对必然的。民间故事不受这些现实愿景的束缚。（p.130）

如果不能充分认识到这一点，只是将民间故事理解为满足愿望的梦想世界或是道德启蒙的说教世界的话，就无法体会到民间故事所营造出的想象世界的丰富性和乐趣性，也无法解读出其中所蕴藏的各种各样的信息。

民间故事的角色不具备类型化特征，只是纯粹的图形。类型仍有强烈的现实关联，而符号则纯粹是情节发展的推手，它需要满足的唯一要求就是清楚醒目和造型极端。磨坊主、面包师、士兵、僧侣绝不是"类型化"的磨坊主、面包师、士兵、僧侣。它们所代表的不是某种职业类型，而是可以和任何职业相通的一种特性。（中略）民间故事中所出现的金纺轮、玻璃掘墓铲、金鹅等，也都不是类型化的纺轮、掘墓铲和鹅。民间故事中的工具和物品不需要具有原本的功能；它们可能具有着魔法的或世俗的功能，而这些功能与它们原本的现实功能毫无关联。（p.131）

民间故事塑造出了各种不同职业的人物角色，但是很少描述他们的具体工作场景。例如，日本民间故事《卖伞人登天》中没有出现卖伞人经营买卖的场景。还有，我们也无从得知《赶马人和山妖》中的赶马人是做什么生意的。他只是一个砍断了一条马腿，然后骑着马逃避山妖追捕的图形式人物。还有，欧洲民间故事中的纺车和铲子等道具在故事中并不需要发挥物品固有的功能。日本民间故事也是如此。例如，《放屁的饭勺》中出现的饭勺。一般来说，盛饭是饭勺固有的独特功能，但是在《放屁的饭勺》中，完全没有用饭勺来盛饭的描写。那把饭勺只是一个图形式的道具而已。

吕蒂认为，民间故事将世俗母题、日常用品、职业身份、彼岸人物和超验事件等进行空洞化处理再吸纳到故事中来，这样的做法既有好处也有坏处。

> 民间故事的所有母题都被这样去除实体内容，这是有得有失的。失在具象性和现实性、体验和关系的深度、变化的微妙性、内容的厚重度。得在形式的固定性和清晰度。去掉内容的同时也是一种净化，所有的元素都因此变得纯净、轻盈、半透明，可以随兴地组成一首合奏[56]。在这首合奏中，回响着关于人类存在的所有重要母题。（pp.133-134）

吕蒂指出，在民间故事中，所有事物经过纯化之后再被吸纳到故事中来，形成了一首合奏。吕蒂提出的"合奏"的观点非常重要。在吕蒂看来，民间故事确如玻璃球一样映照着外部世界，但是，它不仅像玻璃球一样将所有事物映照出来，同时还演奏出了一首合奏。仔细想来，我们所实际生活的世界也是一首由各种事物共同演奏的合奏。吕蒂认为，民间故事试图将这场合奏全部展现出来。

吕蒂还进一步指出：

> 在民间故事中，所有母题都不再是原来的样子。经过空洞化、纯化和孤立化，它们被赋予了民间故事的形式。民间故事没有专属的母题，相反，任何母题，无论是世俗的还是神奇的，都可以被纳

---

[56] 随兴地组成一首合奏：为什么说它尤为重要，因为人们经常一篇故事中的某一部分，认为该部分不道德或太残忍不适合孩子，然后将该部分进行重新改编，最后往往使故事变得索然无味。如果像这样拘泥于故事的部分细节的话，就会忽略民间故事是作为一曲合奏讲述着整个世界、人生或生命的这一点。因此，吕蒂的"随兴地组成一首合奏"的观点是尤为重要的。

入民间故事。当它们被赋予了民间故事的形式，具有了民间故事的特征之后，就变成了"民间故事的母题"。(p.134)

关于民间故事和母题之间的关系，一直以来有各种说法。20世纪前半叶的研究者阿尔伯特·韦塞尔斯基[57]把共同体母题划归为现实故事特有的母题。现实故事指的是那些并不能完全算是民间故事的故事，在日本常常被称为世俗故事。另外，阿尔伯特把幻想母题划归为传说特有的，把奇迹母题划归为民间故事特有的。但是，吕蒂对这样的划分抱持批判态度：

> 他没有看到，民间故事的存在并不依靠母题的特殊性，而是依靠母题形成方式的特殊性。民间故事不仅从传说和神话中，有时甚至直接从现实中汲取它的母题。(p.134)

民间故事中最常见的是前文所说的结婚、决斗、吵架、劳作等世俗母题，吕蒂将其命名为共同体母题。除此之外，还有奇幻、幻想母题。例如，马被砍断一条腿后仍然可以继续奔跑之类的故事就属于此类母题。不过，吕蒂认为，民间故事、传说和民间故事之间的差异并不在于母题类型，而在于母题的选取方式。民间故事既可以从现实生活中直接选材，也可以从传说、民间故事中选材。并且，民间故事会对所有被选取的材料进行纯化处理，即抽空材料的实质内核，使之成为民间故事特有的母题。

对此，吕蒂进一步做出了更具概括性的总结：

---

[57] 阿尔伯特·韦塞尔斯基：Albert Wesselski（1873—1939），捷克民间故事研究者。曾担任过布拉格德语报纸《波希米亚》的记者，后来成为企业家。另外，作为民间故事研究者，他出版了影响后来民间故事研究的重要著作，如《中世纪民间故事》（1925年）和《民间故事理论引论》（1931年）。在《中世纪民间故事》中，韦塞尔斯基将民间故事分为三类（神话主题、社会主题和文化主题）。但是，他在1931年发表的《民间故事理论引论》中，因神话主题范围过广而将民间故事分类为幻想主题和奇迹主题。

有共同体母题,也有神秘母题(韦塞尔斯基的"幻想母题"),然而,并没有所谓的奇迹母题。奇迹是民间故事的孤立化样式和纯化样式在形式上的极致表现。进入民间故事的每一个母题都是潜在的奇迹母题。(p.135)

吕蒂指出,无论是现实母题还是传说中的神秘母题,民间故事在选材的时候都会对他们进行空洞化处理,通过图形式的叙述来创作故事。因此,《赶马人和山妖》中才会出现这样的奇迹:马被砍断了一条腿之后仍然可以用三条腿逃走。不过,此段描写没有流露出任何对于奇迹的惊讶之感,反而是以平常的口吻讲述了赶马人骑着三条腿的马逃走,后来又骑着仅剩两条腿的马逃走的情节。如果是在传说中,这个部分一定会被当作奇迹,以夸张的口吻进行重点讲述,甚至还会出现"从此以后,人们将那个山谷称为三腿谷"这样,要将奇迹永远流传下去的想法。不过,民间故事不会这么做。它总是将奇迹视为平常事件一样讲述。吕蒂认为,材料在进入民间故事之后都变成了潜在的奇迹母题。

民间故事将世界上的所有事物吸纳进来,使它们成为民间故事的母题。在吕蒂看来:

民间故事是真正意义上包含世界的文学。它不仅有能力通过纯化的方式将所有事物吸纳进来,还可以真实揭示人类存在的本质。即使是一个单篇的民间故事里,也包含着小世界和大世界、个人事件和公共事件、此岸生灵和彼岸生灵。假如拿出四五篇民间故事(实际上几乎每个民间故事讲述人都可以轻而易举地讲出这么多民间故事),那么就可以在我们面前展开一幅丰富的人类图景了。(p.139)

从吕蒂的这段话中我们可以得到启示:批判民间故事中的某部分内容不道德或是过于残酷通常是有失偏颇的。民间故事涵盖世界上的所有事物。它不仅讲述了一个人的一生,还讲述了一群人各自不同的人生。同时,它还试图展开终极思考,探索人类生命的价值所在。民间故事的纯化作用使一切成为可能。

民间故事涵盖了世界上的所有事物,因此,它可以将有关人类和世界的两种对立属性同时展现出来。例如狭窄和宽阔、静态和动态、规则和自由、单一性和多样性等。关于这一点,吕蒂在其理论中做了至为精彩的分析。对此,我想进行较长篇幅的引用:

> 窄和宽。所有的图形式出场人物所身处的狭窄、封闭的空间,民间故事根据情节需要给事件或物品安排的外罩(房间、窗户、栅栏、塔楼、城堡、箱子),它们和那些外出探险、出远门的情节形成了二元对立。民间故事通常会把主人公引向至高或至远的地方,使其在实际意义和比喻意义上都达到了绝无仅有的高度。例如,主人公通过持续数日的努力爬上了"要多高有多高"的大树,或是来到了一座陌生的城市,又或者是登上了云端。穷苦百姓家的孩子当上国王迎娶了公主。又或者相反,公主或王子在地位上一落千丈;主人公潜入海洋、洞穴或地狱等地下深处。民间故事的静态特征体现在其形式的稳定性、明确性和单义性。不仅情节发展的推手是轮廓分明的图形(人和物都是如此),故事情节本身也是非常纯粹、切实地连贯在一起的。民间故事的动态特征体现在情节以平面的形式快速而果断地推进,以及主人公奔赴远方的行动。如此一来,虽然故事人物在形式上是固定的,却看上去活灵活现。他们的灵活性还体现在另一个方面,即在民间故事中一切所想皆有可能实现,从而赋予了故事一种极其自由的印象。不过,这种自由不是任意的,它接受着来自规则的约束。民间故事不是粗野的幻想的产物,在选择母题和形式方面,都需要严格遵循规则。民间故事需要戴着脚镣跳舞,即在自由中严守规则,就像其他任何纯艺术作品一样。唯有如此,民间故事才能实现自身。民间故事的具象化多样性体现在那些程式

化的复数上。物品、人物和时间（日、年）以 2、3、7、12、100 为一组出现；情节片段或情节单元以 2 个、3 个为一组出现。当多样性与程式化数字结合之后就具有了单一性特征。另外，故事情节的单线化发展趋势、主人公目标导向的单一化等，都为民间故事中的人物和情节赋予了稳定的内核。(pp. 141-143)

日本民间故事《桃太郎》(「桃太郎」) 中也出现了"狭窄、封闭的空间"和"给物品安排的外罩"。桃太郎出场的时候，就是被放在一个小木盒子里从河面上漂来的。后来，桃太郎又外出远行到一个叫作"鬼岛"的地方。上述两处情节即形成了狭窄和宽广的二元对立。还有，在《天仙夫人》(「天人女房」) 中，妻子的仙衣被藏在一间柱梁很高、存放谷物的仓库里。这里的仓库便属于封闭空间。妻子离去之后传信给丈夫，只要穿破 1000 双草鞋就能爬上天宫与她重聚，于是丈夫踏上了远行的征程。另外，在《仙人的指教》中，少年和母亲二人生活在某个村庄里，一天，少年去深山最深处拜访仙人的居所。此处仙人的居所即是一个位于远方的狭小空间。

《仙人的指教》是一则关于远途的故事，此条远途的情节线非常清晰明确。主人公在远途路程中被托付了三个任务，但是远途本身即故事情节本身始终在笔直地沿着一条故事线推进。年轻人以稳健的步伐进行长途跋涉，这条单一的故事线为情节发展赋予了稳定性。另一方面，主人公在这条故事线上又始终保持着长途跋涉的运动节奏。这样，情节推进的稳定性和长途跋涉的运动性形成了二元对立的效果。故事的主人公走进深山的最深处，来到一座峡谷，前方已经无路可走了。这时出现了一条大蛇帮助了他，使他得以继续前行。此处情节安排给人以强烈的自由感，但是这种自由的背后是由规则作为支撑的。所谓规则具体是指，少年先是受长老嘱托，向仙人求教长老女儿的病因。接着，受农夫嘱托，向仙人求教橘树不结果实的原因，最后受大蛇嘱托，向仙人求教大蛇无法登天的原因。那么，在返程的时候，少年就需要按照大蛇、农夫和长老的顺序依次做出答复。这里严格遵循着一条规则，即以A、B、C的顺序展开的情节线最后按照C、B、A的顺序返回，就如同音乐中的回转一样处在规则的强制约束之下。民间故事兼具自由和规则性的两面。

日本民间故事中出现过3、7、12、100、1000等数字，如《天仙夫人》中的1000双草鞋，《猴女婿》中的3个女儿等。它们属于民间故事叙事方式中的一种程式化表达。因而可以说是单一性的体现，但同时，1000双草鞋作为复数也是多样性的表现。如此看来，民间故事也同时兼具多样性和单一性特征。

日本和欧洲在历史、文化和社会等方面有很多不同，因此，就吕蒂在其民间故事诗学理论中提及的单个物品和人物来看，欧洲民间故事和日本民间故事之间存在着巨大差异。但是，从吕蒂提出的窄与宽、静态与动态、规则与自由、单一性与多样性等民间故事的诗学特征，即吕蒂民间故事诗学理论的核心部分来看，日本民间故事与欧洲民间故事之间显然具有完全相似的性质。吕蒂的民间故事诗学理论主要包括一维性、平面性、抽象样式、孤立化和普遍结合的可能性，纯化与含世界性等。在那些承载着历史文化底蕴的具体人事物方面，日本民间故事和欧洲民间故事之间肯定存在着巨大差异。但是，在创作形式、叙事样式等吕蒂民间故事诗学中的核心特征方面，日本民间故事和欧洲民间故事之间并没有什么本质区别。此乃两者均是口传文学艺术的原因。

吕蒂在最后写道："民间故事像玻璃球一样映照着整个世界。"（p.114）这句话可以理解为，民间故事运用纯化作用，将世界上的一切事物吸纳进来，形成一场合奏。吕蒂关于民间故事的诗学理论不仅注重对文学作品的具体分析，还扩展到了对世界观、人生观和自然观的探讨。因此，如果运用吕蒂的理论去分析日本民间故事，我相信一定可以为日本民间故事的研究开启一个全新的世界。

（刘玮莹译、侯冬梅审校）

第五章　民间故事的音乐性

众所周知，民间故事是口口相传的。换句话说，口头流传意味着它们是通过耳朵来听的。用耳朵听的这点表明民间故事是承载着时间的文艺。而提到承载着时间的文艺，人们会想到音乐。众所周知，音乐是一门承载着时间的艺术。

在讲述民间故事时，讲述者一旦开讲就不能讲到一半在中途停下来。故事要一直朝着结局迈进。也不能讲到一半再重新讲回之前的情节。此外，故事本身的节奏也要跟随讲述的节奏。在用眼睛阅读的作家文学中，有的读者会以很快的速度阅读一百页的故事，而有的读者则会以较慢的速度阅读。因为它是印刷出来的纸质版书籍，读者就可以中途停止阅读，第二天还可以再继续。当故事情节变得复杂很难理清出场人物之间的关系时，读者还可以翻回到前面几页再次确认，怎么阅读取决于读者本身。然而，民间故事却不同，故事发展的节奏只能是讲述的节奏。由于讲故事既不能返回到前文重读一次也不能中途停止，而且故事本身的节奏完全受讲述者的节奏所支配，从这层意义上看，民间故事是严格意义上的时间性的艺术。

从时间性的艺术来看，民间故事与音乐极其相似。音乐一旦开始演奏就不能返回重新再来一次，也不能中途停止。并且，音乐本身的节奏则完全由演奏者的节奏所控制。观众不可能同时欣赏到与演奏者的节奏不同的音乐。在此意义上，可以明显看出，民间故事和音乐一样，都是严格的时间艺术形式。

然而，并非无人研究民间故事中的音乐。例如，麦克斯·吕蒂在最后的著作《民间故事：美学与人物形象》(『昔話 その美学と人間像』) 一书中，特地写了与音乐相关的内容。

在第一章"美与美带来的冲击"的第四节中吕蒂谈到了音乐。但是，在这节开头部分，他指出："总的来说，只要在童话里出现美，那本质上就是一种视觉现象。"（p.54）也就是说，他首先承认，民间故事中的美在视觉现象中具有压倒性优势。并且他认为，当人们谈论"嘈杂的音乐"时，必须将其视为文学性加工作品或翻译（p.55）。他还尖锐地批判："在欧洲民间故事中，声音和气味被当作美学价值频频出现在文学性的再创作作品中。"（p.55）

吕蒂敏锐地发现，当人们认为民间故事中的歌曲、音乐本身和气味拥有美学价值时，它便脱离了民间故事原本的传承，成了一种再创作的作品，或者是文学性加工作品。我认为吕蒂的观点是正确的。在该部分的结尾，吕蒂特别提到了民间故事的音乐要素。"当然，民间故事作为一种故事性的音乐实体，声音的力量和美感不可避免地以不同的方式展现出来。男性或女性讲述者声音的节奏和旋律性，与模拟自然的声音、头韵、仅有元音的押韵以及韵文等一样，都属于音乐要素。"（p.60）

此处提到了讲述者在实际讲故事时的节奏、旋律和语音语调等，但吕蒂只是就这一点进行了总结性阐述，而没有具体谈到它是如何表现出来的。我将在本章末尾更详细地讨论这个问题。

维也纳民俗学家利奥波德·施密特[58]指出，"即使在童话中出现乐器，它也并不是出于艺术目的或娱乐性而演奏的"，它只是"为展现出故事情节的神奇性和魔幻效果而服务"。

---

[58] 利奥波德·施密特：Leopold Schmidt（1912—1981），奥地利著名民俗学家。他在维也纳学习过德国文学、民俗学、民族学和古代文学，并于1946年获得民俗学博士学位。1959年起任维也纳大学民俗学教授。从1960年至1978年，任维也纳国家民俗学博物馆馆长。1973年，创立奥地利现代民俗学研究所。他的著作包括《奥地利民俗学杂志》和《民间传说的故事》（1963年）、《现代民俗学课题》（1974年）等。另外，后文两处引文来自"诗歌的残骸"(利奥波德·施密特著，载《民间传承的故事》，佩尔林编，1963年）（小泽译）。

在德国童话《魔鬼的三根金发》(「三本の金髪のある王女」) 中，一支由柳枝折成的笛子发挥了重要作用。然而，养猪少年从未用那支笛子举办过音乐会，也没有在晚上的家庭聚会中吹过那支笛子。他只是用笛子来召集在广阔的草地上跑散的猪。最后，他通过长时间吹笛，让猪用两条腿跳起舞来。也就是说，正如施密特指出的，笛子的作用是实现故事情节的神奇性和魔幻效果。

日本有一则恐怖的民间故事叫《继子与笛子》(「继子と笛」)。这则民间故事讲述了继子被继母杀害并埋在了地下，结果，继子的坟墓里长出来了竹子。不知情的父亲旅行归来，用那根竹子做成笛子并吹了起来。结果笛子暴露了继母的罪行。这则故事并不是日本独有的，在欧洲和非洲也有，但故事中的笛子也并不是出于艺术目的或娱乐性而吹奏的，它的作用只是为了揭露继母的罪行。

吕蒂还指出："我们听不到乐器的声音（不仅如此，大概也不会提及实际上演奏了乐器）。"（《民间故事：美学与人物形象》p.60）

麦克斯·吕蒂和利奥波德·施密特的观点是正确的。然而，在探讨民间故事的音乐性时，除了上述视角，我认为还有民间故事讲述中的音乐性。

因为日本还有很多优秀的民间故事传承讲述者健在，所以在思考民间故事的音乐性时，我们可以从他们生动的讲述中感受到民间故事的音乐性。从这一点来看，与欧洲发达国家相比，日本处于更加有利的地位。因为欧洲发达国家的故事传承讲述者已寥寥无几。

1. 巴歌体

正如第三章所述，自 20 世纪初以来，欧洲民间故事研究者就注意到民间故事常使用三叠式结构。然而，在这方面却没有进一步的研究发展。

详细探讨民间故事三叠式结构可知，它们并不是简单地将同一事件重复三次，而是有着更加复杂的结构。我认为它更接近音乐中的巴歌体。首先，让我们看一些具体的例子。

在《白雪公主》(「白雪姫」)中,王后杀害白雪公主的场景重复了三次。第一次是从本书的第 55 页(A)到第 59 页(B),第二次是从第 60 页(C)到第 61 页(D),第三次是从第 61 页(E)到第 64 页(F)。计算一下译文行数可知,从(A)到(B)占了 34 行。从(C)到(D)是 23 行,从(E)到(F)是 44 行。单从长度上看,第二次比第一次稍短,第三次最长。

关于这一点,我们通过认真倾听优秀民间故事传承讲述者的讲述可知,三次害白雪公主的故事结构是匹配的。可以说,当出现三叠式结构时,大多数情况下,第二次所占篇幅稍短,但并不是完全省略,也不会仅仅归纳到不足一行。因为第二次和第一次讲述的情节相差无几,听众稍不留神可能会觉得两次情节完全相同。不过仔细听的话,会发现第二次内容较短。这一点同样适用于田径比赛中的三级跳远,我们将在后面进行讨论。在单脚跳、跨步跳、跳跃中,第二跳的跨步跳比第一跳的单脚跳要短一些。这可能是为了调整节奏的同时来积蓄弹跳力。与此同理,民间故事传承讲述者也是出于相同的考量才将第二次的故事讲得稍短一些的。

就故事情节的重要性而言,很明显第三次是最重要的。白雪公主第三次被毒苹果所害,由于她没有复活,所以才得以与王子成婚。而如果我们把注意力放在她没有复活这一点,就可以看出前两次和第三次的性质是不同的。也就是说,虽然第一次和第二次白雪公主死了,但被小矮人们救活了。与此相反,第三次白雪公主没有被复活。

综上所述,从讲述篇幅来看,第三次篇幅最长;从重要性来看,第三次最重要,性质也不同。这意味着在三叠式结构中,第三次形成了一个重音。这样一来,可以说在《白雪公主》中,形成了某种节奏。即"当、当、当(重音)",其中第三次的声音最强。

当相同重复的某些部分在音高、强弱或音长上不同时,就会产生音乐节奏。鉴于这一点,我们可以说第三次与第一次、第二次不同,它是最长、最重要的。因此形成了一种节奏。

这种"当、当、当(重音)"的节奏,在我们的日常生活中不也经常出现吗？例如，当向前方扔石头时，我们都会数"1——、2——、3——"。绝对不会只数了"1"就把石头扔出去。要想在数到"3"扔出石头，必须先数"1——、2——"。而且，由于数"1——、2——"的时候并没有扔石头，所以我们可以说这与数到"3"扔出石头的性质是不同的。

向前方扔石头是人类的一个动作，而当我们思考哪种人类的动作中拥有这种节奏时，最先想到的应该是田径比赛中的三级跳远。三级跳远的节奏是单脚跳、跨步跳、跳跃。而且仔细观察可以发现，相对于单脚跳，跨步跳稍短，在此基础上最后一跳是最远的。显然，最后一次跳跃是最重要的。也就是说，跳跃是决定胜负的关键。由此看来，田径比赛的三级跳远和向前方扔石头时的节奏是一样的，《白雪公主》中出现的三叠式结构也具有相同的节奏。

构成故事的这种节奏，可以称为讲述的形式，而这种形式在音乐上表现得尤为明显。它在西方音乐史上被称为巴歌体。西方音乐像数学那样将时间划分得很整齐，所以它的形式是两个单位、两个单位和四个单位（两小节、两小节、四小节，或者两拍、两拍、四拍）。这种巴歌体是欧洲中世纪的游吟诗人特别喜欢的一种诗歌形式。当时，由于诗的形式直接就是旋律，所以人们创造了很多巴歌体的音乐。而且它也是长篇叙事诗民谣的首选形式，广泛传唱于欧洲。

这种音乐形式特别受到了德国古典派作曲家们的青睐。浏览音乐史可知，古典派作曲家非常重视音乐的形式美。海顿（Franz Joseph Haydn，1732—1809）、莫扎特（Wolfgang Amadeus Mozart，1756—1791）和贝多芬（Ludwig van Beethoven，1770—1827）是古典派的代表人物。作曲家海顿完善并改进了交响乐的形式，因此人们称其为交响乐之父。

例如，舒伯特（Franz Schubert，1797—1828）的《摇篮曲》(「子守歌」)以及莫扎特的《A大调钢琴奏鸣曲》(「ピアノソナタ イ長調」)第一主题中的《土耳其进行曲》(「トルコ行進曲」)（谱例①）。

说到中世纪和古典派，可能会让人觉得这是存在于遥远古代的陈旧形式，然而实际上也大量使用于深受现代年轻人欢迎的流行新歌曲中等。比如，在《欢畅之街》（「痛快ウキウキ通り」）（谱例②）这首新歌中也可以找到这种形式。当然，由于这是一首现代流行歌曲，所以其结构要

谱例① 莫扎特A大调钢琴奏鸣曲（K.331）第一乐章的第一主题

最初用①②表示的两个单位的旋律，在下面的①′②′中降低两个度进行重复。然后第三次旋律稍微改变，形成1234四个单位。

谱例② 《欢畅之街》（作词·作曲 小泽健二）

这是一首现代歌曲，所以每一点都很下功夫。A例中，III的结尾被用作下一个旋律的开头，所以I是四拍，II是四拍，III是六拍。B例中，II比I低3度。C例整齐地采用了二、二、四的形式。

比莫扎特的复杂一些。

从中世纪到现代,在音乐中反复使用巴歌体,并且无论是欧洲还是日本民间故事,也都使用巴歌体,说明这种节奏、这种形式是承载着时间的艺术,非常易于为人类所接受。

在理解民间故事中三叠式结构的音乐性时,我举出了欧洲音乐史中发生的事情。突然把日本民间故事的形式和欧洲的音乐联系在一起,也许有些读者会略感粗率,所以我特意在此加以说明。

当我向日本音乐史研究者小岛美子女士询问日本的二、二、四节拍时,她给了我一个非常有趣的启示。二、二、四形式体现在为体育运动加油时,大家一起拍手的"三、三、七拍"中。她解释说,鼓掌确实是三、三、七,但节奏却是四、四、八。图示如下:

拍手　○○○　○○○　○○○○○○
拍　　●●●●●●●●●●●●●●

也就是说,第四拍和第八拍可以不用拍。小岛女士接着解释说,虽然它没有作为日本民族音乐的一种形式出现,但如果我们把它看作节奏,确实可以说它是二、二、四的节奏。

不难理解,老百姓在讲故事的时候,三叠式结构是其主要的凭借。而使用三叠式结构时,他们会重复二、二、四的节奏,这样讲述最容易进入状态。

仔细想来,为什么田径比赛中是三级跳远,而不是二级跳远或四级跳远呢?也许在漫长的体育历史中,人类已经意识到,在活动身体做动作时,这种节奏是最容易进入状态、最舒服的一种。如果真是这样,那么创造出三级跳远而不是二级跳远或四级跳远这一事实本身就是人类的一项文化成就。

然而,在三级跳远中,如果选手说第三次跳跃最重要,所以我省略了第一跳和第二跳,这是否还会被认定为三级跳远呢?首先,第三跳的跳跃之所以能跳那么远，正是因为有第一跳和第二跳。如果站在起跳点，一下子根本跳不了那么远。那就变成立定跳远了。音乐也是如此，如果唱舒伯特的《摇篮曲》(「子守歌」)的歌手因为第三节最重要而省略了第一节和第二节，那就不是音乐了。《欢畅之街》也是如此。这是有目共睹的。

然而我论述的仅限于民间故事，绘本中的第一次、第二次被删去的情况非常多。在绘本《白雪公主》中，仅仅讲述白雪公主被毒苹果杀死的情节。还有绘本《灰姑娘》(「灰かぶり」)中，那双水晶鞋原本是在第三次参加舞会回来的路上落下的，然而现在流行的改编作品是在第一次舞会回来的路上就把鞋落下了。这样一来，故事就失去了节奏。就像在三级跳远中，只有在进行了单脚跳和跨步跳之后，最后一次跳跃才能达到很远的距离。同样的道理，在讲述民间故事时，正因为有了第一次、第二次，第三次才会有意义。这既具备用耳朵听的快感，同时也包含着各种各样的信息。

如果清楚地认识到民间故事的三叠式结构不是同一情节的重复，而是第三次内容特别长、特别重要，并且构成了整个故事的节奏，那么就能够理解民间故事中的第一次和第二次情节其实是不可能省略的。

2. 相同场景用相同的话讲述

在英国童话故事《聪明的莫莉》[59](「かしこいモリー」)中，我们也可以看出，第一次、第二次和第三次几乎都是用相同的话语来讲述的。在第一次时，莫莉偷偷溜进了巨人的房子去拿剑，巨人不在家，于是莫莉便爬到了床底下。巨人回到家，大吃了一顿晚饭就上床睡觉了。然后，莫莉等巨人打鼾入睡后，拿着剑逃离了。莫莉跑到了窄如发丝的独木桥上，她能够过桥，但巨人过不了。巨人喊道："可恶的家伙！喂，莫莉，你不要再来了！"莫莉回答说"不，不，我要来，还会来两次的"以及

---

[59]《聪明的莫莉》："可恶的家伙！喂，莫莉……"该对话引自《讲故事的蜡烛1》(东京儿童图书馆编，1973年)。

"不，不，我要来，我还再会来一次的"。这样的对话在第一次、第二次和第三次几乎都同样重复着。

日本民间故事《猴女婿》(「猿婿」) 也是如此，父亲答应把女儿嫁给帮他除草的猴子，正发愁得睡不着觉的时候，女儿来找他。大女儿、二女儿过来时的对话和三女儿过来时的对话几乎是一模一样的，只是三女儿的反应有所不同。前文已经提到，与第一次和第二次相比，第三次内容更长、更重要，并且内容也不同。除此以外，第一次、第二次和第三次几乎都是用同样的话语来讲述的。

如果是用眼睛阅读的作家文学，作者在相同场景出现时使用相同的语言来写文章，则将被认为是不会表现或写作能力弱，评价很低。然而民间故事却恰恰相反。我已经多次进行强调，之所以会出现这种情况，是因为民间故事是口耳相传的，所以当出现同样的场景时，如果讲述者不用相同的话语讲述，那么听众就无法清楚地理解这是相同的情节。因此这种情况与音乐很相似。

乐器演奏音乐是没有语言的，所以要想表达相同的情绪或场景，就不得不使用相同的音型。以西方音乐为例，如果是奏鸣曲，首先要呈现出第一主题和第二主题，然后展开，最后再现第一主题和第二主题进而结束。最后出现的第一主题和第二主题必须保持最初呈现时的形式。调可以是关系调，但形式必须相同，否则就无法用耳朵确认是否进行了再现。只有出现同样的形式，听众才能够确认曲调是相同的，才会获得安心感。这看似理所当然，但对音乐而言却是非常重要的技法。

孩子们是民间故事的主要听众，用相同的话语讲述相同的场景非常符合孩子们的感受。如果孩子有喜欢的绘本，他们就会一遍又一遍地恳求大人读给他们听。或者自己读了一遍又一遍。如果孩子喜欢一则故事，他们会让大人尽可能多给他们讲几遍。此时，孩子要求大人用同样的话语重复同样的故事，并且要求非常精准地重复讲故事。

这对于孩子内心的平稳发展有着非常重要的意义。孩子总是充满好奇心，遇到陌生的东西，一定会去摆弄，想随意玩耍。但是，当他们晚上回到家，倾听大人用熟悉的声音读熟悉的绘本和故事时，心里就会感到平静。或者去保育园或幼儿园，倾听老师用熟悉的声音读熟悉的绘本，他们也会感到安心。对孩子来说，重要的快乐是相遇未知事物，重逢已知事物。

其实，不仅仅是孩子，成年人也是如此。可以说成年人也总是生活在对未知事物的好奇心和与已知事物重逢的喜悦的相互平衡中。长大后见到儿时的伙伴而感到怀念，或者在国外旅行看到新奇事物后回到旅馆，沏上带来的日本茶而感到安心。这些都表明，即使是成年人，我们也会徘徊在好奇心和与已知事物重逢的喜悦之间。民间故事本身是让人热血沸腾的冒险故事，或者是恐怖故事。可以说，民间故事既为听众提供了让人紧张的元素，也为听众提供了重逢已知事物的喜悦，从而使听众感到安心。这种满足感类似于人们听音乐时获得的满足感。音乐给予了我们这两个方面。一方面是想经常听到最新发展，另一方面是再次相遇已经听过的音型与和弦跃动的舒适感。

这一点很容易理解，比如贝多芬的《第九交响曲》(「第九交響曲」)第四乐章开头是第一、第二、第三乐章的开头部分，然后加入第四乐章的有名的独奏和合唱。听众在听完第一、第二和第三乐章与新曲调后，在第四乐章，再次听到第一、第二和第三乐章的开头部分，心情就会平静下来。然后继续听第四乐章里男中音独唱和精彩的合唱。可以说，贝多芬巧妙地给予了听众聆听到新事物的紧张感，也给了听众聆听到已知事物的安心感。

3. 民间故事的经济性

《白雪公主》中有一段王后与魔镜的对话。王后问："魔镜啊魔镜，/墙上的魔镜。这个国家最美丽的人是谁？"魔镜每次都会回答："女王殿下，这里最美丽的人是您。"

这样的对话会反复用同样的话语表现出来。不仅如此，魔镜本身也经常回答王后的问题。也就是说，在这则童话故事中，魔镜一旦登场，就会多次出现，一直与王后相伴相随。

《聪明的莫莉》中也出现了同样的现象。这则童话也多次使用了相同的场景。莫莉奉国王之命去巨人家里拿剑的时候，巨人总是不在家，莫莉便躲在床底下。第一次、第二次、第三次都出现了同一张床。不仅如此，巨人总是在莫莉钻到床底下之后才回家，吃完一大堆晚饭就上床睡觉。

正如前文所述，民间故事倾向于对相同的场景使用相同的话语来讲述，又或者说民间故事倾向于多次使用相同的场景。如果我们将其理解为民间故事多次使用同一事物，可以说，前文提到的《白雪公主》中也多次使用了魔镜，以及魔镜与王后问答中的话语。

而且，在莫莉身上也多次出现了同样的情况，窄如发丝的神秘的独木桥也出现了三次。

麦克斯·吕蒂在其最后的著作《民间故事：美学与人物形象》一书中，将这种现象称为民间故事的"艺术的经济性"。民间故事会多次重复已经使用过的素材，从这一意义上来说，民间故事具有节约性或节俭性。根据吕蒂的叙述，民间故事通过多次使用相同的素材，形成了简洁流畅的文体，易于听众倾听故事。

在音乐中也可以看到相同的现象。在所有的音乐流派中，同一个音型一定会出现两次以上。无论是欧洲古典音乐、现代爵士乐还是流行音乐，又或者是日本演歌、民谣，都是如此。借用吕蒂的话来说，音乐多次使用曾经出现过的素材，这就是音乐的经济性。

在音乐领域，最极端地体现经济性的例子是贝多芬的第五命运交响曲（谱例③）。在创作第一主题之前，贝多芬曾打了一次次的草稿。一旦创作出了第一主题，便通过各种乐器反复再现制作了整个第一乐章。

在音乐中，无论是日本民谣、欧洲音乐，还是现代流行音乐、爵士摇滚乐等，同样的旋律有时会加上不同的歌词反复重现。我们通常将其称为第一遍歌词和第二遍歌词。第一遍、第二遍相互重复本身就是音乐的经济性。

音乐是一种用耳朵听的艺术，所以听众只用耳朵欣赏音乐。如果不

谱例③　贝多芬的第五交响曲《命运》第一乐章的第一主题

与①相比，②降低了两个度，但两者的音型完全相同。在④和⑥中，三个八分音符和后面的二分音符之间的音程与①不同，但基本音型相同。

在一定的音型范围中欣赏音乐，听众就无法理解整个作品。如果出现了无数不同的音型，听众就无法理解这首音乐作品的连贯性。从这个意义上说，无论什么音乐类型，音乐都使用一定的音型，利用这些音型塑造一个声音的世界。或者，即使不断出现不同的音型，有时也会通过出现相同的音型，给予听众一种连贯的感觉。

民间故事也是如此。民间故事中有各种冒险故事、恐怖故事、趣味故事，通过重复前文出现过的道具、话语或场景，给听众留下故事情节连贯的印象。这就是吕蒂所说的民间故事"艺术的经济性"。

民间故事和音乐之所以都具有这样的经济性，是由于它们两者都是用耳朵听的艺术，也就是时间性艺术。

4. 水平转位——情节的发展与转位

第四章中列举的民间故事《仙人的指教》(「仙人の教え」)，讲述了一个年轻人为了治愈失明的母亲而拜访仙人的故事。如下所示，这则故事可以归纳为：前去拜访仙人的去路和告别仙人的归途。

发展

A 年轻人为了双目失明的母亲踏上了前往仙人世界的旅程。

B 他遇到了一位富翁,富翁拜托他去询问治疗女儿疾病的方法。

C 他住在一个农民家里,农民拜托他去询问为什么橘子树三年都不结果。

D 他遇到一条大蛇,大蛇拜托他去询问为何怎么修行都不能成仙的原因。

E 从仙人那里得到三个问题的答案。

归途

D 告诉大蛇不能成仙的原因。

C 告诉农民橘子树不结果的原因。

B 告诉富翁治疗女儿疾病的方法。

A 母亲的眼睛痊愈。

通过整理,我们可以发现故事顺序是,年轻人在情节发展时带着向仙人请教 A、B、C、D 的问题,在归途时给了 D、C、B、A 的答案。也就是说,年轻人带着四个问题,得到了仙人的指教,转身回家的归途中给了 D、C、B、A 问题的答案。

不仅是日本,在其他国家也存在这种故事类型,称为"西天问佛"或"求好运"故事。这种故事拥有独特的结构,即故事按照 A、B、C、D 的顺序向前发展,而后按照 D、C、B、A 的顺序转位。如果我们理解了这种结构,就可以看出,此处也和音乐有着同样的结构。音乐按照时间的推移将时间切割成一个个时间段进行造型,同时也可以反方向演奏。我们可以按照从结尾到开头的顺序把乐谱倒过来进行演奏。约翰·塞巴斯蒂安·巴赫(Johann Sebastian Bach,1685—1750)将这种尝试留存在乐谱中。这在他 1747 年献给普鲁士国王的极具理论性的作品《音乐的奉献》(「音楽の捧げもの」)中有所记载。我们可以在第三曲《各种卡农》

(「各種カノン」) 的 a2，逆行卡农（谱例④）中找到上述例子。

　　这就是我们可以从最初的逆行卡农乐谱的最后一小节开始，可以按照它的镜像进行演奏的原因。这种乐谱显示在（a）的解决谱的第二小提

谱例④　巴赫《音乐的奉献》第三曲《各种卡农》a2 逆行卡农

第二小提琴从原谱的最后一小节开始进行镜像演奏（水平转位）。

琴上。第二小提琴的乐谱是将上文的逆行卡农的原谱从结尾倒过来抄写的。这在音乐作曲技法中叫作转位（Umkehrung）。转位包括两种类型：水平转位和垂直转位，此技法属于水平转位。

这种转位的音乐技法，在民间故事《仙人的指教》中得到了清晰的体现。之所以能将音乐中的转位技法运用到民间故事中，是因为民间故事也是承载着时间的文学艺术。严格来说，时间是一种单向流动，所以如果想完美地扭转 A、B、C、D 的流向，最自然的顺序就是 D、C、B、A。

5. 垂直转位 —— 从地下到天上，从天上到地下

日本民间故事中有这样一则有趣的故事：

《捕鸭能手权兵卫》(「かも取り権兵衛」)

从前，有一个叫权兵卫的猎人。权兵卫技术高超，总是能击中他所瞄准的目标，所以村民们称他为捕鸭能手权兵卫。

一天，权兵卫像往常一样拿着猎枪去河边打鸭子。于是，他在河水平静的地方发现了很多飞落的鸭子。

"太好了，今天活捉鸭子吧！"

权兵卫放下猎枪，脱光衣服，潜入水中，悄悄向鸭子所在的方向游去。然后在水里抓住一只鸭子的腿往下拽，把鸭脖子夹在裤裆里。

"干得好！"

权兵卫又抓住另一只鸭子的腿，将它拉入水中，然后又把鸭脖子夹在裤裆里。之后，他又抓住了一只又一只鸭腿，将鸭脖子夹在裤裆里，最后把河里的鸭子都夹在裤裆里了。

然而一上岸，鸭子们一起拍打着翅膀飞了起来。权兵卫一下子就被鸭子们带上了高空。

"大事不好！"

低头望去，村子里的房屋越来越远，越来越小，很快就消失在了视野中。权兵卫飞过高山越过大河，越飞越远。

不久，奈良大佛的大屋顶映入眼帘。当鸭子们到达大屋顶时，它们将权兵卫扔了下来。权兵卫趴在屋顶往下看时，屋顶高得令人头晕目眩。

"这可完了！"

他战战兢兢地往下一看，看见了行走的村民。村民都来观看相声演出，刚刚拜完大佛出来。

"喂，喂，走着的是老百姓吗？是我，是我呀，权兵卫。"

听到他的声音，村民一起抬头向上望。看到大屋顶上的权兵卫时，村民惊讶地喊道。

"哎呀，这不是捕鸭能手权兵卫吗？你在这么高的地方弄啥呢？"

"鸭子把我从村里的河里掳走，带到这里来了，想办法让我下来吧。"

权兵卫大声求救，村民们商量了一会儿喊道：

"喂，捕鸭能手权兵卫。我们撑开一块大包袱皮，你就冲着这个跳下来吧！"

"那么，我现在就跳下去啦！你们可得拉紧啊！"

权兵卫喊着号子"一、二、三——"就跳了下来。然而他用力过猛，把大包袱弄破了，直接钻进了地底深处。

"这可完了！"

当权兵卫在地底郁闷的时候，他看到了远处有一束亮光。

"这种地方会有人吗？"

权兵卫觉得不可思议，去看了一下，原来是医生的家。医生一见到权兵卫就问：

"你来这里干什么？"

"我从奈良大佛的大屋顶上掉下来，一下子就掉进了地底下。请您帮帮我吧!"

于是医生给了权兵卫一包药,并告诉他:"那你一定吃了不少苦。我给你一包能爬到地面上的药,你就吃一半,如果吃一半爬不上去的话,再吃剩下的一半。这样你就能爬回到地面上了。"

权兵卫接过药,回到刚才掉下来的地方,抬头看了看上面,有些微微发亮。

"那里就是地面。"

权兵卫定好目标,喝下了药。医生明明嘱咐他只吃一半,但他怕中途爬不上去,就一下子吃完了。权兵卫立刻纵身一跃,一口气爬上了云端。

"这可完了!"

权兵卫不知所措。这时雷公走来说道:"喂,你,你来得正好。我最近很忙,你帮我一个忙吧。我敲着鼓前进,你就扛着这个袋子跟在我后面下雨。"

雷公说完,擦亮盆钵,轰隆轰隆地敲打着七个鼓,飞来飞去。权兵卫跟在他后面挥动着敞开的口袋,于是雨哗哗地下起来。权兵卫猛然从云缝里往外一看,发现正好来到了自己村子上方。权兵卫看到村子里正在插秧,村民正因缺水而发愁。

"正好,让雨下个够吧!"

权兵卫张大雨袋口,用尽全力挥动着。然而他不小心一脚踩空,从云端失足跌落到地上。

"啊!"

权兵卫环顾四周,发现自己躺在被窝里,之前的一切都是梦。据说权兵卫把被窝里尿得一塌糊涂。(本故事完)

(选自《日本民间故事》[『日本の昔話』第二卷「舌切り雀」])

权兵卫纵身跃下,掉入地底。吃了地下医生给的药后,爬上了云端。最后,他一脚踩空,又从云端掉到地上。以地面为坐标,从地下到天上的上下折腾，这让人联想到音乐中的垂直转位。

　　由于音乐随着时间的流逝而前进，所以我们可以将抛物线形旋律变成 U 形线旋律。利用这个性质，我在 1956 年进行了如下的音乐尝试（谱例⑤）。

谱例⑤　小步舞曲（「メヌエット」）（作曲　小泽俊夫）

A 旋律在 B 中颠倒了过来。（垂直转位）

A 旋律在 B 中颠倒了过来。在音乐技法上，这种镜像反转被称为转位。此处是垂直转位。

一些读者认为外行的作曲不靠谱，为此，我将在之后介绍贝多芬的钢琴奏鸣曲作品 op.110 第四乐章赋格主题（谱例⑥）。在其中我们可以清楚地理解垂直转位。

《捕鸭能手权兵卫》的主人公以地面为坐标，一会儿入地一会儿上天，这与音乐的垂直转位相似。

(A) Fuga
Allegro, ma non troppo

(B) L'istesso tempo della Fuga

谱例⑥　贝多芬钢琴奏鸣曲作品 op.110 第四乐章赋格主题

第四乐章开头出现的赋格主题 A，在乐章的后半部分以上下转位的 B 形式出现。我们只需查看乐谱便知这属于垂直转位。

6. 变调——天上地下共人间

在格林童话《霍勒大妈》(「ホレばあさん」)中，继女因为把纺锤掉进井里而被继母责骂，并且继母命令继女亲自去把纺锤捡回来。

于是继女回到了井边，但她却不知如何是好。无奈之下，她跳进了井里。

当回过神来的时候，她发现自己在一片美丽的草地上。这里阳光明媚,盛开着成千上万的鲜花。继女在草地走了起来。

不久,她发现了一个面包炉。炉子里装满了面包,面包喊道:"啊,放我出去,放我出去,快被烤焦了。我已经烤好了!"

听到这话,继女不嫌麻烦地凑了过去,把面包全部从炉子里拉了出来。

然后她又继续往前走。这一次,她看见了一棵结满了苹果的树。那棵树对她喊道:"啊,摇摇我!摇摇我!我已经熟了!"

听到这话,继女摇了摇苹果树。于是,苹果如下雨一般全部从树上落了下来。然后继女又继续向前走。

最终她来到了一间小屋。屋内,一位老妇人正向外张望。……

(出自《格林童话全译本》Ⅰ[『完訳グリム童話』Ⅰ])

此处继女本应跳进的是井里,可是她回过神来,却发现井底是一片美丽的草地,阳光明媚,一片广阔。她走着走着发现了烤面包炉、苹果树和小屋。井底有着和地面上一样的风景。在欧洲民间故事和日本民间故事中也可以经常看到天上地下拥有与地面同样风景的情节。

以日本民间故事为例,我们可以在《地藏菩萨》(「地藏净土」)等故事中看到小规模的变调形式。

从前,有个老爷爷和老奶奶,老爷爷到山上去种地,到了中午的时候,老爷爷开始吃老奶奶做的米粉团,其中一个米粉团骨碌碌地滚下了悬崖。老爷爷觉得不妙追了上去,嘴里喊着:"米粉团等等我,米粉团等等我。"米粉团向前滚着,滚到悬崖中间的洞里去了。老爷爷追到洞里,看见地藏菩萨坐在那里。

"地藏菩萨,刚才有个米粉团滚到这里来了吗?"

"嗯,是有个米粉团滚过来了,不过我已经把它吃了。"

"是吗,这样也好。"

老爷爷想从洞里出来,地藏菩萨对他说:"老爷爷老爷爷,你沿着我的膝盖、肩膀、脑袋，爬到那里的二层去吧。会有好事发生的，就当是米粉团的回礼了。"

"地藏菩萨使不得啊，我不能收。"

"行了，你快上去吧，一到晚上，鬼们就会聚在一起开始赌博，到了凌晨一点，你就拍着簸箕模仿鸡的打鸣。等听到第三次鸡鸣，鬼们就会匆忙逃跑，到时候你就从二层下来吧。"

老爷爷照做，上了二层等待夜幕降临。

夜幕降临，狂风大作，青鬼腾云驾雾唰地一下从天而降，而后红鬼也带着狂风呼啸而至。于是，黑鬼、黄鬼、斑鬼等二三十只鬼聚集在一起开始赌博。

"摇骰子比输赢，猜猜是单还是双？"

"是双，是双。""是单，是单。"现场人声鼎沸。

老爷爷在二层咚咚地敲着簸箕，"喔喔喔"地学着鸡打鸣。

鬼们听到鸡鸣声说："第一声鸡鸣表示天还没亮，咱们趁着天还没亮一决胜负吧！来来来，摇骰子比输赢，猜猜是单还是双？"说着又继续赌博了。

老爷爷又咚咚地拍了拍簸箕"喔喔喔"打鸣。

"哎啊！第二次鸡鸣了，得抓紧时间了，来来来，来一决胜负，摇骰子比输赢，猜猜是单还是双？"

过了一会儿，老爷爷又咚咚咚地拍了拍簸箕，悄悄模仿第三次鸡鸣："喔喔喔，天亮了。"

"不好了，第三声鸡鸣表示天亮了，人类要出来了，咱们快逃！"

说着，鬼们把钱散落一地，慌忙向着洞口飞去。

"疼死了，是谁啊，别踩我的脚啊！"

"疼死了，那可是我的命根子啊！"

"是谁啊，别扯别人的兜裆布啊，别推我啊！"

场面十分混乱，鬼都慌张地逃走了。

地藏菩萨说："老爷爷老爷爷，鬼们都走了，你快下来吧，鬼留下的钱都给你，拿回家去吧。"

老爷爷把鬼们的钱收了起来，装满袋子回家去了……

（选自新潟县东颈城郡松代町的民间故事《日本民间故事通观》[『日本昔話通観』]第十卷《新潟篇》）

这个故事也一样，老爷爷追米粉团到悬崖中的洞里，那里坐着地藏菩萨，有风吹来，还有腾云驾雾的鬼从天而降。然后遵循第一次鸡鸣、第二次鸡鸣、第三次鸡鸣的顺序。由此可见，地下发生着与地面完全相同的事情。

在阿伊努人流传的名为《火马》(「炎の馬」) 的背景恢宏广阔的民间故事中也能看到同样的情况。

女神说完就往外走去，在祭坛上重复了两三遍跳舞的动作后，化作一个巨大的苍鹭飞向天空，消失在云层中。这时那只受宠的白狗走了过来，咬住我的和服下摆，把我拉到外面。它边用鼻子嗅边使劲拉着，把我拉到那棵大松树旁边停了下来。我听到狗用呼吸声模仿人类的语言说："来，抓住我的尾巴。"于是我用两只手紧紧抓住狗的尾巴，狗开始攀爬大松树，它爬得很快，就像在平地上奔跑一样。

随着它往上爬，树开始剧烈地左右摇晃，眼看就要掉下去了。狗不顾这些，不停地往上爬，一直跑到高高的树顶。树摇晃得更厉害了，我和狗一起被甩到了空中。不知道飞了多久，终于到达了一个与人类居住的国家完全不同的地方。

狗似乎知道自己要去哪里，它一直在跑，我也跟着它跑。过了一会儿，看到一户人家，我就站在房子前面清了清嗓子问路。于是我听到屋里有一个女人的声音，她说没有迎接我的人，让我自己进来。我弯下腰悄悄地走了进去，发现那个被我偷走衣服的女人独自坐在那里。

"阿伊努的年轻人啊,请认真听我说,我的两个哥哥阿佩梅尔和坎丘会考验你的。如果你能经受住考验,我们就可以结婚,但如果你经受不住考验,我们就不能成为夫妻。我把我的宝物赐给你,在关键时刻也许会派上用场。"

说完这些,她给了我一把扇子。扇子的一面画着冰,另一面画着太阳。我把扇子揣在怀里就出门了。狗又在前面跑了起来,我们一起跑了一会儿,看见前面有一栋很气派的房子,似乎是神的住处。走到房子门口,我看到一个像神一样的男人正牵着马站在那里。他说:"如果你能骑着这匹马登上六次这个国家的最北端,登上六次国家的最南端,我就把妹妹嫁给你。"……

(出自《火马——阿伊努民间故事集》[60]『炎の馬—アイヌの民話集』)

这则故事讲述了女神变成苍鹭飞回了天空。身为"主人公"的我在狗的带领下爬上了大松树,结果被甩到高空,飞到了别的国家。狗跑在前,我跟在后。出现了一栋房子,女孩出来迎接。而后收到女孩送的一把宝扇,我跟着狗继续前进,发现了一栋气派的房子,似乎是神的居所。很明显,这里也呈现出与地面相同的景象。

也就是说,地上的世界照搬到了天上。

如果我们这样看待民间故事的这一部分,就会发现它与音乐具有相同的性质。例如,在音乐中经常出现这样的情况:在C大调中的音型后来以同样的形式在高五度的G大调中重现。

术述例子是舒伯特的第八交响曲《未完成》的第二主题(谱例⑦)。最初在A中以G大调表示,过了一段时间在B中再次出现时以D大调表示。

绘画作为平面艺术,用透视法来表现眼前世界和遥远世界之间的差

---

[60]《火马——阿伊努民间故事集》,宣野茂著(铃泽书店1977年出版)。

别是可能的。即绘画能用透视法描绘远方的世界。作为时间造型艺术的音乐和民间故事来展现不同的世界的时候用的不是透视法,而是通过直接变调。

(A) 第1乐章 第44小节从第53小节まで

(B) 第1乐章 第258小节から第267小节まで

谱例⑦　舒伯特 第八交响曲《未完成》的第二主题

在 A 中 G 大调的音型,后来在 B 中再次出现的时候用 D 大调表示。

7. 似终非终的讲述方式

在民间故事中,有一两个情节,看起来好像已经结束了,然而实际上并没有结束,而是连接到下一个情节。我们可以清楚地在《咔嗦咔嗦山》(「かちかち山」)的前半部分的结尾看到这种情况。

很久很久以前,有一个地方,有一位老爷爷和一位老奶奶,老爷爷说他要种麦子,第二天早上,他看见一只狸把麦种吃掉了。第二天晚上,老爷爷设陷阱活捉了那只狸,用绳子把它的四条腿绑在一起吊了起来,然后,老爷爷重新种了麦子。老奶奶想去给老爷爷送些饭团子,狸一看情景,对老奶奶说:"老奶奶老奶奶,你害怕不?我来帮你吧。"老奶奶说:"我才不会上你的当。"然后就自己出门了,没走几步就有些害怕了。于是就让狸帮忙。不料想,狸子抄起一根杵，嘴里骂着"可恶的老太婆！"把老奶奶打死了，然后迅速逃跑了。老爷爷回来看到老奶奶被杀害，他很不甘心，放声大哭了起来。

就在这时，一只兔子过来了，问道："老爷爷，你哭什么呢？"老爷爷诉说缘由后，兔子安慰老爷爷说："好，我来帮你报仇。"兔子立刻找到狸。"狸子大人，狸子大人，现在到了冬天，天气变冷了，咱们去找点柴火吧！"狸和兔子就进山去了。狸背了满满一大堆干柴火。兔子说："狸子大人，你走我前面吧。"……

（出自宫城县登米郡迫町的日本民间故事《日本民间故事通观》[『日本昔話通観』]第4卷，宫城篇）

在这则民间故事中，老奶奶被狸杀死，老爷爷不甘心地大哭。作为故事，如果以悲剧收尾的话，在这里应该就可以结尾了。从这个意义上来看，我们可以说故事结束了。然而故事并未结束。老奶奶被杀了，老爷爷因为不甘心而哭泣。这并不是令人满意的结局。这时兔子来了，问老爷爷为什么哭，并且要帮老爷爷报仇。也就是说，此时故事看起来好像暂时结束了，但是因为缺少了一些情节，为了弥补欠缺而插入一个情节。这样一想，音乐也有与此相似的"假终止"形式。

下面这首曲子是沃尔夫冈·阿玛多伊斯·莫扎特在幼年时期创作的第二首作品《小步舞曲》（谱例⑧）。箭头的音是第六音，不属于主三和弦。因为这个音还未解决（还有欠缺），所以没有达到属音（上属音）→主音（主音和弦）的完全的终止，变成了假终止。而后再次从主音开始，到下属音→上属音→主音，形成一个完全的终止过程。如果将这部分运用到民间故事上，就相当于接连出现下一个情节。

这是一种作曲技法，但可以看出，在民间故事的讲述方法中，两个情节的连接部分也使用了这种技法，所以我们也可以称它为情节连接技法。

谱例⑧　莫扎特 小步舞曲（K.2）

因为这个箭头的音还没有解决,所以变成了没有完全结束的"假终止"。

8. 民间故事的结束方式

民间故事拥有一种力学关系,即在故事结尾,故事情节经历波澜万丈后趋向稳定。各种各样的故事发展最终导致主人公在最后陷入十分艰难的境地,然后困难得到解决,故事在有惊无险中平稳结束。

例如,在格林童话《青蛙王子》(「蛙の王さま」)中,青蛙从泉水中捡到了金球,而公主却忘了约定,不愿意和青蛙一起吃饭,于是回到了自己的房间。公主想要躺在床上休息的时候,青蛙说让它也躺在床上。忍无可忍的公主把青蛙狠狠地摔在墙上,而这时从墙上掉下来的不是青蛙,而是英俊的王子。青蛙要求让它也上床的时候,公主根本无法接受。也就是说,此处应当发生一些事件。而这个事件,毫无疑问是一场风波。公主把青蛙扔到了墙上。公主这一破坏性行为以及被摔到墙上的青蛙实际上与青蛙的救赎有关。也就是说,是波澜→安定的力学在发挥着作用。

在《白雪公主》中,第三次被毒苹果害死的白雪公主并没有复活。然而与生前相比,她的美貌未曾改变,这在故事发展中属于不沉稳的情况。如果白雪公主死了，那就应该是呈现死人的状态，相反，如果保持着美貌，那就是没有死。在《白雪公主》的故事里，白雪公主虽然死了，但和生前相比，她的美貌没有丝毫改变，这种不稳定的情况以及风波需要得到解决。解决方法完全是偶然发生的。王子让仆人们抬着装在玻璃棺材里的白雪公主下山的时候，仆人的脚被树桩绊倒，棺材咣当一摇晃，卡在白雪公主喉咙里的毒苹果也随之吐了出来。白雪公主重获新生。无论是《青蛙王子》还是《白雪公主》，都是在发生波折的情况下寻求解决方法。也就是说，故事中隐藏着寻求解决方法的力量。

日本民间故事也是如此，例如，在《猴女婿》(「猿婿」)中，小女儿嫁给了一只帮父亲在田里除草的猴子。然而，一个成为猴妻的姑娘，或者即将成为猴妻的姑娘，处于一种不稳定的状况。此处也存在寻求解决方法的力量。

在《三张护身符》(「三枚のお札」)中，小和尚去山上取某样东西时迷了路，住在了鬼婆婆家里。他虽然用护身符逃脱了，但被鬼婆婆追赶。此处要求小和尚以某种方式得救。可以说这也是一种寻求解决方法的力量。

在《赶马人和山妖》(「馬方山姥」)中，赶马人被山妖追赶，山妖吃了赶马人的鱼和马。最后赶马人在山中的一间小屋向山妖反击，逃过了一劫。也就是说，走投无路的马夫在以某种方式寻找解决办法。

在民间故事中，这种寻求解决方法的力量非常强大，以至于让我想起了音乐中运用上导音以及下导音的解决。(谱例⑨)

在音乐中，主音（主音和弦）的终止之前需要一个属音（上属和音）。这个属音的第三音具有想要移动到下一个主音的属性。换句话说，它在 Do-Re-Mi-Fa 音阶中，对应于 Si 这个音。这个 Si 寻求向 Do 上升并稳定下来。如果加入属音第七音的 Fa（seven），则 Fa 要朝向低半音的 Mi 寻求解决。也就是说，在属音里加入第七音的和弦包括了 Si 上导音和下导音 Fa，通过这两个导音来走向解决。

我们可以认为，民间故事中这种寻求解决的力量与和声学中的上导音、下导音这种寻求解决的半音具有几乎相同的力量。

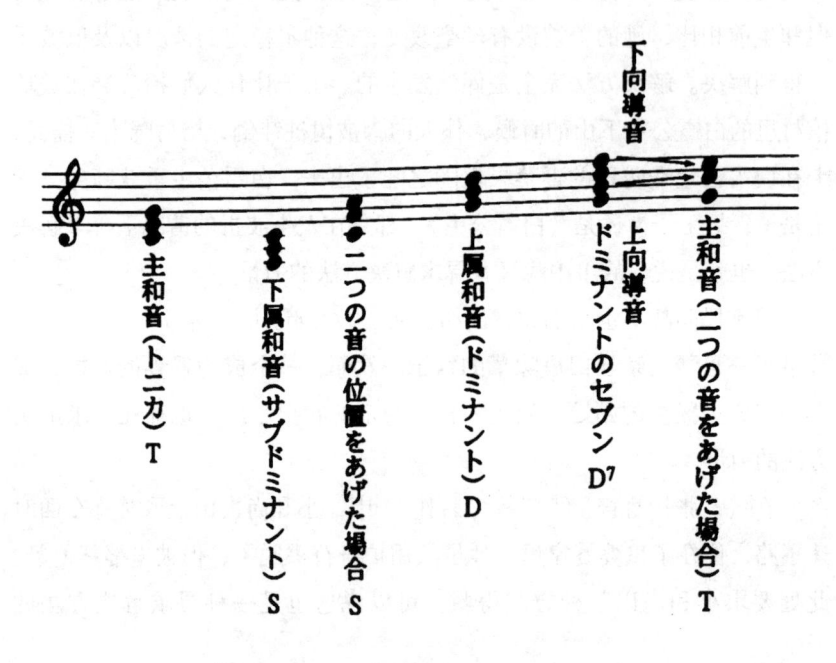

主和音（トニカ）T　下属和音（サブドミナント）S　二つの音の位置をあげた場合 S　上属和音（ドミナント）D　上向导音　ドミナントのセブン D⁷　下向导音　主和音（二つの音をあげた場合）T

谱例⑨　和音的终止功能

9. 日本民间故事的特殊终止式

  从终止形的观点来看，某些日本民间故事具有特殊形式。例如在《鹤妻》(「鶴女房」)中，妻子要求丈夫不准偷看自己织布的房间，但丈夫还是偷看了，于是妻子变成仙鹤离开了丈夫的身边。丈夫只是目送着妻子离开，故事到此就结束了。在欧洲的民间故事研究者看来，这则故事并没有完全结束。他们感到故事硬生生地中断了。欧洲民间故事研究者这么想自有他们的理由。在欧洲的民间故事中，如果主人公触犯了禁忌，同伴就会离开主人公，而后主人公独自一人去太阳的东边或者月亮的西边寻找已经离开的同伴。故事由此讲述主人公漫长的旅途。因此，像"鹤妻"中主人公触犯禁忌变成孤身一人的场景，就是前文"7. 似终非终的讲述方式"所述的"假终止"的形式。所谓假终止，应具有引出下一个情节的力量。因为故事中有失去妻子这一欠缺。尽管如此，日本《鹤妻》故事还是在此就结束了。

然而，当日本人听到或读到《鹤妻》时，却感觉不到故事的中断。我认为日本人对本国民间故事的结束有一种特殊的感觉。也就是说，即使故事存在欠缺，仍然可以结束。即没有解决故事的欠缺就结束。这一点在精神层面可能有多种解释，不过，我在此想从作为时间性艺术的民间故事的样式这一侧面来思考。

可以说，这种结束方式寻求解决的力量是微弱的。也就是说，如果有强烈的寻求解决的力量，主人公就不会就此放弃，而是从此踏上漫长的探索之旅。但是，不这么做就可以结束一则故事，说明日本人并没有意识到寻求解决问题的必要性。寻求解决的力量，用音乐举例来说就是，不将上导音与下导音作为可以结束音乐的一种造型手法，这是日本民间故事的一大特点。

其实我认为民间故事的这种结束方式和日本童谣的结束方式非常相似（谱例⑩）。在日本童谣中，没有西方和声学的上导音和下导音，多以全音向上结束。在前述例子中可以看到，日本童谣在结束前几乎不需要半音，而是以全音向上而结束。

从西方人的角度来看，这并没有结束的感觉。从西方人的下属音、上属音、主音的音乐结束方式来看，也并没有结束的感觉。但是，日本人自古以来就习惯了这种童谣展现出的音乐结束方式。这种感觉和民间故事中不寻求解决就结束的感觉极其相似。

这样的结束方式不仅在《鹤妻》中可见，在日本民间故事中的《鱼妻》(「魚女房」)、《蛙妻》(「蛙女房」) 中也有体现。因此，可以模仿欧洲民间故事创造以下这些有趣的故事。

男子在山里发现了一只受伤的鹤，于是男子照顾了它。到了晚上，一位陌生的姑娘来找他，说要留宿，男子同意了。姑娘就这

212 | 民间故事诗学

堅雪かんこ（弘前地方）

梅か桜か（奈良）

谱例⑩　日本的童谣

日本童谣大多在终止前不需要半音，以全音向上结束。

（出自《童谣——日本民间童谣》[『わらべうた—日本の伝承童謡—』] 町田义明・浅野建二编，岩波书店出版）

样住了下来,并成了他的妻子。有一天,姑娘想织布。她叮嘱丈夫千万不要偷看,然后走进了织布的房间。

丈夫偷看后,发现一只鹤正在织布。妻子走出房间说了句:"你偷看我织布了吧,既然被你看到了我的真面目,那我便不能留于此地了。"说完,妻子变成鹤飞走了,留下男子孤身一人。(假终止)

男子在山里走着走着,在小河边发现有一条鱼跳上了岸,十分痛苦,于是就把它放回了小河里。到了晚上,一位陌生的姑娘来找他,说要留宿。姑娘就这样住了下来,并成了他的妻子。从那以后,妻子常给他做美味的酱汤,男子过的非常惬意。然而,有一天,他突然觉得很不可思议:"家里这么穷,为什么妻子总是能做出那么好喝的酱汤呢?"于是他假装出门,偷看妻子的所作所为。妻子送走丈夫后,跨在锅上撒尿。男子见状,大怒:"居然让我喝那种东西!"傍晚,他装作不知情的样子回到了家。然后对妻子说:"承蒙您这么长时间的照顾,我还是一个人过比较好,请您离开吧。"于是妻子说:"你看到了我的真面目了吧,既然如此,那我便不能留于此地了。"然后妻子变成鱼离开了。留下男子孤身一人。(假终止)

男子在山里走着走着,发现了一只快要被蛇吞掉的青蛙。男人打走蛇救下了青蛙,到了晚上,一位陌生的姑娘来找他,说要留宿,男子同意了……

通过这种方式,我们可以接着写出许多以男子变为孤身一人为结尾的故事。即故事回到了起始点而结束,没有明确的终止功能。因此,如果不在某个情节停止的话,故事就会无限发展下去。当然,这样的民间故事实际上是不存在的。只是在理论上具有可行性。然而,与欧洲的大多数童话故事不同,日本民间故事的特征就体现在这里。

如下图所示:

```
        ⌒
       ╱ ╲
      │   │
       ╲ ╱↙
        •
       开 结
       端 局
```

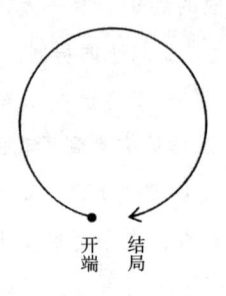

从这张图中可以看出许多日本民间故事的特性。虽然其特性与音乐性不完全相同，但是由于两者密切相关，所以我想稍微涉及一些内容。

故事开头孤身一人的主人公，到了结尾又变成了一个人，故事看似结束，其实并未结束，这叫作假终止。这和欧洲民间故事中常见的以结婚收场的幸福结局截然不同。在欧洲的民间故事中，这种类型的故事叫作"积极向上的人生经历"（吕蒂），而日本的民间故事则不然，应该称其为回归型故事。因此才有可能变成前面提到的有趣的故事。所以，与其说这样的结束方式是故事的终止式，不如说是具有连接功能，能够连接下一则故事。

这里连接功能的特点是主角变为孤身一人。孤身一人意味着主人公没有同伴，是一种欠缺状态。当故事出现欠缺时，就会产生填补的力量，从而带出下一则故事。这种情况在上述的《咔嗤咔嗤山》中也能看到。老婆婆被狸杀死，老爷爷独自哭泣。这时兔子出现了要帮他报仇。换言之，就是连接起一个个故事，形成《咔嗤咔嗤山》这一完整的故事。

在《鹤妻》和《鱼妻》中，当男子变为孤身一人的时候，故事就结束了，如果想继续的话，可以像前面提到的有趣的故事一样，是可以连接下一个故事的。因此，在欧洲的研究者看来："故事并没有结束，只是中断了。"这种故事结构与以结婚为结局的"积极向上的人生经历"完全不同。

那么，在以回到起点而结束的回归型民间故事中，回到起点的这段时间在讲述什么呢？其实讲述的是在很短的时间段内或者是短时间内发生的事情。

无论是《鹤妻》还是《鱼妻》，结婚期间让人觉得很短。更不用说像《山寺的妖怪》(「ていりゅうこぶし」)这样的回归型妖怪故事，通常只是一夜之间发生的事情。即使是《不能看的房间》(「みるなのくら」)那样的山野游历他乡的故事也是在较短期间发生的。欧洲的研究者认为"日本的民间故事由单一主题组成"或"日本民间故事内容很短"。通过分析可知，这是因为日本民间故事大多是发生在一夜之间或一段时间的回归型故事。

那么日本民间故事的主人公在那一晚或那段时间里经历了什么？这属于日本民间故事的特质论，虽与民间故事的音乐性相去甚远，但是十分有趣，所以我将简单地谈一谈。

在《鹤妻》中，男子与鹤结婚生活，最后因为违反了"请保证绝不看我织布"的禁令，妻子变成鹤离开了。此处，在与人类的日常世界不同的异次元世界中，人类与异类产生婚姻结合与离别。《鱼妻》和《蛙妻》也是如此。

在《山寺的妖怪》中，主人公通过猜测来路不明的妖怪的身份来将其击退。可以说是与异界物种之间的战斗与胜利。在《不能看的房间》中，男子在山中迷了路，一户人家的女子招待了他，但最后男子违反了"千万不要看第十二个房间"的禁令。因此，房间和屋子都消失了。主人公进入彼岸世界，虽然和异界结下了和睦的关系，但却因为违反禁令而分别。

这样看来，可以说主人公在从开端到结局的回归型故事中所体验到的是与异世界之间的某种联系。可以是婚姻，可以是平静的生活，也可以是妖怪来袭。最后以触犯禁令或击退妖怪的形式迎来故事的结局。虽然不是全部，但是日本民间故事的很多故事类型都有这种结构。在欧洲的研究者看来，这种日本民间故事与欧洲的传说很相似。

下一个问题是"为什么日本民间故事中存在很多这样的结构呢？"

然而这越来越脱离民间故事的音乐性这一主旨，因此请参考其他书籍[61]。

10. 讲故事的节奏

如今，对大多数人来说，民间故事都是写在书里或绘本里的。因此，所有的语言都是印刷好的，语句与语句相连，或者用标点符号分开。我们用眼睛读的时候，每一个词语、每一个音节都以同样的方式进入我们的视线，如果词与词之间没有间隔而直接相连，就继续阅读，如果有标点符号，就停顿一下再阅读。不过，幸运的是，日本生活着传统民间故事的讲述者，我们可以直接从他们那里听到传统民间故事。我们这些调查人员把耳朵听到的民间故事转录成文字，全部印刷出来。然而，实际上用耳朵听到声音中的民间故事和印刷出来的民间故事在节奏或动态性上是不同的。

无论是为了理解民间故事，还是在用普通话讲述民间故事的时候，都有必要将这个传到耳朵里的声音中的民间故事在脑海中形成一定形象。本书附有民间故事音频资料的光盘。（译按：音频资料因涉及版权问题，译本中没有附带。）这张光盘收录的第二则故事是《捉大雁的老爷爷》（「上の爺と下の爺のどっこかけ」，也译作《上田爷爷和下田爷爷》），由来自岩手县远野市的铃木佐津讲述。请各位一定要多听几遍。然后，在此基础上，请大家一边阅读、一边倾听收录在《铃木佐津民间故事全集》（『鈴木サツ全昔話集』）中这则故事。（转录于本书 241 页）这样一来，想必各位就能清楚地理解印刷体民间故事和声音中的民间故事的区别了。明确意识到这一点，不仅是阅读佐津讲述的民间故事，对阅读佐津以外的人讲述的民间故事也是非常重要的。

在此，我想稍微具体分析一下佐津讲故事时的音乐性。首先，请大家阅读这则民间故事的印刷版。

---

[61] 关于日本民间故事的特质，参见另一本书《民间故事的宇宙学——人与动物的婚姻谭》（小泽著，讲谈社学术文库，讲谈社 1994 年出版）。

捉大雁的老爷爷

很久很久以前,在某个地方,住着一位上田爷爷和一位下田爷爷。两人经常在同样的地方放置鱼篓。

有一次,上田爷爷把自己的鱼篓拉起来,发现里面有很多树棍,他说:"怎么都是树棍",说完就把它们扔掉了。接着,上田爷爷看向下田爷爷的鱼篓,发现里面有很多小鱼。于是,上田爷爷把小鱼从下田爷爷的鱼篓里全部取出来装进了自己的鱼篓里,把刚才扔掉的树棍放在了下田爷爷的鱼篓里。……

接下来我们用光盘听一下这个部分就会明白,开头的"很久很久以前,在某个地方,住着一位上田爷爷和一位下田爷爷"这两行话,佐津说得很有节奏:"很久……很久以前啊,在……某个地方,住着一位上田爷爷和一位下田爷爷。"

大家在光盘里听到的佐津讲述这两行话的声音节奏,特别是开头句"很久……很久以前啊"的节奏,其实是指挥家斋藤秀雄曾经传授给年轻音乐家的基础节奏。根据斋藤秀雄的分析,音乐的基础节奏和橡皮球掉在地上时弹起的节奏是一样的。如下图所示:

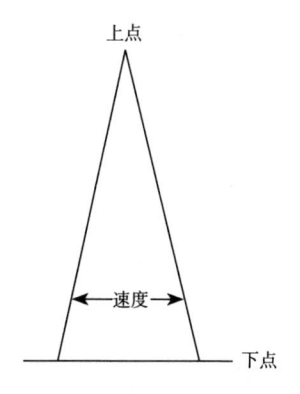

底部的水平线是地板。圆锥形的顶点是橡皮球弹起并向上翻转开始下落的点,这个点称为上点。橡皮球击中下方水平线时速度最快。击中

水平线的这个点称为下点。在上图中,圆锥体的宽度表示球的下落速度。即它在触及水平线时达到最大速度。在那个瞬间,球开始翻转,然后在减速的同时向上移动。当速度为零的时候橡皮球开始下落。这个节奏恰恰是音乐中最自然而然的节奏。因此,音乐指挥必须通过手腕的动作将橡皮球弹起落下的节奏演示出来。师从斋藤秀雄[62]的那些年轻指挥家们最先学习的就是手腕的动作,必须和橡皮球那样弹跳的速度一样。并且,当橡皮球落地的那一瞬间,也就是被称为下点的地方,精准地演示出下点是指挥家的指挥技巧中最重要的部分。

铃木佐津讲故事的开头就是这样的节奏。请大家听听本书的 CD 中收录的两则故事的开头处,佐津一直都用这个节奏。此外,在第二行的"很久很久以前,在某个地方,住着一位上田爷爷和一位下田爷爷"这句话中的"在某个地方",在佐津的讲述中就变成了"在……某个地方",中间出现了停顿。佐津就是这样来控制讲故事的节奏的。

像这样仔细聆听佐津讲故事,其讲述中蕴藏着印成铅字的文章所不具备的节奏。这就是声音中的故事具备的音乐性。

(侯冬梅译、刘玮莹审校)

---

[62] 斋藤秀雄:さいとうひでお(1902—1974) 大提琴演奏家、指挥家。桐朋学园大学创始人之一。研究指挥方法并确立了独自的指挥理论。培养了很多指挥家。现在松本市每年举办的"斋藤·纪念·松本音乐节"就是献给这位斋藤先生的。

第六章 民间故事法则研究
——为了民间故事的未来

一、民间故事的内部研究

从序章及第三章的论述来看，民间故事的民俗学研究、日本文学研究、民俗宗教学研究，已成为日本民间故事研究史的中心。柳田国男与关敬吾两位先贤率先开创了这一研究方法，并为后世学者所继承并应用。民间故事在民俗中被传承，与日本文学有着深刻关联，同时还带有种种强烈的民间信仰色彩，因此这样的研究方法是自然的，也取得了很大的成就。

近年来，文化人类学研究与人类心理学研究亦在不断取得显著进展。然而，我认为，就民间故事而言，必须推动其作为叙事的文艺性质的研究。特别是，在口头形式的传承走向衰落或已经消失的民族中，考虑到民间故事对于儿童与青少年的重要性，民间故事的内部研究，换言之，民间故事的文艺性质的研究，都必须被重视起来。

1. 结构论

研究文艺性质，主要有三种方法。在第三章前半部分的"民间故事内部研究"中，我已做过简要说明，这里会进一步详细阐述。

其一是民间故事结构的研究。该研究源自 1928 年苏联学者弗拉基米尔·普罗普[63]发表的《故事形态学》。但由于当时苏联政府的打压和他仅用俄语发表作品，以致欧美社会在很长一段时间内对他的了解非常有限。直到 1958 年，该书被翻译成意大利语、法语、德语和英语，才引起西德民间故事研究者的广泛关注并得到高度评价。

普罗普从故事各部分的"功能"角度出发，对被誉为"俄罗斯格林"的亚历山大·阿法纳西耶夫[64]所著《俄罗斯童话》中的魔法故事进行了分析，并确定了 31 个基本功能。以下是根据值得信赖的日文译本《故事形态学》[65]（译者：北冈诚司、福田美智代）摘录的功能列表：

（1）某位家庭成员离家外出［外出］

（2）主人公受到禁令［禁令］

（3）打破禁令［违禁］

（4）敌人尝试获取信息［试探］

（5）敌人得知受害者信息［消息泄露］

（6）敌人通过欺骗手段获取财产［欺骗］

（7）受害者不知不觉中帮助了敌人［帮助］

（8）敌人伤害了某位家庭成员［加害］

---

[63] 弗拉基米尔·普罗普：Vladimir Propp（1895—1970），苏联民俗学家。列宁格勒大学教授。主要著作有《故事形态学》（1928 年）、《神奇故事的历史根源》（1946 年）、《俄罗斯史诗》（1955 年）、《俄罗斯农民的节日》（1963 年）、《口承文学与现实》（1976 年）、《俄罗斯民间故事》（1984 年）等。《故事形态学》发表时，正值苏联掀起肃清红色风暴的时期，先锋艺术在俄罗斯受到严格控制，一批在俄罗斯文学研究史上被称为形式主义者的文学理论家，或被转向，或被驱逐。因此，民间故事的结构分析这一新的文学研究方法在苏联国内完全没有受到关注。20 世纪 50 年代末，它因与法国列维-斯特劳斯的结构主义神话理论相关而受到西方学者的关注。除了《故事形态学》之外，普罗普被翻译成日文的著作还有《口承文学与现实》（斋藤君子译，三弥井书店 1978 年出版）、《神奇故事的历史根源》（斋藤君子译，せりか书房 1983 年出版）、《俄罗斯民间故事》（斋藤君子译，せりか书房 1986 年出版）等。

[64] 亚历山大·阿法纳西耶夫：Alexander Afanasiev（1826—1871）沙俄时期的俄罗斯档案馆馆员、俄罗斯地理学会会员。后来被怀疑与革命势力有关系而失职。从 1855 年到 1863 年，共分八卷出版了民间故事（640 篇）、动物民间故事和社会民间故事。阿法纳西耶夫的俄罗斯民间故事相关著作的日文译本有《阿法纳西耶夫俄罗斯民间故事集》（两卷本，中村喜和编译，岩波文库，岩波书店 1987 年出版）。

[65]《民间故事形态学》：弗拉基米尔·普罗普著，北冈诚司、福田美智代译（水声社 1987 年出版）。

（8-a）某位家庭成员缺少或需要某物［缺欠］

（9）主人公得知被害或缺欠，接到请求或命令，被派遣或允许出征［中介］［承续］

（10）主人公同意或决定开始反抗［展开对抗］

（11）主人公离家外出［外出］

（12）赠予者考验、测试、攻击主人公，为得到法器、帮手做铺垫［赠予者功能］

（13）主人公对赠予者的行为做出反应［主人公反应］

（14）主人公获得法器（或帮手）［获得法器］

（15）主人公被带到、送到、引导到寻找对象的所在地［越境的空间移动］

（16）主人公与敌人直接战斗［战斗］

（17）主人公被标识［标识］

（18）敌人败北［胜利］

（19）最初的不幸、灾难或缺欠被消解［不幸或者缺欠的消解］

（20）主人公踏上归途［踏上归途］

（21）主人公被追踪［追踪］

（22）主人公从追踪中得救［得救］

（23）主人公没有意识到被追踪，平安到达家乡或他国［到达］

（24）假主人公提出不正当要求［不正当要求］

（25）给主人公出难题［难题］

（26）难题得到解决［解决难题］

（27）主人公被发现、认出［发现认出］

（28）假主人公或敌人（加害者）真相暴露［真相暴露］

（29）主人公被赋予新貌［变身］

（30）敌人受到处罚［处罚］

（31）主人公结婚、登上王位［结婚］

普罗普归纳的以上31种功能，相当具体地把握住了民间故事的各种母题，同时清楚地讲明了各种母题的内容。

与此相对应，美国阿兰·邓迪斯[66]在1964年发表的文章《北美印第安民话[67]的结构类型学》(The Morphology of North American Indian Folktales)，从结构的视角分析了北美印第安人的民间故事，这比普罗普所说的"功能"更抽象。他将各种母题对故事整体所发挥的作用进行了抽象和概括，因此其数量也减少了许多。

根据该著述的日语译本《民话的结构》[68]（池上嘉彦等译『民話の構造：アメリカ・インディアンの民話の形態論』，大修館书店刊印，1980年），邓迪斯通过对北美印第安民话的分析，认定了存在如下的母题素序列，即"欠缺/欠缺的消解"这两个核心的母题素序列，而这两个母题素之间又夹杂着（1）任务（或考验）与任务的完成、（2）禁令与违禁、（3）欺骗与成功等三对、六个母题素。

邓迪斯的分析结果认为北美印第安民话符合四对、八个母题素组合。实际上还应加上"结局/逃脱的考验"这两个母题素才能构成民间故事。进而，邓迪斯最终得出以下三对结论（简要引证如下）：

> 所谓四个母题素序列，是指禁令/违禁/结局/逃脱的考验。

由四个母题素形成的另外的序列是欠缺/欺骗/成功/欠缺的消解。

六个母题素的组合与这四个序列相关联，并且情况更为复杂。

---

[66] 阿兰·邓迪斯：Alan Dundes（1934— ），美国文化人类学家、民俗学家。1978年起任加州大学伯克利分校民俗学教授。美国结构主义民俗学的代表人物。其研究范围广泛，涉及信仰、世界形象、神话、传说、短篇小说、谚语、谜语、习俗、色情民俗、都市民俗学、劳动者民俗学、圣经文学等多方面。其主要研究领域是精神分析学阐释和形态学研究。他在其学位论文《北美印第安民话的结构类型学》（1964年，FFC 195，日文译本《民话的结构》）中，发展了苏联弗拉基米尔·普罗普的方法，通过将普罗普的"功能"重命名为"母题素"（Motifeme），提高了功能的抽象度，拓展了结构分析法的实践可能性。

[67] 北美印第安民话：参见注释3"童话以及民间故事"的注释，以及"民间故事"的后半部分。

[68] 引自阿兰·邓迪斯著、池上嘉彦等译的《民话的结构》（大修館书店1980年出版）。

这里存在着许多顺序，欠缺／欠缺的消解／禁令／违禁／结局／尝试逃脱等许多序列已经得到了确认，这样的序列与希腊的奥尔菲乌斯神话相同。

普罗普在相当具体的层面用概念这一词汇进行了总结，阿兰·邓迪斯将这一总结更加抽象化，提出了十个母题素的概念。

在此之外，法国、以色列的研究者们在结构分析领域的研究也更加趋于精密。在20世纪70年代的国际口传文艺学会上，结构主义极尽鼎盛，现在则完全销声匿迹了。然而，我认为，普罗普的功能理论、邓迪斯的母题素理论在民间故事分析中发挥着重要作用，对研究大有裨益。

2. 母题论

另外，在民间故事文艺性质的研究中，还有对母题本身的研究。

母题的概念在尚未被欧洲的研究者们确定的情况下使用至今。对此，美国的斯蒂·汤普森[69]在《世界民间故事类型学》(『民間説話』)[70]一书中尝试对此进行定义（日文原文引用自石原绥代、荒木博之译本）：

> 一种类型是一个独立存在的传统故事，可以把它作为完整的叙

---

[69] 斯蒂·汤普森：Stith Thompson（1885—1976）美国民俗学家。他通过论文《北美印第安民话中的欧洲元素及其平行关系》获得学位。1921年起任印第安纳大学英国文学副教授。彼时民俗学仅作为英国文学系的一个部门存在，但汤普森致力于使民俗学独立出来。1941年，他成为英国文学和民俗学教授，1949年，民俗学成为一个独立的学科，设有硕士和博士课程。汤普森为美国民俗学的建设做出了巨大贡献。作为学位论文的延伸，他尝试将印第安民话纳入分类中，这引起了芬兰的卡尔·克朗的注意，他建议扩充安提·阿尔内的《民间故事类型索引》并将其翻译成英文。该项成果于1928年完成并作为《民间故事类型》出版。从1932年至1936年，汤普森出版了《民间文学母题索引》共六卷。该著作于1955年至1958年经过修订增补，至今仍在使用。1961年，汤普森对《民间故事类型》也进行了修订和增补，成为当今世界研究人员通用的"阿尔内—汤普森'民间故事类型'"（通常缩写为AT或AaTh）。汤普森于1942年在印第安纳大学召开了美国民俗学夏季研讨会，该会议一直持续定期召开，为美国民俗学研究人员的培养做出了巨大贡献。

[70]《世界民间故事类型学》(『民間説話』)：斯蒂·汤普森著，石原绥代、荒木博之译（社会思想文库，社会思想社1977年出版）。

事作品来讲述，其意义不依赖于其他任何故事。当然它也可能偶然地与另一个故事合在一起讲，但它能够单独出现这个事实，是它的独立性的证明。组成它的可以仅仅是一个母题，也可以是多个母题。大多数动物故事、笑话和轶事是只含一个母题的类型。标准的幻想故事（如《灰姑娘》或《白雪公主》）则是包含了许多母题的类型。

一个母题是一个故事中最小的、能够持续出现在传统中的成分。要如此它就必须具有某种不寻常的和动人的力量。绝大多数母题分为三类。其一是一个故事中的角色——众神，或非凡的动物，或巫婆、妖魔、神仙之类的生灵，要么甚至是传统的人物角色，如像受人怜爱的最年幼的孩子，或残忍的后母。第二类母题涉及情节的某种背景——魔术器物、不寻常的习俗、奇特的信仰，如此等等。第三类母题是那些单一的事件，它们囊括了绝大多数母题。正是这一类母题可以独立存在，因此也可以用于真正的故事类型。显然，为数最多的传统故事类型是由这些单一的母题构成的。（[美]斯蒂·汤普森：《世界民间故事类型学》，上海：上海文艺出版社，1991年，第499页）

汤普森在这里将母题的三种类型加以阐述，并在这一思考的基础上编著了《民间文学母题索引》[71]（*Motif-Index of Folk-Literature*）全六卷。

---

[71]《民间文学母题索引》：*Motif-Index of Folk-Literature*，美国印第安纳大学教授斯蒂·汤普森创作的世界规模的母题索引，共5卷，索引1卷。修订版的序言被认为撰写于1955年。其副标题是"民间故事、史诗、神话、寓言、中世纪传奇、说教集、法国短篇小说、美国笑话、地方传说的故事要素分类"。正如副标题所示，该索引不仅对民间文学，还对出现在广义上的口承文学中的所有"故事要素"进行了分类。但由于该索引将其统称为"母题"，因而在探讨"民间故事母题"时，反而引起了混乱。在这个索引中，所有的"故事要素"都被编号整理。实例在"B 动物"条目下列出：

"B 143 先知的鸟。B 143.0.1 作为先知的鸟的天鹅。B 143.0.2 作为先知的鸟的喜鹊。B 143.0.3 作为先知的鸟的猫头鹰。……B 143.0.8 作为先知的鸟的乌鸦。B 143.0.8.1 乌鸦告知主人公来到了异界。"

如上所示，天鹅和猫头鹰等被标注了号码，呈现出故事人物的索引序列。因而此六卷作为"故事要素索引"，而不是"母题索引"来使用更为合适。

该书完全收录了以上所说的第一、第二种意义上的母题。因此，与其说该书是一个母题索引，不如说是涵盖了故事所有要素的索引。也就是说，在该书之中连鸟的羽毛的颜色等之类的信息要素都被编码收录了。

我探讨了欧洲研究者们在各种著作中是如何使用母题这一概念的，得出了如下结论，即我大体上感觉他们之间似乎有一个共识，认为"（母题是）一个（独立）事件"。因此，我在《日本民间故事通观》（『日本昔話通観』）的资料篇中尝试用母题分析法对各个典型的民间故事进行分析，提出了"母题的结构"。然后，在母题分析的基础之上，我在"编辑方针"的"十、A"中提出了母题这一概念的内涵。

十、母题的分析与比较研究
　　A. 母题是指构成一个故事的主要角色的主要行为以及包含与之直接对应行为的单元。

主要角色的主要行为以及包含与之直接对应行为的单元，相当于汤普森第三种意义中所提出的单一事件，即能够独立存在的事件。

麦克斯·吕蒂在1975年发表的《民间故事：美学与人物形象》一书中，专门在一个章节中讲述了母题及其下属概念"特征"（英语"feature"）。因为吕蒂的研究目的是探究母题与特征在民间故事的美的形成过程中发挥了什么样的作用，所以并没有拘泥于母题的定义。尽管如此，还是从大体上把握了母题的概念，吕蒂论述道：

　　母题和特征赋予了童话以生命、力量与色彩，那些在故事中发挥重要作用的抑或说在其中闪闪发光的主题，赋予了童话以价值和意义。
　　我们已经知道非常多的母题和特征。它们有的广为人知，有的并非如此。广为人知的：逃到小矮人或猎人的家里为他们做家务的漂亮姑娘；由于害怕魔法鸟偷取果实而必须时刻保持警惕的金苹果树；去营救因自己而被施了魔法的哥哥的妹妹等。还有那些并非广为人知的，如：最初，在马棚的门口处聊天，不久口干舌燥，最后陷入沉默的唾液；无缘无故对受绞刑的五十个人每天用鞭子抽打五十次的"魔术师"；用果汁糖浆粘住母鸡爪子的陡峭玻璃桥；梳头生花，走路生花，口吐玫瑰等礼物，诸如此类。

　　这是一些我想到并列举出来的例子，它们让我回想起至今为止的观察过程，并确认新的事物。

　　换言之，将其特别称为"童话的母题"，主要是因为它带有魔法童话特征的、奇迹的、非现实的、符号化的故事梗概的内核，或者是，如同白雪公主在七个小矮人家里逗留和做家务一样，故事梗概的内核和那些出现在很多不同童话中的模式相对应。这样的母题，自身就有一种很强的影响力，还能被编织进很多种故事中。它们变化万千、五彩纷呈、形态各异，形成了童话诙谐游戏的出发点。（《民间故事：美学与人物形象》pp.250-251）

　　母题概念与特征概念之间的界限是变动的。就像用果汁糖浆将骨头粘在玻璃桥上，它并不属于母题层面，而是母题的一部分，也可以说它是一个特征。

　　这里吕蒂提到的"故事的核心线索"，是汤普森所说的第三种意义上的母题，也就是我在编辑方针中对母题所做的定义。

　　我认为在民间故事的文艺性质研究中，母题研究[72]具有重要意义。例如，虽然谁都知道《咔嚓咔嚓山》（「かちかち山」）这个故事类型，但就学术研究而言，什么样的母题如何渗透在《咔嚓咔嚓山》中，才是大问题。由此来看，需要进行更广泛的故事类型研究。反过来说，做故事类型研究的同时必须进行母题研究。母题研究和故事类型研究，是民间

---

[72] 母题研究：参考《日本民间故事通观》资料篇典型故事全集中附带的"母题构成"。另见《母题论》（小泽著，《口承文学研究》第9期，日本口承文学学会1986年出版）。

故事研究中最基础的、最重要的部分。

在民间故事的绘本改编和再创作中,母题研究同样重要。因为某些故事类型在改编成绘本和再创作的时候,通过对母题原本的追索既可以防止加入无关母题也可以防止遗漏重要的母题。我认为在今后民间故事的传承中,母题研究是必不可少且至关重要的研究。

3. 法则论

阐述了结构论与母题论的重要性之后,在民间故事文艺性质的研究中,我认为还有一个重要的支柱就是故事法则的研究。法则包括叙事法则、语调以及整个叙事结构。或许也可以称其为对文艺性质本身的研究。我们需要思考为什么现在需要进行这样的研究。就像我前面所讲的那样,除民俗学研究、民俗宗教学研究之外,与民间故事相关的其他研究都得到了极大的发展,按道理来讲,法则研究早就应该开始了。然而,如第三章所述,只有20世纪初叶的阿克塞尔·奥利克(Axel Olrik, 1864—1917)、罗伯特·佩奇(Robert Petsch, 1875—1945)等对此做出了努力。

民间故事的传承依赖于无数默默无闻的讲述者,而不仅仅是特别有名的故事家。因此,民间故事法则的研究方法就像捕风捉影一样难以把握。真正的、精细的研究,有赖于麦克斯·吕蒂的《欧洲民间故事:形式与本质》一书。受它的启发,我在日本民间故事中也找到了吕蒂所说的叙事法则。

我认为民间故事研究,除民俗学、民俗宗教学等学术领域之外,今后还需进一步深入故事法则的研究。其理由是,民间故事作为口头传承的文艺形式,是人类创造的宝贵文化财富;而且,一旦口头传承衰弱、消失后,人类将永远失去它们。

现在,民间故事的口头传承在世界范围内正走向最后阶段。即使有些民族还存在口头传承,但在当今信息传递方法不断进步和普及的情况下,也面临着急速走向衰微的危机。日本也不例外。步入这样一个阶段,为了现今民间故事的传承,故事法则研究是很重要的。

民间故事的口头传承形式只在一定范围内发生变化。口头讲述在听众以耳相闻的过程中，如果过于复杂详细而超越某种程度，也就超越了凭耳听能够理解的限度。德国沃尔特·安德森[73]提倡的"自我修正法则"，在欧洲的研究者中已经成为公认的常识——这个法则就是：民间故事一旦被收编成书就变成了复杂的"文章"，加入了详细的描写，民间故事的整体也因此变长了。可是，当讲述者口头讲述这个故事时，之初的"文章"就变得简单，详细描写会被弱化甚至舍弃。这就是所谓的"自我修正法则"。语言学家罗曼·雅各布森[74]则用"听众的预先审查"来表达上述的意义：如果讲述者的讲述过于复杂，再加入详细的描写和说明，听者就会厌烦以致昏昏欲睡。

只要民间故事还在口耳相传，"自我修正""审查"的功能就会发挥作用。然而，随着口头传承的衰弱，民间故事作为绘本和改编本的形式

---

[73] 沃尔特·安德森：Walter Anderson（1885—1962），德国民间故事研究者。曾在柯尼斯堡和基尔大学担任比较民俗学教授。他更为精密地完善了芬兰学者安提·阿尔内等人提出的地理历史学研究方法，并在多种故事类型的研究中证明了其有效性。安德森运用该研究方法开展研究的代表作是《皇帝与修道院院长——一个笑话的历史》（1923年，FFC 42）和《老希尔德普兰特的笑话》（1931年）。安德森还因对二战后出版的中国、匈牙利、西西里岛和托斯卡纳（均为意大利地名）的民间故事索引撰写了详细的评论，以介绍给世界民间故事比较研究者而闻名。

[74] 罗曼·雅各布森：Roman Osipovich Jakobson（1896—1982），俄罗斯语言学家、文艺理论家和民俗学家。1914年，他进入莫斯科大学语言学系，作为莫斯科语言学派的一员展开研究。1920年，他移居捷克布拉格，参与创建捷克语言学社团。20世纪30年代，他在普伦大学讲授俄语语言学，但在纳粹德国入侵后逃亡，经挪威和瑞典于1941年抵达美国。1949年起在哈佛大学，1957年起在麻省理工学院讲授斯拉夫语言学和文学。他被认为是20世纪最伟大的语言学家。同时，口头传说也是他的重要研究对象。他尤为关注民间传说与文学之间的相互关系，提出了前者的素材和母题被引入创作文学的课题，以及反过来创作文学对民间传说加以影响的课题。他并不认为民间传说的起源问题是一个超越民俗学的问题，而是关注他那个时代各民族、各地区的民间传说之间有什么关系、发生了什么变化以及是否有同质部分的问题。因而他的研究逐步发展为对故事内部结构的分析。在结构分析方面，他与弗拉基米尔·普罗普有着相似的见解。另外，他在同时代相互关系这一问题上，转向了对民间传说的社会功能和与社会融合问题的研究。为了揭示他研究的全貌，他的著作全集正在等待出版。不过，在语言学研究领域，已出版了《罗曼·雅各布森选集》共三卷（《语言分析》《语言与语言学》《语学》）的日文译本。

提供给孩子们时,情况就完全不一样了。由于绘本和改编本被印刷和出售,所以讲述者无法进行自我修正,读者的预先审查也不能落实。被称为故事家的现代讲述者们也不过是记住改编本中的民间故事,然后照本宣科地进行讲述;所以自我修正并不是完全不起作用,只是很难再达到口耳相传的效果。现在的日本就处于这种现状中。

如此一来,在最初制作民间故事绘本和改编本的时候,就必须好好地把握其叙述样式问题。这也是现代故事法则研究的意义之所在。如果不能很好地从理论上把握民间故事最初是如何讲述的,就会存在出错的风险。口头传承的时代,众多讲述者们都是自幼便开始听故事,因此非常了解民间故事的语调和形式;然而,在现代,由于我们儿时没有这样的实际体验,只能通过理论来理解了。

4. 意象论

民间故事的内部研究中,还有针对构成民间故事各要素的意象研究。虽然这本应属于民间故事内部研究的一个领域,但由于它稍微偏离了故事法则的研究,这里仅简单提及一下。

比如,在民间故事中,我们针对"山"作为怎样的意象来讲述这一问题展开了相关研究。在民俗宗教学的研究中,"山"一直是重要的研究对象,例如,人们对山秉持着怎样的精神信仰、人们在山上做着怎样的修行等。我们做了很多针对诸如此类的研究,也着实取得了宝贵的研究成果。但对于民间故事的研究,我们有必要进一步从中探求"山是以怎样的意象被描述出来的?""山对整个故事整体起到什么作用?"此类研究既是民间故事内部研究的一种,也是我们今后必然要研究的领域。当然我们也将随之面临更多的课题。在民间故事中,河的意象、眼泪的意象、寺庙的意象、声音的意象都是什么?兴趣范围不断扩展,根据对日本民间故事各要素的明细阐释,我们也将更加详细地描述日本民间故事中的文艺特质,由此进一步丰富日本民间故事与外国民间故事的对比研究。

以前，我们在日本与外国民间故事比较研究中，找到二者间有相似的母题素后，研究往往就止步于此。抑或，还有很多研究是探究这些故事由何种路径传播到日本的过程。这些研究虽都算得上是研究成果，但假若能进一步明确母题中各要素在各民族民间故事中所具备的意象，比较研究将会获得更加丰厚的成果。从这一层面讲，方才我虽稍稍游离于文艺本体的内部研究，但这也是今后研究的重要领域。

以上，我对民间故事文艺性质研究中的三个重要领域，即故事结构的研究、故事母题的研究、故事法则的研究以及与之稍有偏离的意象研究[75]做出一些阐释。下面，我想讲一讲关于重述民间故事时遇到的语言问题。

二、重述民间故事时使用的语言

人们常说民间故事一直是用方言流传的，因而，在重述民间故事时，最好也用方言。例如，用标准日本语（普通话）讲述民间故事则会失去故事的原汁原味。我拟就这一点，把相关问题进行整理并加以探讨。

民间故事，是在各地以方言形式流传下来的。谈到日语的历史，并不是标准日本语的历史，而是各地方言的历史。日本流传下来的民间故事，也是用各地方言流传下来的。所谓标准日本语，是到了明治时期才形成的新语言，所以并没有哪个民间故事一直用标准日本语来讲述并世代相传。

从语言学的角度来看，虽然有标准日本语和方言之分，但其界线并不明确。所谓标准日本语，无外乎是指文化及政治中心的语言。那么，方言可视为各地方政治、文化中心的语言。这样来说，方言这一术语便是在此意义上产生的吧。然而，不仅有上文提到的地区方言，而且还有

---

[75] 意象研究：该领域的研究包括《日本民间故事的意象》①②（均为小泽编，白百合儿童文化研究中心丛书，1998年和1999年）、《民间故事基础研究1》（小泽编辑·出版，1999年）。

行业术语。也就是只有特定职业阶层的人们所使用的语言。不过，无论怎么说，由于方言通常用于表示地区方言，因此学术上也使用"地区方言""生活用语"这种表述。

在考虑重述民间故事并将其编录进书籍这一问题时，我很难赞成"用方言好还是用标准日本语好"这种二选一式的做法。用来讲故事的语言不能一律统称为方言，而是具有细微差别的无数地方性语言。就标准日本语而言，与其将它视为文化、政治中心地区的话语，不如将它视为全日本人民都能相互理解的共通语言。我认为，这种想法才使得重述民间故事并将其编录到书籍中具有可行性。

这样看来，如果我们抛开"用方言好还是用标准日本语好"这种二选一式的做法，转向"是用大量存在的地方语言，还是用全日本人民都能相互理解的共通语言"的话，思路将更加清晰。让我们再设定具体情况思考一下。

假定宫城县登米郡的一位老人给我们讲述民间故事。听众首先将其声音录在磁带上，然后将语音转换成文字。准确地将宫城县的当地语言转换成文字是非常困难的。仅仅通过大小写的平假名并不能完整地表达内容。因此，还要熟练运用大小写的片假名。在将语音转化成文字后，作为地方语言的文字记载就是最准确的资料（现在家住仙台市的民间故事研究家佐佐木德夫等人整理出来的翔实的民间故事资料[76]）。

这样准确的记录源于对日语的重视。无论是作为民间故事记载，还是作为日本特定地区方言的记载，将来都可以成为珍贵的资料。民间故事研究者大概已在有意进行这样准确记录方言的工作，所以日本产生了大量的记载资料，这是不可多得的财富。然而，按照地方语言原封不动

---

[76] 佐佐木德夫等人整理出来翔实的民间故事资料：例如，在《日本民间故事13·很久很久以前，在某个地方》（佐佐木德夫编，未来社出版，1969年）中，宫城县栗驹町的叙述者讲述的"蜘蛛女"的故事由宫城县登米郡中田町的民间故事调查员佐佐木德夫翻译如下："很久很久以前，在某个地方，有一位倔强的和尚。他一边敲着钟，一边托着钵盂在四处各地行走。有一天，突然……"

编制的民间故事记载,其语言的发音越忠实于原貌就越难读懂。对当地的人们来说,由于那是自己的语言,所以想读的话不会有读不懂的情况。但是,平假名和片假名大小写混用的文章并不是人们所喜闻乐见的。况且,对外地人来说,读起来非常困难,便也无法享受读故事的快乐。说到底,是因为对这种声调不熟悉,即便勉强读出来,也不能在头脑中很好地浮现出故事所对应的形象。用地方语言准确记载的民间故事越准确、越精细,能够读懂的人就越局限于当地居民——更确切地说,只局限于当地的(与讲述者)同时代的人。这是因为即便同住一片土地,不是一代人,所使用的语言也会有显著的差异。也就是说,无论多么美妙的故事,也只有当地极其有限的人群才能欣赏(当然,作为研究资料,越是如此价值越高)。

从另一方面来说,既然是那么好听的故事,当然就想要更加广泛地让全日本的人们所知晓、所欣赏。为了使这些故事广为人知,就得对其进行语言加工,也就是重新讲述。

常用的方法是,为了保持故事的乡土风味,就要改用具有方言风味的语言。但在这种情况下,或许是因为东北地区被视作民间故事宝库的缘故,往往都会不自觉地添上「…だべ」「…してけろ」等词尾,让人一见之下仿佛能看到东北地区的乡间风光。不过,标准日本语和日本地方方言混用的结果就是,这种语言虽有地方风味,却不是日本任何一个地方的方言。

让我们具体来看一下吧。比如宫城县登米郡的老人讲述民间故事,如果将该故事准确的文字记录改写成像方言又不像方言的文学故事的话,对登米郡当地的人而言,这些故事总觉得像他们的方言但又不是他们的方言,只会让他们一头雾水。对同属于东北地方的人而言也是一样的,这些故事的语言似东北方言而又非东北方言。对那些在方言环境下长大的人来说,虽说能感觉到这是东北地区的方言,但具体是哪个地方的就不得而知了。再者,对说日本各地方言的人来说,他们也会有同感,他们认为那只不过是听上去像方言而已,而实际上并不是真正的方言,是不属于日本任何地方的日语。

所谓地方语言，虽然各有不同，但又确实存在于各地，并为当地人日常使用。日语的历史就是地方语言的历史，而不是"类似方言的语言"的历史。由于民间故事是各民族流传下来的珍贵文化遗产，所以不能用似方言非方言的语言来重新讲述，那么用哪种语言来讲述才合适呢？

在考虑以后的问题时，有必要牢记下面两件事：其一是再述民间故事时只能选用一种语言；其二是经过再创作并将其收录进书本的时候，在当下仍然有口头讲述的可能性。讲述者能记住故事并原原本本地讲述下来（在这种情况下，并不是说讲述者无法对其进行自我修正，而只是说和口传故事相比，它起的作用微乎其微）。从某种意义上来讲，这种被收编成书的故事不仅能用眼睛来看，还能继续用口传耳听的形式讲下去，并再次成为故事的一个源头。

从小就说某种方言长大的人再述民间故事时，最好还是用习惯用的方言来讲。我认为这样做对讲述者本人最合适了。这种语言，作为真正的地方语言，讲述起来能产生很好的效果。但如果想让更多的日本人听的话就有些困难了，这也是没有办法的，因为它用的是当地的方言。但至少自己身边的孩子能够读懂、听懂这样的故事。

要想扩大民间故事在日本的影响力，让日本更广大地域的人都能读、都能听到这些故事，那就只有用标准日本语进行重新讲述。之所以这么说，还不如说我们这些拥有标准日本语的日本人都为此感到幸运。假如没有标准日本语的话，全日本的孩子就无法共同欣赏某一地方的好听的故事。

大概有人会说，用标准日本语讲民间故事，无论读起来还是听起来都没有味道。但是尽管如此，难道用似方言非方言的语言来讲述就更好吗？我甚至这样想：有人之所以认为用似方言非方言的语言讲述故事比较有味道，是否和一种暗示有关？如果真的是用某地方言来讲的话固然是好事，可认为用了似方言非方言的语言也无伤大雅的那种想法，是不是一种自以为是的表现呢？

我之所以这样认为自有依据。事实上，在重述民间故事时，认为用"似方言而非方言的语言更好"的通常是那些只会通用语的人。也就是说他们只会所谓的标准日本语。或许正因如此，他们才更倾向于用与之相对的、含混不清的方言讲故事。但是，不能将所有讲民间故事的语言统称为"方言"，日本各地存在无数略有差别的地方性语言。

我曾听过岩手县的一位男性故事家（先记住书中的故事再口述的人）提出的观点："即使用类似东北方言的语言书写，也和本村的语言有所不同，用那些不明所以的语言，反而讲不出故事来。既然如此，倒不如直接用标准日本语或转换成本村语言进行重述更好。"

生活在各地地域方言环境中的人们，大概都有这样的感受吧。从这点可以看出民间故事的重述作为故事源的作用。

此前，民间故事的重述一直是在这样一种观念的促使下进行的：把即将消失的民间故事作为珍贵的文化遗产编录进书籍，以便孩子们阅读。在这方面，我们曾探讨过"将民间故事编录进书籍时所用的文体"，也曾提出"从口头讲述改为文字时用哪种文体更合适？"这样的问题。我认为格林童话当时也面临类似的情况[77]。

可是，在现在的日本，传统意义上的故事家逐渐减少，与之相反，先记住书中的故事再讲述的讲述者却迅速增加。我认为可以将他们称为"现代讲故事的人"。对这些人来说，重述的民间故事是讲述的基本资料。书中的民间故事通过讲述者的声音传到孩子们耳中。就这一意义而言，讲述者的声音也是故事的信息源头，声音化的故事就像音乐中的乐谱一样，具有音响的效果。

然而，和乐谱不同的是，即使不读出声来，大家也都能用眼睛阅读

---

[77] 格林童话当时也面临类似的情况：在1785年出生的雅各布·格林和1786年出生的威廉·格林的时代，重新改编童话并制作成书本形式的读物是一项全新的工作。在德国，经由文学浪漫主义学派的主张，童话的文学性和重要性大大提高。在格林之前，卡尔·奥格斯特·穆泽乌斯等人就曾改编过童话，并以书的形式出版。同时代在海德堡有一个叫阿尔伯特·勒特维希·格林的人，也开始尝试改编童话。不久之后，勒特维希·佩希斯坦也进行了这样的尝试。

书中的故事并尽情欣赏（当然，也有人能用眼睛阅读乐谱，并在头脑中转化成声音，但并不是人人都能做到这一点）。用眼睛阅读、欣赏民间故事的世界，是许多孩子甚至成年人一直以来做的有意义的活动。可是，故事原本一直是口耳相传的。因此，情节发展本身也好，讲述的神情也好，都可以通过耳听尽情欣赏。为了方便阅读，在重述民间故事时往往会对文章加以修饰，添加各种说明及原本没有的肢体语言和台词。要想向孩子们展示故事本来的面貌，相较于便于阅读的文体，必须要探讨"适合耳听的文体"。如果用这样的文体向孩子们讲故事，对他们来说，故事世界将是一个特别有魅力的世界。

那么，在用耳朵听故事时，用什么样的语言重述才好呢？在此，请回想一下上文提到的第一个前提，即将民间故事编录进书籍重述时只能选用一种语言。此外，使用属于某地的方言重述故事在一定程度上限定了读者或听众的范围。

我希望能够将这引人入胜的民间故事的世界展示给全日本的孩子们，使其成为公共财富。有此想法，再从以上几个前提出发，便可开辟出用标准日本语重述民间故事的道路了。

使用似方言而非方言的语言讲述民间故事，不能说是真正地重视日语。另一方面，如果使用确实属于某地的方言重述故事，就相当于限定了读者或听众的范围。尽管如此，我们还是希望能够将日本各地丰富多彩的民间故事呈现给全日本的孩子们。要做到这一点，我认为只有用标准日本语进行民间故事的重述才行得通，除此之外别无他策。

上面写到别无他策，其实我认为没有必要拘泥于这种极端的思考模式。用标准日本语重述民间故事的方法，正是为我们日本人所准备的。这或许可以说是日本人的幸运。

随着标准日本语的普及，我们失去了很多东西。但另一方面，新的日本文化也因此大量涌现出来，这点不容否定。现代文学当中的一些杰出作品，恰能佐证这一点。在戏剧领域，也有许多优秀的作品是用标准日本语创作的。纵观标准日本语的历史和现状，我认为，在只能选择一种语言对民间故事进行重述的情况下，选择标准日本语反而是我们的幸运。阅读那些收录进书本中的民间故事时，在保持其原貌的同时用标准日本语进行重述，不仅更容易理解，而且更能准确传达日本民间故事的真实面貌。

在这里，我还想回到故事信息源的重述这一问题上来。先从结论谈起的话，如果现代的讲述者能充分积累讲故事的经验，掌握民间故事原本的法则，那么他们就能把收录到书中的用标准日本语记述的故事，转换成自己和周围的孩子们熟悉常用的语言。我们暂且把这种语言定名为"日常语"，试着整理思考一下。

目前，日语的使用情况可以概括如下：

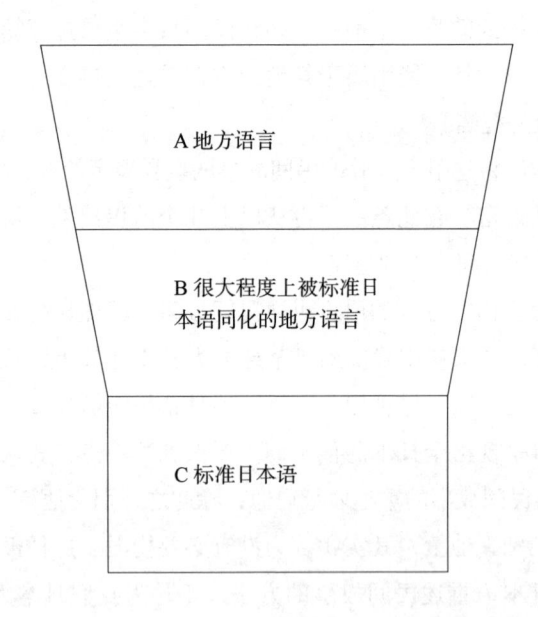

```
┌─────────────────────────┐
│                         │
│      A 地方语言          │
│                         │
├─────────────────────────┤
│                         │
│   B 很大程度上被标准日    │
│   本语同化的地方语言      │
│                         │
├─────────────────────────┤
│                         │
│      C 标准日本语        │
│                         │
└─────────────────────────┘
```

地方语言 A，由于地域、年代和生活环境的不同，其辐射范围也各不相同，且几乎可以无缝地衔接到 B 语言。在 B 语言中也能见到标准日本语对词汇、语法的影响。但其口音和词尾上仍保留着 A 语言的习惯。此外，还能常见到该地区独有的词汇。孩子们大多在这种语言环境中生活。C 语言代表了教科书和大众传媒中的语言，其使用范围几乎是固定的。

如果用此图将迄今为止我论述的内容概括一下的话，那就是：虽然用 A 记录的民间故事精彩又难得，但是要使其成为全日本共有的精神财富的话，还是有太多局限。话虽如此，是不是那种不属于 ABC 语言中的任何一种、哪里都不存在的语言就好呢？我不这么认为。因为那种"类似方言的语言"不是真正的日语，还是作罢吧。如此一来，唯一的办法就是用标准日本语（C）重新讲述一遍。不过这并不是毫无办法的状况，实际上我们能拥有 C 这样的共同语言是非常幸运的。还有，假若重新讲述只能选择一种语言，那就要用标准日本语把故事记录下来收入书籍中。阅读这种重新讲述以后的故事，也可以充分享受其中的美妙。也可以将书中的故事原原本本地记下来讲述。这样就既能尽情地欣赏日本的传说故事，又能领会其所蕴含的信息了。如果有人想从书本上把故事记下来再讲述的话，他可以把书中使用的标准日本语替换成自己和周围的孩子们日常所用的语言 B，也就是日常用语，再把它讲述出来，我想这是完全可能的。也就是说，重新讲述的文本就发挥出了信号源的作用。

不过，那绝不是简单的事情。只有在积累了丰富的讲故事经验并对讲述内容的文章脉络有了深刻理解时，才有可能做到这一点。这就必须好好地用日常用语来整理故事文体。再有，无论讲述多少次，如果不使用相对稳定的日常用语来讲就不能算是讲故事。故事绝不是像平时闲聊那样，是不能随便敷衍的。作为一个故事，形式必须要规整，否则很快就会被听腻。在这里我要特别强调，以免读者对这一点产生误解。

我们要牢牢把握这样一个原则，既不要把存在于日本各地不计其数的地方语言一并称之为"方言"，更不要使用"哪里都没有的方言"，同时要重视介于使用范围广的地方语言和标准日本语之间的当地的日常用语。我认为如果能做到以上几点，创作故事绘本和改编故事书时，遣词造句就不再是那么难解决的问题了。

居住在某一地域的人，在为当地的孩子们将当地的故事、传说制作成绘本或重新讲述时，会毫不犹豫地使用当地的日常语言。如此一来，当地儿童就能用他们一直使用的语言聆听、阅读故事和传说了。

在这种情况下，距离该地区越远，能听懂、看懂上述故事和传说的人就会越少，在全国范围内并不是任何人都能读懂。这一点无法避免，因为这就是方言的特点。但我们需要认识到，这并不是虚假的方言。即使外地的人不懂，那也是确实存在的日语的一种。

我认为，这一点在孩子如何理解日语的问题上是非常重要的。孩子听到用其他地区的方言讲述的民间故事时，会发现有许多不懂的词语。正因如此，他们才能切身体会到日语的丰富性。这是一个很重要的问题。这个问题从理解语言饶有趣味、丰富多彩这一意义上来看，是很重要的。既然有这么多地方语言，若有人还总认为日语只有一种，那就不得不说他语言储备实在太匮乏了。而且，据我所见，在以标准日本语作为日常语言来生活的孩子们身上，这种倾向表现得更加明显。

认为日语只有一种的想法带有某种潜在的危险，即人们容易排斥、看不起那些说的日语与自己不同的人。语言歧视是存在于我们日常生活中的一大问题。

一个很好的例子就是声调上的区别。（日语中"はし"声调不同会产生"桥"和"筷子"的语义之别。）有的人因别人念错"はし"的声调而嘲笑他，强行逼迫他人改正的情况时有发生。而我认为，声调这种语言现象，因地区不同自然有所差异，完全没有必要过分介意。

据说，广播电台和电视台的播音员须以标准日本语的声调作为正确声调来接受培训。这种举措，从培养全日本国民都能听懂的日语的角度来看也许是必要的，可是，我认为，就人们日常使用的语言来说，谈论声调的差异没有多大意义。知道筷子一词有几种标调方法，是了解日语有多种不同表达的第一步。我认为，在学校的国语教育中，一方面要教标准日本语，另一方面也要告诉学生有很多种日语。让孩子们认识到有很多种声调不同、词汇不同的日语。这一点是建设没有歧视的社会的第一步。

住在没有特殊地方方言地区的人们在将故事编入绘本或重新讲述故事时，原则上没有区别。如果一定要使用某种地方语言进行写作的话，也不要用"哪里都没有的方言",而应该用某地的日常用语(在有特别意图的情况下,可以使用影响力比较大的地方方言)来进行写作,向当地人请教或请他们修改,这并非难事,所以我想对于作者来说理应做出这些努力。

民间故事在漫长的岁月里一直是在民间口口相传流传至今。讲故事时所用的语言,就是当时那个时代和地区的人们日常使用的语言,也就是日常用语。因此,孩子们才能完全理解所讲的故事并且铭记在头脑中。现在,我们常常把民间故事笔录下来收录进书中,即便收录进书中,也不应该只把故事的内容局限于书本之中,还应该用孩子们的日常用语写出来,使其转换成声音传到他们的耳朵里。这种日常用语,就是全部日本人都能理解的标准日本语,或者说是各地流通性强的方言。

成年人能为孩子们做的事情其实并没有那么多。把自古流传下来的民间故事改成标准日本语或者各地流通性强的方言再加以传播,对此我们能做的其实很有限,但却是我们能做的事情之一。我想这就是如今身处历史与未来连接点的成年人应该做的事情。

(郭崇林译、侯冬梅审校)

后　记

　　民间故事是依靠讲述和倾听来传播的艺术形式，因而具有独特的"法则"。正因为遵循了那些易于讲述和易于理解的法则来传达，民间故事才得以存活了很长时间。如今在日本，曾经人们在农村的地炉边讲述民间故事的那些日常景象已经很难见到了。所以，我认为全面了解民间故事所使用的这种口口相传的独特法则是很重要的，于是撰写了此书。

　　民间故事的传承，今后将采取与以往不同的形式吧。以后会更多地以图画书、改编本或动画的形式传播，但我认为即便如此，保留民间故事作为讲述文学的艺术特征是十分重要的。况且，当讲述者凭借从书中的记忆来讲述时，作为来源的改编文本是至关重要的。

　　民间故事中有很多讲述年轻人成长自立，揭示生命本质意义的故事。故事里蕴含着先辈们的生存智慧。这些民间故事的思想内容正是由民间故事独特的法则支撑的。

　　我们将这本书寄给世人，希望从前人那里继承下来的珍贵的精神文化遗产——民间故事，能够在不破坏其原貌的情况下永远流传下去。

　　桐朋学园大学讲师二宫裕子用钢琴弹奏了第五章"民间故事的音乐性"中出现的乐谱示例。我想在此表示感谢。继《日本民间故事》五卷本之后，可以视为理论版的本书在出版之际，得到了福音馆书店的诸多帮助。我想于此再次表示谢意。

1999 年 7 月 14 日　小泽俊夫　于南生田

音频资料/铃木佐津的讲述（第二集）

上田爷爷和下田爷爷（捉大雁的老爷爷）

很久很久以前，在某个地方，住着一位上田爷爷和一位下田爷爷。两人经常在同样的地方放置鱼篓。

有一次，上田爷爷把自己的鱼篓拉起来，发现里面有很多树棍，他说："怎么都是树棍。"说完就把它们扔掉了。接着，上田爷爷看向下田爷爷的鱼篓，发现里面有很多小鱼。于是，上田爷爷把小鱼从下田爷爷的鱼篓里全部取出来装进了自己的鱼篓里，把刚才扔掉的树棍放在了下田爷爷的鱼篓里。

接着，下田爷爷来到河边捞起鱼篓，发现里面有很多树棍，他说道："哎呀，这太可惜了，太可惜了。如果把它们晒干，然后劈成柴火烧，就可以煮味噌汤吃了。"于是，下田爷爷带着树棍回家，好好晾晒了几天。下田爷爷觉得晒得差不多了就准备把它们劈成柴火，他拿起砍刀咔嚓一声落下的时候，不知从哪里传来了"爷爷，轻一点劈开"的声音。

下田爷爷觉得很奇怪，他再次拿起砍刀咔嚓一声落下的时候，又听到"爷爷，爷爷，好痛，请轻一点劈开"的声音。爷爷心想："咦，这里面有什么吗？"于是他轻轻地劈开一看，树棍里竟然藏着一只小白狗。"哈哈，原来是你啊！"

下田爷爷用木碟给小白狗喂食，小白狗就长出了木碟那么大，用饭碗给小白狗喂食，小白狗就长出了饭碗那么大。下田爷爷十分高兴，心想"下次就用海碗喂食吧"。他用海碗喂食之后，小白狗就长出了海碗那么大。下田爷爷心想"好吧,下次就用钵盆来喂食",他用钵盆喂食后,小白狗就长出了钵盆那么大。

有一天,白狗对下田爷爷说:"爷爷,爷爷,今天带我去山上吧。"接着又说:"把午饭和砍刀放在我背上吧。"下田爷爷说:"你又不是马,不能那样。"白狗说:"没关系,放到我背上吧。"于是,爷爷把午饭和砍刀放到白狗的背上,带着他进了山里。

到了山上,白狗说:"爷爷,爷爷,你喊'这边的,那边的,四面八方的鹿都过来吧'。"

爷爷按照白狗所说的那样朝向远处喊道:"这边的,那边的,四面八方的鹿都过来吧。"接着,鹿便从四面八方砰砰砰地跳过来了。然后,白狗跑过去一一咬住鹿的喉咙,鹿一头头地倒下,最后所有来的鹿都死了。于是,下田爷爷和白狗把它们驮回家带到镇上卖了个好价钱。

上田爷爷听说了这件事非常不满:"什么?那其实是我的鱼篓里面的树棍,我要去把那只白狗借过来。""把那只白狗借我一下吧",上田爷爷去下田爷爷家借白狗,下田爷爷借给了他。上田爷爷招呼都不打就强行拉着白狗进了山。白狗没有教上田爷爷叫唤的方法。因为上田爷爷是强行带它进山的,所以它什么叫唤方法都不教给上田爷爷。上田爷爷高声喊道:"这边的,那边的,四面八方的蜂都过来吧。"

接着,这边的蜂,那边的蜂,四面八方的蜂子都飞来了,照准老头子就狠劲地蜇。上田爷爷气急败坏之下把白狗打死了,随后将它的尸体埋在了一棵松树下面。

过了两三天,下田爷爷还不见白狗回来,就去上田爷爷家里要。

"我来接我家白狗了。"

"我把你家的白狗杀了,埋在山上了。"

"埋在哪儿了?"

"埋在松树下面了。"

于是,下田爷爷进山去找,发现白狗真的被埋在松树下面。下田爷爷把松树砍下来带回家,用它做了个磨臼。做好了之后,下田爷爷一边转动磨臼一边说："金呀钱呀，哗啦哗啦。米呀酒呀，哗啦哗啦。"接着金、钱、米、酒都哗啦哗啦地从磨臼里冒出来了。

上田爷爷听说了此事后又来找下田爷爷借磨臼。下田爷爷借给他了。但是呢，这位上田爷爷不管怎么转动磨臼，就是什么都不出来。他不知道转磨臼的时候该说些什么，就一边说"马粪，咕噜咕噜。牛粪，咕噜咕噜"，一边转动着磨臼。结果马粪、牛粪全都咕噜咕噜地从磨臼里冒出来。上田爷爷又气急败坏地把磨臼砸破，放进火里烧掉了。

过了两三天，下田爷爷见上田爷爷还没有返还磨臼，就去找他要。"把磨臼还给我。"上田爷爷说："那东西什么都弄不出来，太碍事了，我把它烧了，是用炉子烧的。"于是，下田爷爷便把炉灰收集起来带回家了。晚上，当大雁飞过天空时，下田爷爷一边念叨着"飞进大雁的眼睛里，飞进大雁的眼睛里"，一边把炉灰撒向天空。

接着，大雁扑通扑通地一只只掉下来。下田爷爷又赚了一大笔钱。上田爷爷听说此事后说："那我也去捉大雁吧。"他爬上屋顶，一边说"飞进爷爷的眼睛里，飞进爷爷的眼睛里"，一边向空中抛撒炉灰。结果，炉灰全部飞到了上田爷爷的眼睛里，由于傍晚黑漆漆的（大雁经过上空），上田爷爷从屋顶上咕噜咕噜地掉了下来，上田奶奶以为是大雁掉下来了，就用棍子乱打了一通，没想到打的竟是上田爷爷。

日本民间故事索引

本书中出现的日本民间故事，除特别注明的引用来源之外，均引自小泽俊夫编著的《日本民间故事》五卷本。另外，左边的数字表示该著作的卷数，右边的数字表示该著作的页码。

偷灯油的妖怪 2-257
别踩粟米田 4-242
一寸法师 1-28
赶马人和山妖 5-62
去海边吧、去河边吧 4-78
浦岛太郎 1-188
瓜子姬 3-129
妻子的画像 1-70
养蚕神 1-86
月亮姐姐星星妹妹 2-145
蛙妻（青蛙报恩）2-38
隐身的蓑笠 2-295
卖伞人登天 3-242
咔哧咔哧山 4-129
上田爷爷和下田爷爷（捉大雁的老爷爷）4-169
捕鸭能手权兵卫 2-250

雉太郎 2-130
蘑菇妖怪 4-112
试胆姑娘 1-76
跑腿的咕噜 4-201
不吃饭的老婆 2-84
摘瘤爷爷 3-197
鱼妻 2-95
鲑鱼大助 5-44
皿皿山 1-255
猴女婿 1-167
三张护身符 5-22
地藏菩萨 2-214
割舌雀 2-13
用尾巴钓鱼 5-277
师傅的赤马 2-314
下田大人的姐姐和弟弟 1-325
放屁的饭勺 1-270

烧炭翁 5-200
仙人的指教 5-84
鹤妻 5-112
山寺的妖怪 4-94
没有手的姑娘 2-154
天仙夫人 3-65
天之庭 3-86
摘梨 4-39
饭团咕噜咕噜 4-164
沼神的信 3-57
灰男孩 5-95
把妖怪一口吃掉 5-57

花开爷爷 1-13
价值十两的话 3-285
消灭猿神 4-54
放屁新娘 4-224
火马 5-332
好运的猎人 4-276
不能看的房间 1-81
桃太郎 3-13
弥三郎婆 1-155
山姥和梳子 5-78
做梦的小和尚 1-37

（刘玮莹译）

附录　置身于故事学的国际学术交流中

刘守华

华中师范大学（以下简称"华师"）文学院民间文学专业和日本、俄罗斯学术界的交往，始于20世纪80年代初期，世纪之交的10年间最为活跃。

1. 改革开放初期中日民间文学交流

中国跨入改革开放的历史新时期之后，随着中日交往的活跃，我即和日本"中国民话之会"主持人、东京都立大学教授饭仓照平建立了密切联系。我于1982年8月在《中国民话之会会报》第26期发表《略说中日民间故事的交流》，并获编者的好评，后来该刊先后刊出我的成果简介及日方的书评共5篇（直至2011年终刊）。我还在另一种民间文学杂志《民间故事集刊》发表关于鄂西故事家刘德培的专题论文。我邀请饭仓照平教授于1985年来华师讲学，并将讲稿译成中文编入《民间叙事文学研究》一书，由华中师范大学出版社于2005年出版。饭仓照平也邀请我于1992年11月至东京都立大学做学术报告，他自己亲作翻译。在丁乃通的《中国民间故事类型索引》于国际流行却尚未译成中文出版时，他从日本邮寄英文原版供中国学人参阅。

2. 中日合作考察两国民间故事现状

1992年11月，日本民俗学和华师中文系联合考察中日"昔话"（故事)传承现状。日方以日本民俗学会会长野村纯一(日本国学院大学教授)为首,中方以时任湖北省民间文艺学协会主席、华师中文系教授的刘守华为首,日本政府文部省和中国驻日大使馆对此给予了支持,日本一财团给予了资助,共邀请4位中国学者(华师另有陈建宪教授参加)和4位日本学者组团,先赴日本远野市考察,1993年3月再来中国考察鄂西五峰刘德培家乡以及武当山的伍家沟故事村。考察成果均撰写成论文,结集成《中日昔话传承之现状》。1994年于日本东京勉诚社出版。日本国学院大学出版的《国学院杂志》对这一项目成果做了全面评述和肯定。

3. 合作编选《中国·韩国·日本民间故事集》(共3册)

2003年5月,由日本著名学者——世界民话之会会长、筑波大学副校长小泽俊夫教授发起并主持,编辑出版《中国·韩国·日本民间故事集》。中国部分约请我,韩国部分约请岭南大学教授金和经负责。共同议定选取同类型而又各具民族特色的故事(以童话即幻想故事为主),合计23篇,分三册出完,并由三方学者作简要解说。

本书的最大特点是以平等、友好理念选取三国经典故事供少儿阅读欣赏。由中国著名画家蔡皋绘制彩图相配,而且以三国文字并列表述。成书后在日本免费赠送给小读者阅读。全部费用由日本文部省承担,中国驻日使馆也给予了支持。在编书过程中,日方邀请我和夫人陈丽梅赴东京访问商讨,随后华师也邀请小泽俊夫一行来校进行学术交流,成为中日民间文艺学方面的一项重要活动。此间媒体多次给予关注。

4. 参加亚细亚民间叙事文学学会的学术交流

为充分开展国际学术交流,1994年,中日资深学者筹划组建亚细亚民间叙事文学学会(AFNS),钟敬文先生推举刘魁立、刘守华和许钰三位教授为中方理事参与其事,理事长轮流"坐庄",三年一次的故事学研讨会也由这三国轮流举办。中国由刘魁立任理事长,日本以稻田浩二教授为主,在北京、上海筹办过以解析某一故事类型为主题的研讨会,我成为主要发言人之一。该学会现仍在继续活动。初步规划,拟编纂一部关于亚细亚民间故事类型研究的专著。

后来中日还共同做过一些专题比较,日本外国民话研究会于2006年编辑出版了《世界AT460、461话群研究》一书,选录的8篇论文中,有我的《求好运故事类型探析》一文,由马场英子译成日文。我编著了《一个蕴含史诗魅力的中国民间故事》一书,也是解读同一类型,在选录的14篇论文中,有日本桥本嘉那子撰写的《问题之旅相关先行研究和今后的课题》,由梁青译成中文,于2016年由北京大学出版社列入"东方文化集成"丛书之中出版,深受媒体关注。

5. 中国与俄罗斯学者的友好情缘

新中国成立后,即和苏联在各个领域建立了友好合作关系。和我同庚,于1957年毕业于北京大学俄语系的著名学人刘锡诚,译介了《苏联民间文学论文集》《高尔基与民间文学》等多种论著,给我以重大影响。1956年我在《民间文学》杂志上刊出的《慎重地对待民间故事的整理编写工作》一文,就是以阿·托尔斯泰整理改编《俄罗斯民间故事》的方法作为科学范例来立论的。此文在中国学界引起热烈争议,却受到苏联同辈学人鲍·李福清在《现代中国民间文艺学》这篇长文中的点赞。可是刊于1960年《苏联民族学》杂志上的这篇重要文章我当时没有看到,直到20世纪80年代中国迈入改革开放的历史新时期以后,由马昌仪研究员译成中文在北京发表,我才读到。20世纪80年代李福清院士访华,并应邀赴华师讲学。他的《中国神话论集》译成中文出版,我撰写了长篇书序予以推荐。又陪同他访问湖北荆州,帮助他研究有关《三国演义》传说故事。苏联解体后他一度在经济上陷入困境,我牵线搭桥,推荐他的代表作在中国大陆及台湾学刊上发表,将所得稿酬用于在中国购书。我的书评发表后,他在某些内容上有不同意见,我俩先以书信沟通,后商定在《民间文学论坛》上正式发表,以促进学术论辩。他不幸于新世纪初病逝后,我还指派家居北京的门生前往驻华俄罗斯大使馆深情悼念。我校派往俄罗斯攻读学位的青年教师,也幸得他的关照。这位和我同庚又同样钟情中国民间文学的俄罗斯科学院通讯院士,至今仍深深为我所怀念。

译后记

我们在华中师范大学读博学习期间，因机缘巧合从刘守华老师那里得知小泽俊夫先生的著作，直译过来应该是《昔话的语法》。作为民间文艺学的外行，乍一听"语法"二字，心理上感觉有些枯燥。但是刘老师极力推荐说，著作的内容不是语言学中所说的"语法"，而是民间故事诗学。刘老师从事民间文艺学研究一辈子，一直想着把日本挚友小泽俊夫的研究在中国推介开来。多年后，我们终于有些余力开始着手翻译。当我们告诉刘守华老师这件事后，老师非常高兴。

为了这本书能够完美呈现，我们有意把曾经发表在《民间文化论坛》（2007年第2期）上《民间故事的语法研究——为了现在民间故事的传承》的译文吸收到译著中去。这篇译文的原文正是来自于小泽俊夫《民间故事诗学》（『昔話の語法』，福音館書店1999年版）中的第六章"民间故事法则研究——为了民间故事的未来"（「昔話の語法研究——いま昔話を伝えるために」），译者是郭崇林老师。刘守华老师帮助我们联系了郭崇林老师，代我们表达了希望收录郭崇林老师译稿的想法。郭老师听后欣然同意，并表示可以将他的那篇译稿统一成我们的译稿风格。我们不禁感叹郭老师的大家风范和爽利性格。

本书因翻译量较大且理论性较强，译稿由刘玮莹、侯冬梅、郭崇林三人共同完成。其中，序章、第一章、第二章第二节、第四章以及后记、注释、附录、索引部分由刘玮莹翻译、侯冬梅审校；第二章第一节、第三章、第五章由侯冬梅翻译、刘玮莹审校；第六章由郭崇林翻译、侯冬梅审校；全书由刘玮莹统稿。

回忆起来，这本书从翻译到出版前后经历约四年时间。在这本书翻译和出版的历程中我们结识了非常多的有缘人，他们是本译著的原著作者、日本民间故事学家、筑波大学教授小泽俊夫先生；中国文联终身成就民间文艺家、湖北省民间文艺家协会名誉主席、华中师范大学文学院教授刘守华老师；北京日本文化中心的负责人张启明先生；商务印书馆的各位工作人员；等等。正是得益于他们的倾力指导和助推，这本书才得以顺利出版。我们在此谨向为本书的翻译出版提供指导和帮助的各位老师、前辈和同仁表达衷心的谢意。唯愿我们这微小的努力能够助力促进中日文化交流和中日文明互鉴。

译者：刘玮莹、侯冬梅、郭崇林

图书在版编目（CIP）数据

民间故事诗学 /（日）小泽俊夫著；刘玮莹，侯冬梅，郭崇林译 . -- 北京：商务印书馆，2025. -- ISBN 978-7-100-24956-0

Ⅰ. I313.072

中国国家版本馆 CIP 数据核字第 2025PP3248 号

本书承蒙日本国际交流基金会提供翻译和出版资助

权利保留，侵权必究。

民间故事诗学
〔日〕小泽俊夫 著
刘玮莹 侯冬梅 郭崇林 译

商 务 印 书 馆 出 版
（北京王府井大街36号 邮政编码100710）
商 务 印 书 馆 发 行
三河市尚艺印装有限公司印刷
ISBN 978 − 7 − 100 − 24956 − 0

2025年2月第1版	开本 880×1230 1/32
2025年2月第1次印刷	印张 8 1/8

定价：60.00元